文春文庫

カッティング・エッジ

上

ジェフリー・ディーヴァー
池田真紀子訳

文藝春秋

テキサス・クルーに――
ダン、エレン、ワイアット、ブリジット、イングリッド、エリック、
そして私のお気に入りの〝カウガールズ〟ブリン、サブリナ、シェイ

大理石のなかに天使が見えた。だから大理石を削って彼を解き放った。

——ミケランジェロ

目次

主な登場人物

リンカーン・ライム……………………科学捜査の天才
アメリア・サックス……………………ライムの妻　ニューヨーク市警刑事
トム・レストン…………………………ライムの介護士
ロン・セリットー………………………ニューヨーク市警重大犯罪捜査課　刑事
ロナルド・プラスキー…………………同　警邏課巡査
メル・クーパー…………………………同　鑑識技術者
ロドニー・サーネック…………………同　サイバー犯罪対策課　刑事
フレッド・デルレイ……………………ＦＢＩニューヨーク支局捜査官
エドワード・アクロイド………………ミルバンク保険の損害調査員　元スコットランド・ヤード
ジャティン・パテル……………………ダイヤモンド販売店主　インド出身
ヴィマル・ラホーリ……………………パテルの弟子　ダイヤモンド加工職人　カシミール系移民
アディーラ・バドール…………………ヴィマルの恋人　医学生
ディープロ・ラホーリ…………………ヴィマルの父
ディヴィヤ・ラホーリ…………………ヴィマルの母

キルタン・ボーシ……………ヴィマルの友人　ダイヤモンド加工職人
デヴ・ヌーリ……………ダイヤモンド加工・販売業者
アルバート・ショール……………地中熱ヒートポンプ建設現場の監督
デニス・ドゥワイヤー……………ノースイースト・ジオ・インダストリーズのCEO
エゼキエル・シャピロ……………環境保護団体〈ワン・アース〉の代表
C・ハンソン・コリアー……………アルゴンクイン電力CEO
ドン・マクエリス……………ニューヨーク州鉱物資源局調査官
バリー・セールズ……………ライムの元同僚　刑事
エル・アルコン……………メキシコの麻薬王　本名エドゥアルド・カピーリャ
ウラジーミル・ロストフ……………元ダイヤモンド鉱山労働者

カッティング・エッジ　上

第一部

プロッティング

三月十三日　土曜日

1

「ここ、危なくないわよね」

彼は一瞬考えてから答えた。「危ない？　どうして」

「ちょっと思っただけ。だって、気味が悪いくらい静かじゃない？」そう言って彼女は明かりらしい明かりのない殺風景なロビーを見回した。古びたリノリウム張りの床はやすりをかけたように傷だらけだ。エレベーターを待っているのは彼と彼女の二人きりだった。このビルは、マンハッタンのミッドタウンにあるダイヤモンド地区のど真ん中に位置している。今日は土曜日、ユダヤ教の安息日とあって、休んでいる宝石店や宝飾店も多い。外では三月の嵐がしゃがれたうめき声を上げていた。

彼女のフィアンセ、ウィリアムは言った。「心配いらないと思うよ。幽霊くらい出るかもしれないが、せいぜい一人か二人くらいだろう」

彼女は笑みを見せたが、その表情はすぐに消えた。

気味が悪いのは確かだとウィリアムは思った。それに、どことなく陰の空気が漂っている。ミッドタウンの古いオフィスビルはどこもこんなものだ。建ったのは……いつごろだろう。一九三〇年代か。四〇年代？　しかし、危ないことはないだろう。ただ、機能的とは言いがたかった。エレベーターはまだなのか。いつまで待たせる気だ？

ウィリアムは言った。「心配するなって。サウスブロンクスとは違うんだから」

アナはやんわりとたしなめるように言った。「サウスブロンクスに行ったことさえないくせに」

「ヤンキースの試合を見にいったよ」サウスブロンクスを通って通勤していたことはある。しかも何年も。だが、そのことには触れない。

分厚い金属扉の奥から、歯車が嚙み合い、滑車が回る気配が伝わってきた。甲高《かんだか》い軋《きし》み音の伴奏も聞こえた。

エレベーターが動き出す。しかし、いまの音の様子からすると、これこそ危なそうだった。だが三階まで階段で行こうとアナを説き伏せるのは無理だろう。肩幅が広く、金髪で、おおらかな性格のアナは、スポーツクラブ通いと真っ赤な活動量計フィットビットに向ける微笑ましい執念の甲斐あって、体力の点では申し分ない。片方の眉を吊り上げるあの魅惑的な表情を見せて反対するとしても、疲れるからではなかった。いつか言っていたように、〝女の子はこんなビルの階段を上ったりしない〟からだ。

たとえ、そう、喜びに満ちた用件のためであろうと。

ふいにアナの現実主義者の面が首をもたげた――またしても。「ねえ、ウィリアム、本当にいいの？」

ウィリアムは答えを用意していた。「いいに決まってるだろう」

「でも、ものすごく高いのよ！」

そのとおり、とても高い買い物だった。しかし万全の下調べをして、一万六千ドルの代金に見合った質の品物だと納得している。アナの美しい指を飾るためにミスター・パテルがホワイトゴールドの台にセットしてくれているダイヤモンドは、一・五カラットのプリンセスカットのもので、カラーは理想のDにきわめて近いF。透明度《クラリティ》は最高のフローレスに次ぐグレード――IFだ。石の内部に不純物（ミスター・パテルによると〝インクルージョン〟と呼ぶ）はなく、専門家がルーペで探さないかぎり見つからない、ごくごく小さな欠点が表面にあるだけだ。完璧な石ではないし、目立って大きいわけでもないが、とびきりまばゆい炭素の塊だ。ミスター・パテルのルーペを借りて見てみたら、息をのむほど美しかった。

そして何より、アナがその石に惚れこんでいた。

ウィリアムはこう言いかけた。結婚は一生に一度のことだから。しかし――ありがとう神よ――ぎりぎりでその言葉をのみこんだ。アナにとって結婚は一生に一度のことだとしても、ウィリアムにとっては違うからだ。アナは彼の過去を気にしていない。少なくとも、気にしているそぶりを見せたことは一度もなかった。それでも、その話には触れないのが得策だろう（というわけで、五年間、ウェストチェスターに通勤していた話も省略される）。

エレベーターの呼び出しボタンにはもうランプが灯っているのに、ウィリアム・スローンはまたボタンを押した。その無意味さに気づき、二人は笑った。

背後でエントランスのドアが開く気配がして、男が一人、ロビーに入ってきた。初めは影しか見えなかった。脂じみたガラスドアを透かして射しこむ外光に浮かぶシルエット。ウィリアムの胸を不安がよぎった。

ここ、危なくないわよね……

心配ないよと即答したばかりだが、軽率だったかもしれない。いまから十分後にここを出るとき、アナの指には家の頭金にできそうな額の指輪がはまっていることになる。ウィリアムはロビーを見回して胸騒ぎを感じた。防犯カメラは一台も設置されていない。

しかし、近づいてきた男はにこやかに微笑んでうなずいたあと、顔を伏せてメールのチェックに戻った。肌は青く見えるほど白く、黒っぽい色のジャケットを着て黒いニット帽をかぶり、携帯電話を持ったほうの手に布手袋をはさんでいた。どれも凍てつくように寒い三月の日の必需品だ。アタッシェケースを提げているところを見ると、このビルで働いているのだろう。ひょっとしたらこの男もやはり、婚約者に贈る指輪を引き取りにミスター・パテルのオフィスに行くところなのかもしれない。警戒すべき人物ではなさそうだ。それに、ウィリアムもスポーツクラブとフィットビットなしには夜も日も明けないタイプで、体力には自信があった。この程度の体格の相手なら簡単に組み伏せられるだろう。世のどんな男もときおり抱く幻想にすぎないかもしれないが。

ようやくエレベーターが下りてきて、きいと音が鳴って扉が開いた。男は身ぶりでカップルに先を譲った。

「どうぞ」癖の強い発音だった。どこの国の訛だろう。

「すみません」アナが言った。

男はうなずいた。

三階に着き、扉が開くと、男はまた手を伸ばして二人を先に行かせた。ウィリアムは小さく会釈をし、アナと一緒にエレベーターを降りて、長く薄暗い廊下の突き当たりのパテル・デザインズに向かった。

ジャティン・パテルは一風変わった人物だ。インド西部にあってインド最大の、いまや世界最大のといっても過言ではないダイヤモンド加工の街、スーラトからアメリカに渡ってきて、ニューヨークに店を開いた。数週間前、注文に訪れたウィリアムとアナに、パテルはとりとめのない講義を聴かせた。世界の良質なダイヤモンドの大部分はスーラトの〝ボイラー室〟――風が通らないために熱気がこもって不潔な、アパートかと思うくらいちっぽけな工場――で研磨されている。ニューヨークやベルギーのアントワープ、イスラエルで研磨されるのは、いまとなっては一握りの最高品質の石だけだ。スーラトには何千人ものダイヤモンド研磨職人がいるが、ジャティン・パテルはとびきり優れた技術を武器にのし上がり、アメリカに渡って自分の店を持つだけの資金を貯めた。

そしてこの工房兼店舗を構え、ジュエリーとダイヤモンドを個人客向けに――たとえば、まもなくスローン夫妻となる予定のカップルに――販売しているが、パテルの名は販売業者としてより、原石を加工して高品質なダイヤモンドに研磨する〝カッター〟として有名だった。

前回訪れたとき、ウィリアムはダイヤモンド取引の話を夢中で聞いた。こちらがしろうと丸出しの質問をすると、パテルの口がとたんに重くなって話題を変えようとすることにも興味をそそられた。ダイヤモンドの世界には、影に包まれた秘密主義の部分が少なからずあるのだろう。いわゆる〝紛争《ブラッド》ダイヤモンド〟がいい例だ。アフリカの一部地域では、武器商人やテロ組織がダイヤモンドを採掘し、得た利益を非道な犯罪行為の資金に充てている（ウィリアムが購入予定のプリンセスカットの石には、倫理的にクリーンな品物であるという証明書がついていた。それでも、どこまで本当なのかと疑わずにはいられない。だってそうだろう、昨夜、蒸して食べたブロッコリーは、店頭のポップにあったとおり本当に有機栽培されたものなのか、誰にも確かめようがない）。

一緒にエレベーターで上がってきた男がパテルの店の一つ手前のドアの前で立ち止まり、インターフォンのボタンを押している気配が背後から伝わってきた。

ということは、怪しい人間ではないわけだ。

心配しすぎだぞと自分に言い聞かせたあと、ウィリアムはパテル・デザインズのチャイムを鳴らした。インターフォンのスピーカーから声が聞こえた――「はい。どなたかな。ミスター・スローン？」

「そうです、スローンです」

かちりと音がしてロックが解除され、二人はなかに入った。

ウィリアム・スローンの脳裏に一つのイメージが閃いたのは、その瞬間だった。こういった造りの古いビルにはよくあることだが、このフロアに並んだドアの上部には、かならず明かり取りの窓が設けられている。横長のガラス窓で、セキュリティ強化のためだろう、頑丈そうな鉄格子がはまっていた。パテルのドアの窓は室内の照明を映して明るい。しかし一つ手前のドアの窓、エレベーターで一緒になった男が立ち止まったドアの窓は、暗かった。

つまり、そのオフィスには誰もいないのだ。

しまった！

ばたばたという足音が背後から近づいてきた。ウィリアムは息をのんで振り向いた。さっきの男が――いまはスキーマスクをかぶっている――突進してきた。二人はせまい店舗に押しこまれた。カウンターの奥にパテルが座っていた。男の体当たりを食らったアナが床に倒れこんで悲鳴を上げた。ウィリアムは振り返ったが、銃口を見て凍りついた。男は黒い拳銃をこちらに向けていた。

「よせ、やめてくれ！」

年齢と太鼓腹に似合わぬ敏捷《びんしょう》さでジャティン・パテルが立ち上がり、非常ボタンに飛びつこうとした。遅かった。男がすばやく反応し、拳銃を持った腕でカウンター越しにパテルの顔を殴りつけた。骨が砕けるおぞましい音がした。

パテルが悲鳴を上げた。ふだんから土色に見える顔色がますます青ざめた。

「おい」ウィリアムは言った。「金ならやる。指輪もやるよ」

「そうよ！」アナも言った。それからパテルに向き直った。「この人に指輪をあげてください。欲しいものは何でもあげて」

男は手袋をはめた手でふたたび銃を振り上げ、パテルの顔を何度も繰り返し殴りつけた。パテルはやめてくれと懇願しながら床に倒れこむと、つぶやくような声で力なく繰り返した。「金ならやる！　いくらでもやるよ！　何だってやる！　だから頼む、やめてくれ」

「もうやめてったら」アナが叫んだ。

「黙ってろ！」男は室内に視線をめぐらせた。その目が一瞬だけ上を向いて天井を見た。防犯カメラのレンズがこちらを見下ろしている。男は次にカウンターに視線を走らせた。その向こうのデスクや、奥の薄暗い部屋も一瞥《いちべつ》した。

ウィリアムは掌を男に向けて片手を挙げ、抵抗するつもりがないことを示しながらアナに近づいた。アナの体に腕を回して助け起こす。彼女の震えが伝わってきた。

男は照明のコードを壁から引きちぎった。ポケットからカッターナイフを取り出し、親指で刃を伸ばす。銃を置き、長いコードを切って二本にすると、アナに差し出した。「手。縛れ」そう言ってウィリアムに顎をしゃくる。またもあの独特のアクセント。ヨーロッパのどこか？　北欧だろうか。

「言われたとおりにしよう」ウィリアムは穏やかな声でアナに言った。「僕の手を縛って」それから小声で付け加えた。「殺す気ならとっくに撃ってるさ。その気はないってことだよ。ほら、僕の手を縛って」

「きつくだぞ」

「わかってる」

アナが震える手でウィリアムの両手首を縛った。

「床に寝ろ」

ウィリアムはゆっくりと床に横たわった。

最大の脅威――ウィリアムをまず排除するのは当然だろう。男はパテルの様子をちらちらとうかがいながらアナの手首を縛り、ウィリアムと背中合わせに横たわらせた。

そのとき、ぞっとするような考えが浮かんできて、ウィリアムの背筋が凍りついた。男はこの店に入る前にスキーマスクをかぶり、防犯カメラに顔をとらえられないようにした。

だが、それまではかぶっていなかった。パテルにドアを開けさせるのに客が必要だったからだ。おそらく、強盗のターゲットとして理想的なこの店に用のあるカップルが来るのを待ちかまえていたのだろう。

パテルのオフィスに防犯カメラはあっても、スキーマスクのおかげで、男の特徴はとらえられていない。

しかし、ウィリアムとアナは、訊かれれば男の人相を答えられる。

それが意味することは一つだけ――男が二人を縛り上げたのは、殺すとき抵抗されないようにするためだ。

男が近づいてくる。すぐそばに立って、二人を見下ろす。

「なあ、お願いだ……」

「声を出すな」

ウィリアムは天に祈った。どうしても死ななくてはならないなら、この男に銃を使わせてください。それなら一瞬で終わるから。痛みを感じないですむから。首をひねって顔を上に向け、男を見た。銃はカウンターに置かれたままだった。

カッターナイフを握った男が二人の上にかがみこむ。

ウィリアムとアナは背中合わせのままだった。泣き声を漏らしながら、ウィリアムは限界まで手を伸ばし、アナの手を探し当てた。彼女の左手だろうか。優しくなぞっているこの指は、もうじき一・五カラットのダイヤモンドに飾られるはずだった指、欠点らしい欠点のない、ほぼ無色透明の石が燦然《さんぜん》と輝くはずだった指だろうか。

2

ずっとこんな人生なのだろう。

今日はその典型だった。土曜日だというのに、朝の六時に起床だ。まったく、信じられない。それから、棚を掃除してすべり止めシートを交換したいという母を手伝って、キッチンの食料庫と戸棚を空にした。次は洗車——雨模様の空だというのに！　それから父母を抱き締めて行ってきますと告げ、家を出て、ミスター・パテルのお使いでクイーンズから地下鉄ではるばるブルックリンまで行った。

そこからまた地下鉄でマンハッタンへ。今日もまた石が彼の手で研磨されるのを待っている。いまは北へ向かって走る地下鉄に揺られていた。

土曜日。世間の人々はブランチや演劇や映画や……博物館に向かっているだろうに。画廊に行く人だっているだろう。

世の中はどうしてこう不公平にできているのか。

いや、遊ぶ時間はなくたってかまわない。ヴィマル・ラホーリは、クイーンズの実家の湿っぽい地下室にこもって土曜日を過ごせと言われたら、文句を言わずにそうする。

それどころか、進んでそうしたいくらいだ。

しかし、それは許されない。

地下鉄に揺られながら、ヴィマルはダークグレーのウールジャケットの前をかき合わせた。二十二歳の彼は痩せていて、背はあまり高くない。いまの身長、百六十八センチに届いたのは小学生のときで、それから二年ほどはクラスで一番背が高かったが、まもなくほかの男子に追いつかれ、やがて追い越された。それでも高校時代は、黒人や白人よりもラテン系や東アジア系、南アジア系の姓を持つ生徒が多数を占める民族構成の学校だったこともあり、目立って体が小さいというわけではなかった。それでもときどきは殴られて血を流すこともあった。ただし、とりわけこっぴどく殴られる原因は、ヴィマルの家族がカシミール――インドとパキスタンが領有権をめぐって対立を続けている地域――出身の移民だからだ。思うに、国境紛争が理由で殴られた生徒はヴィマルくらいのものだろう（皮肉なことに、ヴィマルを暴行したのはひょろりと痩せた三年生二人で、それぞれの宗教――イスラム教とヒンドゥー教――からすれば、その二人が殴り合うほうがまだ理解できるというものだ）。

軽傷ですんだこともあって、その一件はほどなく記憶から遠ざかった。ヴィマルはとうてい〝カシミール人〟とは言いがたいせいもある（祖先の出身国の国境線がどこに引かれているのかさえ正確に知らない）。だがそれ以上に理由として大きいのは、サッカーのフィールドでヴィマルが見せる動きが、まるでミツバチが花から花へ飛び回るように軽やかだったことだろう。いつの時代も、ボールコントロールは地政学以上にものを言う。

地下鉄が四二丁目駅に近づく。車輪が金切り声を上げ、塩気を含んだ煙たいにおいが車内に充満した。ヴィマルは持っていた紙袋の口を広げてなかを確かめた。石が六つ。一つを取り出した。ちょうど彼の拳くらいの大きさの石だ。灰色と深緑色が入り交じり、水晶のように透き通った縞模様が入っている。片側は薄く平らに割れており、もう一方は丸い。地上にあるすべての石は、大小にかかわらず、別のものに姿を変える力を秘めている。少しの想像力と忍耐があれば、その石を何に変えてやるべきか、アーティストの目には自然と見えてくるものだ。といっても、この石の場合は考えるまでもなかった。こいつは鳥だ――ヴィマルは一目でそう見て取った。翼を小さくたたみ、頭を低く下げて、寒風をやり過ごそうとしている鳥。一日あれば、大まかな形を削り出せるだろう。

しかし、今日はその時間がない。

今日は仕事でつぶれる。ミスター・パテルはたいへんな才能の持ち主だ。天才と呼ぶ人も少なくない。ヴィマルもそう思う。そしておそらく自分が天才であるゆえに、ミスター・パテルは仕事にとても厳しい。今日はアビントンの仕事を片づけなくてはならない。それぞれ三カラットほどの大きさの石が四つ。仕上げるには八時間まるまるかかるだろう。師匠は――ミスター・パテルは五十五歳だ――ヴィマルの仕事ぶりをルーペで確かめることにその八時間のうちかなりの時間を費やして、ヴィマルにプレッシャーを与えるだろう。そしていったん仕上がったと思っても、また微調整を加えることになる。何度も。

何度も。何度でも。延々と……

地下鉄のドアが開き、ヴィマルは〈一月の孤独な鳥〉――いつか完成させられるのかどうかさえ怪しい彫刻に彼がつけた名前――を紙袋に戻した。ホームに降り、階段から地上に出た。今日は土曜だから、正統派ユダヤ教徒が経営する店はほとんどが休みで、ダイヤモンド地区は平日に比べると平穏なはずだ。今日は三月の荒れ模様の天候だから、なおさらだろう。この界隈《かいわい》の人の多さ、にぎやかさにいらいらして、ときおり叫び出したくなることがある。

四七丁目を歩き出したところで、ヴィマルは反射的に周囲に警戒の目を配った。この通りで働く数百人の大部分がそうだろう。ほとんどの店は派手な宣伝を控えている。当然ながら、店名や社名に〝宝石〟〝ダイヤモンド商〟〝宝飾〟などのキーワードが入っているところが多いが、市内では数少なくなる一方の一流宝石店や権威あるダイヤモンドカッターには、エリヤ・ファインディング、ウェストサイド・コラテラル、スペシャルティーズ・イン・スタイルといった、業種の見当がつきにくい商号を掲げているところが多い。

毎日、数億ドル相当のダイヤモンドやそのほかの宝石が、この通りに面した店や加工工房に流れこむ。少しでも腕に覚えのある泥棒や強盗なら誰でも知っていることだ。高価な宝石や黄金、プラチナ、完成品のジュエリーを運搬する最良の手段は、装甲トラックではなく（日々この通りを出入りする荷の数が多すぎて、トラックを使うのはかえって効率が悪かった）、手首に手錠で固定したアルミのアタッシェケースでもない（あまりにも目につきやすく、世界中のすべての医師が認めるとおり、弓のこで手を切り落とすのには一分とかからない。電動のこぎりを使えばさらなる短縮が可能だ）。

　貴重な品物を運ぶ最善の方法は、いまヴィマルがしているとおりだ。ジーンズにランニングシューズ、第二次世界大戦時のイギリスのスローガン〝平静を保ち《キープ・カーム》、ふだんどおりにふるまえ〟をもじって〈変わり者のままでいい《キープ・ウィアード》、ふだんどおりにふるまえ〉と書かれたスウェットシャツ、ウールのジャケットというカジュアルな服装で、薄汚れた紙袋をぶら下げて歩く。

　というわけで、やはりカッターだった父に教えられたとおり、ヴィマルは絶えず周囲を警戒しながら歩いた。手に持った紙袋に不自然な視線をこびりつかせる者がいないか。逆に、不自然に紙袋から目をそらしながら接近を図る者はいないか。

　ただ、さほど心配はしていない。今日のようにいつもより閑散とした日でも、この通りには警備員の姿がいくつもあるからだ。どの警備員も銃を携帯しているようには見えないが、実は小型のリボルバーやオートマチックを汗の染みたウェストバンドにはさんでいる。ヴィマルは顔見知りの警備員の一人、紫色のショートヘアのアフリカ系アメリカ人女性にうなずいた。彼女の髪の縮れ具合を感嘆の目で眺める。どうすればあんなへアスタイルを保てるのだろう。髪質が基本的に一種類しかない（色は黒、豊かなウェーブへアかストレートか）民族に属するヴィマルは、彼女のヘアスタイルにいつも感心させられる。あの感じを、いったいどうやったら石で再現できるだろうか。

「おはよう、エス」ヴィマルは大きな声で挨拶をした。

「ヴィマル。今日は土曜だよ。おたくのボスは休ませてくれないわけ？　やめちゃいなよ」

ヴィマルは悲しげな笑顔を作って肩をすくめた。

エスが紙袋を一瞥した。最高級ブランドのハリー・ウィンストンから預かった石が一千万ドル分、入っていたとしてもおかしくない。

ヴィマルは冗談を返したくなった――これ？　昼めしだよ、ピーナッツバターとジェリーのサンドイッチ。そう言ったら、エスはきっと笑っただろう。しかし四七丁目にジョークはそぐわない気がした。ダイヤモンド地区では、ユーモアに接する機会はほとんどなかった。商っているダイヤモンドの価格が――それと、もしかしたら価格以上に、人をとりこにするその美しさが――軽薄な言葉を寄せつけない。

ミスター・パテルの店がある建物に入った。ヴィマルが〝役立たずのエレベーター〟――『ハリー・ポッター』の世界に似合いそうな現実離れした代物だよと言ったら、アディーラは笑った――を待ったためしはない。いつも階段を駆け上がる。しなやかな体は重力をものともせず、サッカーフィールドで鍛えられた脚と肺は強靭だ。

三階の廊下を歩き出す。天井に並んだ八つのライトのうち四つは電球が切れたままだった。いつも思うことだが、ミスター・パテルは使いきれないくらいたくさん金を持っているのだから、どこでも好きな場所にもっと華やかな店を構えられるだろうに。そうしないのは、感傷からだろうか。ミスター・パテルが三十年前にここに店を開いたとき、このフロアにはダイヤモンドカッターの工房が並んでいたというが、いまは建物全体でも数軒しか残っていない。この建物は、今日のような日には寒く、六月から九月は熱がこもって埃っぽく、湿った臭いがこもったままになる。ミスター・パテルは店頭に商品を陳列せず、三つあるうち一番小さい部屋を〝工房〟にしているが、そこは工房というほどのものではなく、単なる作業スペースだった。高品質の商品を少量だけ生産するのがポリシーだから、ダイヤモンドの研磨機《スカイフ》二台とカッティングマシン二台を据え付けられる面積があれば足りるのだ。その気になればどこへでも移転できる。

それでもなぜここで営業を続けるのか、ミスター・パテルは決してヴィマルに語ろうとしない。ヴィマルに教えてくれるのは、トングの持ちかた、胴削り《ブルーティング》マシンへの石のセットのしかた、ブリリアンティアリングに使うオリーブオイルにダイヤモンド粉末をどのくらい混ぜるかといったことだけだ。

突き当たりのオフィスまで廊下を半分ほど歩いたところで、ヴィマルは足を止めた。このにおいは何だ？　塗り立てのペンキのにおい。壁のペンキを塗り直したほうがいいのは確かだが――何年も前からそうだった――修繕の作業員の姿は見かけていない。

平日はメンテナンスを頼みにくいだろう。金曜の夜や土曜日に作業員が来て、壁を塗り直したのだろうか。

ドアに向けてまた歩き出した。このビルのオフィスの入口にはガラスの明かり取り窓がある。もちろんどれも防犯のために鉄格子がはまっているが、ミスター・パテルの店のなかを動き回っている人影がそこに映っていた。そうか、あのカップルが来ているのかもしれない。世界で一つだけの婚約指輪をあつらえに来たカップル。ウィリアム・スローンと、アナ・マーカム——名前まで覚えているのは、とても感じのよい人たちで、たまたま店を出ようとして作業場から現れた一従業員にすぎないヴィマルにまでわざわざ自己紹介したからだ。礼儀正しいが、世間知らずの人たち。一・五カラットのダイヤモンドに支払った分の金を投資に回したら、第一子の大学資金くらいの額になるだろうに。ヴィマルにいわせれば、彼らはダイヤモンド販売会社のマーケティング戦略に引っかかったお人好しだ。

アディーラと結婚することになったら——その話が出るとしてもまだまだ先のことだろうが、もし結婚することになったら、手彫りのロッキングチェアでも買って記念に贈ろう。自分で何か彫刻するのでもいい。指輪がほしいと言われたら、ラピスラズリで指輪を彫ろう。キツネの頭のついた指輪を。アディーラが一番好きな動物は、なぜかキツネだから。

オートロックのパネルに暗証番号を打ちこんだ。

なかに入ろうとして、踏み出しかけた足が空中で止まった。息をのんだ。ヴィマルの目は、即座に三つのものを見て取った。一つ、男性と女性の死体。ウィリアムとアナだ。ねじれて不気味なポーズを取ったまま息絶えた、二つの体。苦しみながら死んだかのようだった。

二つ、床に広がった血の湖。

三つ、ミスター・パテルの足。ほかの部分は見えない。履き古した靴だけが見えた。爪先は天井を向いている。微動だにしない。

左手の工房から人影が現れた。スキーマスクで顔は隠れているが、ぎくりとしたことがボディランゲージからわかった。

ヴィマルも、男も、凍りついた。

次の瞬間、侵入者は持っていたブリーフケースを床に放り出し、ポケットから銃を抜いて狙いを定めた。ヴィマルは反射的に顔をそむけた。それで弾丸をよけられるとでもいうように。そして両手を挙げた。それで弾丸を止められるとでもいうように。

銃口から光の花が開き、轟音がヴィマルの耳を聾《ろう》した。腹部から脇にかけて焼けつくような痛みが走った。

薄暗くて埃っぽい廊下のほうに後ろ向きによろめきながら、場にふさわしくない考えが脳裏をよぎった——こんなみじめな場所、こんなふつうすぎる場所で死ぬことになるなんて。

もう少し早く戻ってきていたら。
だが、遅かった。

3

リンカーン・ライムはメリッツ・ヴィジョンの車椅子――灰色のボディに真っ赤なフェンダーがついたモデル――を操り、セントラルパーク・ウェストに面したタウンハウスの玄関を通り抜けた。このタウンハウスは、二つの意味でシャーロック・ホームズを連想させると誰かから言われたことがある。第一に、古風な褐色砂岩《ブラウンストーン》の建物は、ヴィクトリア朝時代の英国に似合いそうだから（建築されたのはまさにヴィクトリア朝時代だった）。第二に、ホームズが心底うらやみそうな科学捜査用の分析機械や装置が一階の居間にひしめいているから。

ライムは玄関を入ってすぐのところで車椅子を止め、均整の取れた体つきをした介護士のトムを待った。トムはバリアフリー仕様のメルセデス・スプリンターをタウンハウス裏の行き止まりの路地に駐めにいっていた。頬に冷たい風を感じ、ライムは車椅子の向きを変えてドアにぶつけ、玄関を半分閉めた。首から下の自由を奪われた四肢麻痺患者ではあるが、タッチパッドや視線／音声認識システム、義肢など、身体に障害を負った者のためのハイテク機器の操作には熟達している。加えて、手術やインプラントの成果で右腕のコントロールをいくらか取り戻していた。それでも、昔ながらの機械的なタスクの多く——ドアを閉めたり、そう、思いつくままに例を挙げれば、シングルモルト・スコッチのボトルの蓋を開けたり——は、文字どおり、いまも手が届かない。

まもなくトムが戻ってきて玄関を閉めた。ライムのジャケットを脱がせてから——ライムは防寒のために毛布を〝着る〟のを断固拒んでいる——まっすぐキッチンに向かった。

「昼食は？」

「いらん」

トムの大きな声がキッチンから聞こえた。「質問のしかたを間違えました。何が食べたいですか」

「何も」

「不正解です」

「腹は減っていない」ライムは不機嫌に言った。おぼつかない手つきでテレビのリモコンを取り、ニュースをつけた。

トムの声。「何かおなかに入れておかないと。スープにしましょう。今日は寒いですから。寒い日といえばスープです」

ライムは顔をしかめた。彼の障害は重い。体を締めつけたり、排泄物の処理のタイミングが遅れたりすると、命の危険を招きかねない。しかし、空腹はそこまでの危険因子ではなかった。

だが、トムの世話好きときたら、まるで過保護な母親だ。

まもなく、何やらいい香りが漂ってきた。トムの作るスープは憎らしいほど美味《うま》い。

ライムはテレビに視線を向けた。ふだんテレビはめったに見ない。見るとすれば関心のあるニュースを追うときだ。今日はまさにそれだった――ワシントンDC行きの動機であり、失意のもととなった事件。ライムとアメリア・サックスはワシントンDCから帰ったばかりだった。

雑音とともに画面に表われたのは、ニュース専門チャンネルではなくドキュメンタリー専門チャンネルだった。犯罪実録ものを放映中だった。ただし再現ドラマだ。悪党の凶悪そうな目。思案ありげな刑事たち。サスペンスを高める音楽。現場捜索中の鑑識員は、手袋の上に腕時計を巻いていた。

おいおい。

「こんないいかげんな番組を見ていたのか、きみは」ライムはトムに向かって声を張り上げた。

返事はなかった。

ボタンを押して、ニュース専門チャンネルに合わせた。しかし、映し出されたのはまたもニュース番組ではなく、処方薬のＣＭだった。何に効く薬なのかさっぱり伝わってこないが、老いぼれてどんよりとした表情をしていたおじいちゃんおばあちゃんが、最後のシーンでいくらか若返ったような顔で楽しげに孫たちとはしゃいでいるところを見ると、〝孫の相手をするのも億劫《おっくう》になる〟病気の治療薬のようだ。

やがてニュースキャスターが映った。地域の話題をいくつか紹介してから政治ニュースに移り、目下ライムが関心を向けている一件を短く報じた。ニューヨーク州東部地区連邦裁判所で継続中の裁判のニュースだ。被告人は〝エル・アルコン〟――タカ――の渾名《あだな》で知られるメキシコの麻薬王エドゥアルド・カピーリャ。ニューヨーク市近郊の犯罪組織幹部と手を組み、麻薬密売とマネーロンダリングを軸に未成年売春や人身売買までをも視野に入れた犯罪ネットワークを新たに築くことを目的にアメリカに入国して、逮捕されていた。

かなり頭の切れる人物らしい。億万長者であるにもかかわらず、民間旅客機、それもエコノミークラスでカナダに飛び、不法に入国した。そこからプライベート機で国境近くの空港に移動し、ヘリコプターに乗り換え、文字どおりレーダーをくぐり抜けて国境を越え、ニューヨーク州南東部ロングアイランドの寂れた空港に降り立った。その空港から数キロメートルの距離に、購入を予定していた大型倉庫があった。この倉庫をアメリカ国内での拠点にしようとしていたのだろうと見られている。

エル・アルコンの入国を把握した警察とＦＢＩは、倉庫で彼を捕らえるため刑事や捜査官を派遣した。銃撃戦が起き、倉庫のオーナーとボディガードが死亡した。ほかに警察官一名が重傷、FBI捜査官一名が軽傷を負った。

エル・アルコンは逮捕されたが、彼と手を組んでアメリカ国内に麻薬帝国を築こうともくろんでいたアメリカ人パートナーは倉庫におらず、検察はまだその正体をつかめずにいる。倉庫のオーナーと見られる人物――銃撃戦で死亡した男性――は表看板にすぎなかった。捜査を尽くしたものの、アメリカ側の組織幹部の素性はいまだ明らかになっていなかった。

リンカーン・ライムは、なんとしてもこの裁判に一枚加わりたいと思った。物的証拠を分析し、科学捜査の専門家として裁判で証言したかった。政府高官数名との面会の予定があり、サックスとともにワシントンDCに一週間とどまった。

だからいま、こうして落胆している。ぜひともエル・アルコンを刑務所に送りこむ一助となりたかったのに。しかし、まあ、事件はほかにもいくらでもあるだろう。

そう思ったとき、タイミングよく電話が鳴り出した。発信者の名前は、ほかの事件を暗示させるものだった。

「ロン」ライムは電話に出た。

「リンカーン。帰ったか」

「ついさっきな。何か難しい事件でも起きたか。興味深い事件か？　挑みがいのある事件だろうな」

一級刑事ロン・セリットーは、何年も前、ライムがまだニューヨーク市警の警部だったころパートナーを組んでいた相手だが、最近は親睦目的で会うことはほとんどなく、近況を知るためだけに電話で話すこともいっさいなかった。セリットーから電話がかかってくるのは、事件の捜査にライムの手を借りたいときと決まっている。

「その三つのどれかに当てはまるかはわからんがな。ともかく、一つ訊きたいことがある」セリットーは息を切らしているようだった。捜査上の緊急事態が発生したからか、それとも、食料品店でペストリーをまとめ買いした帰り道なのか。

「何だ」

「ダイヤモンドには詳しいか」

「ダイヤモンドね……ふむ。どうかな。同素体であることは知っているよ」

「何だって？」

「同素体。複数の形状で存在する化学元素の一つだ。炭素はその典型だな。元素界のスーパースターだよ。さすがのきみでも知っていることと思うが」

「さすがの俺でも、か。ふん」セリットーがうなるように言う。

「炭素の同素体には、グラフェン、フラーレン、グラファイト、ダイヤモンドがある。原子の結合様式によって変わる。グラファイトは六方格子、ダイヤモンドは四面体格子。些細な違いと思えるが、鉛筆の芯になるか、王冠を飾る宝石になるかがそれで決まるわけだ」

「リンカーン。俺が悪かったよ。こう質問するべきだった。ダイヤモンド地区で事件の捜査をしたことはあるか」

ライムは記憶をたどった。ニューヨーク市警の中央科学捜査部を率いる警部だった当時、その後、捜査顧問になってからの歳月。ミッドタウンの四七丁目一帯で起きた事件はあるにはあったが、ダイヤモンド店やダイヤモンド商が関係したものは一件もなかった。ライムはセリットーにそう答えた。

「おまえの力を借りたい。強盗から殺人に発展したらしくてな、複数の被害者が出ている」セリットーは一瞬ためらってから続けた。「ほかにもちょい面倒なことがあってな」

〝ちょい面倒なこと〟は犯罪捜査の専門辞書にはない言葉だ。ライムは好奇心を刺激された。

「どうだ、関心はあるか」

エル・アルコン事件を逃した直後だ。答えはイエスに決まっている。「どのくらいで来られる？」ライムは訊いた。

「入れてくれ」

「え？」

玄関からドアを荒っぽく叩く音が聞こえた。電話越しのセリットーの声が言った。

「もう来てる。玄関の前にいるんだよ。おまえに断られようが、とりあえず事件の話をするつもりで来た。頼むよ、さっさと開けろって。外は一月なみに寒い」

「スープはいかがです？」トムが尋ねた。ロン・セリットーの冴えない灰色のコートを受け取ってフックにかけた。

「やめておこう。いや待て、何のスープだ」見るとセリットーは顔をわずかに上に向け、キッチンから漂ってくる香りを確かめるのに最適な角度に鼻を持ち上げていた。

「エビで出汁《だし》を取ったトマトのスープです。ちょうどリンカーンも食べるところですよ」

「私は食わんぞ」

「いいえ、リンカーンも食べるところです」

「ふむ」骨太でしわくちゃの──後者は本人ではなく服についての形容だ──ロン・セリットーは、万年ダイエット中だ。少なくともライムが知り合ったころからずっとそうだった。しかし、少し前にセリットーとライムが捜査を担当した事件の未詳に毒物を盛られ、贅肉《ぜいにく》がごっそり落ちた。痩せ細ったセリットーは見るだに痛々しい。いまは以前の恰幅《かっぷく》のよさを取り戻すべく奮闘中だ。セリットーが「もらおう」と答えるのを聞いて、ライムは安堵した。

安堵した理由はもう一つ。自分にかかるプレッシャーが軽くなる。ライムは空腹を感じていなかった。

「あれ、アメリアは」セリットーが訊いた。

「ここにはいない」

アメリア・サックスはブルックリンに行っていた。母親が住む実家の近くにいまも部屋を借りている。母のローズは心臓の手術から順調に回復しているが、サックスは頻繁に様子を確かめに実家に寄っていた。

「まだか」

「それはどういう意味だ」ライムは訊いた。

「こっちに向かってるはずなんだ。そろそろ着くだろう」

「ここに？　きみから連絡したのか」

「そうだ。それにしてもいいにおいだ。トムのやつ、スープはよく作るのか」ライムは言った。「つまり、私とサックスは今回の事件の捜査に参加するとき、きみが決めたわけか」

「まあな。レイチェルと俺はたいがい缶入りスープですませる。プログレッソとか、キャンベルとか」

「ロン」

「そうだ。俺が決めた」

スープが運ばれてきた。ボウルが二つ。ライムの分は車椅子に取り付けられた小さなトレーに、セリットーの分はテーブルに。ライムは自分のボウルを一瞥した。ふむ、たしかに食欲をそそる香りだ。そういえば腹が減ってきたような気がする。この種の問題に関してトムの判断はたいがい正しいが、ライムはまずそのことを認めない。トムが介助しようとしたが、ライムは首を振って断り、自分の右手と右腕の力試しといくことにした。ぐらぐら揺れる手でスープを口に運ぶのはなかなか難儀だったが、なんとか一度もこぼさずに食べ終えた。寿司が嫌いでよかったと思った。箸はリンカーン・ライムのような人間向きの道具ではない。

玄関にまた一人到着した。意外なことに、ロナルド・プラスキーだった。おそらくロン・セリットーがダイヤモンド地区の事件のために呼んだのだろう。ライムはプラスキーをいまも新人《ルーキー》だと思っていて、本人を前にしてもそう呼んでいるが、実際のプラスキーはもう何年も前に新人と呼ばれる段階を卒業している。すらりと長身のプラスキーは厳密にいえば警邏《けいら》課の人間だが、ライムは鑑識の潜在能力をプラスキーに認め、セリットーに頼んで非公式に重大犯罪捜査課に配属してもらった。セリットーとサックスは二人とも重大犯罪捜査課の刑事だ。

「リンカーン。ロン」プラスキーは後者をいくらか控えめな音量で発した。どれほど親しかろうと、セリットーとは上司と部下の関係であり、勤務年数も貫禄も遠く及ばない。加えて、プラスキーは、ライムやサックスの捜査に初めて加わったとき負った傷——頭を殴打されて重傷を負った——の後遺症にいまも悩まされている。そのためにしばらく仕事を離れていた時期もあり、市警に復帰するという困難な決断をしたあとも、脳の外傷からの回復後に残りやすい漠然とした不安や自信のなさに悩まされ続けていた。

市警を辞めようと思っている、警察官としてやっていける自信を失ったと打ち明けられたとき、ライムはこう突き放した。「すべてはきみの頭のなかで起きている」

するとプラスキーは真意を疑うようにライムを見つめた。ライムは真顔を保ったが、やがて我慢できなくなって笑い出した。プラスキーも笑った。「いいか、ロナルド、誰の脳にだって、目に見える傷、目に見えない傷があるものだよ。それより、きみに捜索を任せたい現場がある。さあ、鑑識キットを持て。グリッド捜索を頼む」

プラスキーは、むろん、現場に急行した。

居間に入ってきたプラスキーは防寒コートを脱いだ。その下は紺色で長袖のニューヨーク市警の制服だ。

トムがプラスキーにもスープを勧めた。ライムは「いいかげんにしてくれ、ここはスープキッチンではないぞ（スープキッチンとは貧困者向けの無料給食所のこと）」と言いかけて――気の利いた冗談ではないか――言葉をのみこんだ。ちくりと言うまでもなく、プラスキーは遠慮した。

そこに大馬力の車の野太い排気音が近づいてきて、ぴたりと閉ざされた窓ガラスを震わせた。アメリア・サックスが来た。ぶわんとアクセルをあおる音が轟いたあと、エンジンが停止した。サックスが入ってきてボマージャケットをフックにかけ、ジーンズに通したベルトを調節して、プラスチックのグロックのホルスターを背中側の邪魔にならない位置に回した。ティールブルーのハイネックセーターの下には黒いシルクのTシャツを着ているはずだ。ライムはそのことを朝見て知っていた。ラジオの天気予報で、今日も先週に引き続き、三月なかばにしては季節外れに寒い一日になると言っていた。ワシントンＤＣでは、せっかく開きかけた桜の花が寒さにやられてしおれていた。

サックスは集まった面々に挨拶代わりにうなずいた。セリットーは軽く手を振ったあと、騒々しい音を立ててスープを食べ終えた。

チームのほぼ全員がそろい、腹ごしらえもできたところで――とライムは愉快さ半分、皮肉半分で考えた――セリットーが事件のあらましを説明した。

「発生したのはいまから一時間くらい前だ。強盗と殺人、被害者は複数。現場はミッドタウン・ノース署の管轄内。西四七丁目五八番地の三階、パテル・デザインズ。経営者はジャティン・パテル、五十五歳。死亡した被害者の一人だよ。ダイヤモンド加工職人で、宝飾品を作って売っていたそうだ。かなり有名だったらしいな。俺は宝飾品なんぞに縁はないから、よく知らんがね。重大犯罪捜査課にお鉢が回ってきて、そこからさらに俺に回された。で、俺はおまえに押しつけたってわけだ」

市警本部の刑事部に所属する警視が取り仕切る重大犯罪捜査課は、通常は殺人事件や小売店の強盗事件を扱わない。

ライムとサックスが目を見交わしたことに気づき、ロン・セリットーは今回の事件が例外である理由を説明した。

「市庁舎の我らが友人たちのご意向だろうな。ダイヤモンド地区で強盗殺人事件が起きたなんて話は、できるだけ公にしたくない友人たちの。この一件で終わりじゃなかったりしたら、なおさらだ。買い物客の足が途絶える。観光業が打撃を食らう。景気にも悪影響が及ぶ」

「被害者も事件を喜んではいないだろうな、ロン。そうは思わないか」

「俺は聞いた話をそのまま伝えてるだけだよ、リンカーン。いいな？」

「いいだろう、続けてくれ」

「一つ、ちょっとした問題点があってな。この情報は伏せておいてくれ。パテルは拷問されていた。ミッドタウン・ノースの警部は、上物のありかを教えなかったからじゃないかと考えてる。金庫の開けかたとかな。それで犯人はカッターナイフでパテルを痛めつけてしゃべらせた。むごい有様だそうだよ」

ほかにもちょい面倒なことがあってな……

ライムは言った。「よし。さっそく仕事にかかるとしよう。サックス、きみは現場を頼む。私はメル・クーパーを呼んでおく。それから、きみはここで待機だ、プラスキー。さしあたり遊軍として確保しておきたい」

サックスはフックからジャケットを取って着ると、予備のマガジンを二本、腰のベルトに留めた。それから玄関に向かった。

トムがちょうど居間に戻ってきて、サックスに微笑みかけた。「アメリア。いらしてたんですね。おなかは空いてません？」

「ぺこぺこ。朝もお昼も食べそこねちゃって」

「スープはいかがですか。温まりますよ」

サックスは無念そうな笑みをトムに向けた。温かいスープはもちろん、どんな液体であれ胃袋に入れた状態で、四百五馬力のエンジンと四速マニュアルギアを積んだトリノ・コブラの運転席に座ってマンハッタンのミッドタウンをかっ飛ばしたら、問題が発生すること必至だろう。

サックスはポケットからキーを取り出した。「あとでいただくことにする」

4

四七丁目のパテル・デザインズの現場は、アメリア・サックスに三つの疑問を突きつけた。

第一に、犯人は金庫にあった数百個のダイヤモンドに手をつけることなく逃走しているが、では、いったい何を盗んだのか。そもそも何か盗んでいったのか。

第二に、パテルが拷問されたのはなぜか。

第三に、事件を警察に通報し、犯人の人相特徴をそこそこ詳しく伝えた匿名の人物は誰なのか。この疑問には、もう一つ小さな疑問がついてきた。匿名の通報者は現在も生きているのか。サックスは、ビルの三階にあるパテルの店に一歩入るなり、そこに残っていたにおいから、銃が使われたと確信した。通報した人物は強盗の現場にたまたま来合わせ、銃で撃たれたが逃げ、公衆電話から九一一に通報したのだろう。

店内はそう広くない。銃と被害者との距離は、どれほど離れていたとしても三メートルから五メートルといったところか。相手を殺す気でその距離から発砲したら、はずすほうが難しい。そして店内にも廊下にも逸れた弾がめりこんだ痕は見当たらなかった。目撃証人は撃たれて負傷していると考えて間違いないだろう。

白いフードつきのジャンプスーツにシューカバーで全身を覆ったサックスは、ミシガン湖そっくりの形に広がった血だまりを踏まないよう大回りしながら、証拠物件や重要な手がかりになりそうな痕跡を見つけるたびに写真撮影用の番号札を置いていった。写真撮影が終わると、次はグリッド捜索だ。現場全体を文字どおり一センチ刻みで捜索する。サックスはライムから教えられた手法しか使わない。現場の片端からもう一方の端まで直線に歩き、百八十度向きを変え、左右いずれかに三十センチほど移動してまた元の側まで歩く。芝刈りの要領だ。全体の捜索が終わったら、今度は直角に向きを変えて、ライムの表現を借りるなら〝木目に逆らうように〟同じ現場をもう一度捜索する。

サックスはグリッド捜索を開始した。微細証拠を集め、足跡を採取し、指紋や掌紋を探し、犯人がＤＮＡを残した可能性のある箇所を綿棒で拭う。それから両手を腰に当てて、店の間取りを再確認した。広さはおそらく八十平方メートルほど。ゴム製のドアストッパーを噛ませて開けっぱなしにしてある店の入口を一瞥した。サックスと同じようにジャンプスーツに身を固めた男性が立っていた。サックスは声をかけた。「パソコンなら奥の事務室。幸運を祈りましょ」

ＥＣＴ――証拠採取技術者《エビデンス・コレクション・テクニシャン》――は、防犯カメラやコンピューターの記憶装置を扱う専門のトレーニングを受けている。パテルの事務室にあるハードドライブや、一台だけカウンターの奥に設置されて店の入口を撮影している監視カメラから、可能なかぎり情報を引き出すはずだ。カメラは作動中のようだった。小さな赤いランプが挑発するように光を放っているし、カメラから延びるケーブルはパテルのデスクトップパソコンに接続されている。パソコンの隣には大型プリンターと、いまどき珍しいことに、古ぼけたファクス機が設置されていた。カメラはビルの管理室ではなく、パテルのパソコンだけにつながっているようだ。

しかし、カメラの映像については幸運を祈るだけでは足りないだろう。この事件の犯人が防犯カメラの録画を削除するのを忘れるとは思えない。一方で、どんな警察官も知っているとおり、デジタルメディアのデータは単にごみ箱に入れて削除しただけでは完全には消えない。犯罪の証拠となるデータの多くは復旧できるのだ――ただし、そもそも存在しているなら。問題はそこだ。

サックスは集めた証拠物件の一つひとつに保管継続カードを作成し、証拠そのものに貼るか、証拠を収めた紙袋やビニール袋に貼りつけた。

次。いちばんつらい作業だ。

遺体の検分は、わざと最後に回していた。

なぜかといえば、最初に急いで調べる必要がとくにないなら、少々先送りしたところで何が変わるわけでもないからだ。

現場に到着したとき、即座にサックスの目を引いたもの、そしていまふたたび見ても心を動かされるものは、喉をかき切られて死んだカップルの指だった。二人とも手を背中で縛られているが、死の直前に体を寄せ合い、互いの指をからめた。ナイフで切りつけられ、苦痛に激しく身をよじらせた形跡があるのに、指は最後まで離さなかった。断末魔の苦しみのなか、互いの手のぬくもりに小さな安らぎを見いだしたのだろう。見いだしたのだと思いたい。サックスはパトロール警官として、次に重大犯罪捜査課所属の刑事として、長く犯罪の現場を見てきた。長い年月のあいだに心の鎧《よろい》は厚くなった。そうでなくてはやっていけない。それでも、こういった小さなことに気づいたとき、ふいに泣きたくなることがある——本当に涙があふれることはないにしても。そういった衝動とは無縁の警察官もいた。だがサックスは、涙もろい分だけ自分は善良な警察官だと思っている。

店の経営者のジャティン・パテルもやはり喉をかき切られて死んでいた。一つ違うのは拷問を受けている点だ。少し前に遺体を見た検死局の当番監察医、細身のアジア系アメリカ人の女性は、両手や耳、顔面に切り傷があることを指摘した。拳銃で殴られた痕跡もあった。いずれも生きているあいだにつけられた傷だ。

パテルもカップルも、所持品を強奪されてはいないようだったが、パテルの携帯電話は服のポケットにはなく、店内にも見当たらなかった。強盗なら奪っていきそうなものについてはどれも残っていた――財布、バッグ、ジュエリー、現金。サックスは三つの遺体をあらゆる角度から撮影し、粘着ローラーを使って繊維などの微細証拠を集め、現場で見つかった毛髪と被害者の毛髪を区別できるよう三人分のサンプルを採取した。三人のいずれも犯人と格闘していないようだが、念のため爪の下の微細証拠をかき取った。波長可変型光源装置を使い、電灯のコードで縛られた手首を中心に指紋を探したが、一つも見つからなかった。これは予想のうちだ。布手袋をはめた手の跡――一部は血が染みていた――が現場のあちこちで見つかっていたから、犯人の指紋は残っていないだろうと思っていた。

「あの、すみません」事務室から声が聞こえた。

サックスは事務室の入口から奥をのぞいた。

証拠採取技術者――腹にたっぷり贅肉がついて、ジャンプスーツのジッパーがはち切れそうだ――が言った。「ハードドライブがないんです。その、ハードドライブごと持っていかれたみたいです。バックアップもありません」

「持っていった？　どうやって」

「工具を用意してたんでしょうね。簡単なことです。十字ドライバーが一本あればはずせますから」

サックスは礼を言って廊下に出ると、携帯メールをしながら辛抱《しんぼう》強く待っていた監察医にうなずいた。

「搬送してください」サックスは言った。

監察医はうなずき、搬送車に無線で連絡した。すぐにストレッチャーや遺体搬送袋を持った検死局の職員が上がってきて遺体を運び出し、検死局で解剖が行われるだろう。

「サックス刑事」ミッドタウン・ノース署の小柄な若い制服警官がエレベーターから降りてきて、店の入口のかなり手前で足を止めた。

「現場の捜索は終わってるわ、アルヴァレス。もう入っても大丈夫。何か手がかりはあった？」

アルヴァレスと、パートナーのアフリカ系アメリカ人の二十代の女性警官は二手に分かれて近隣の聞きこみをし、目撃者や、犯人が現場に来たとき、逃走したときに落としたかもしれない証拠を探していた。目撃者はおそらく見つかっていないだろう。このビルは大部分が空室で、〈貸店舗〉の札がそこらじゅうに貼り出されている。それに今日は土曜日——ユダヤ教の安息日——とあって、この三階のほかの店舗はどれも休みだ。

アルヴァレスが言った。「二階は三軒が営業中で、この一つ上の階では二軒が店を開けていました。十二時三十分から四十五分ごろに大きな音を聞いたという人が二人いましたが、車のバックファイアか建設工事の音だろうと気に留めなかったそうです。何か見た人、聞いた人はほかにいませんでした」

まあ、本当にそのとおりなのだろうが、いつもどおりの疑念は拭いきれない。事件は昼休みごろに発生した。ビルを出入りする従業員が犯人を目撃した可能性は少なくないだろう。しかし、そういったとき人々の耳が一時的に聞こえなくなる、目が見えなくなる病は、〝自衛本能〟などと呼ばれ、そう珍しいものではない。

「でも、ちょっと気づいたことが」アルヴァレスはエレベーターホールを指さした。壁に防犯カメラが取り付けられている。ここに来たときその前を通ったが、サックスは見逃していた。防犯カメラに目を凝らしたあと、サックスは短い笑い声を漏らした。「塗料を吹きつけたのね」

アルヴァレスがうなずく。「スプレー塗料の道筋を見てください」

すぐにはぴんとこなかったが、まもなくアルヴァレスが言いたいことがわかった。犯人は——きっと犯人のしわざだ——防犯カメラの後ろ側にいる時点からスプレー塗料を吹きつけ始め、移動しながら真下に来たところでレンズに噴射していた。一秒たりとも自分の姿が映らないようにするためだろう。利口なやりかただ。

利口にもハードドライブを持ち去ったように。

「路上の防犯カメラはどう？」

アルヴァレスが答えた。「期待できるかもしれません。いまこのビルの入口の両側の店に頼んで、ｍｐ４ファイルをコピーしてもらってます。オリジナルの録画は保存しておいてくれるよう言ってあります」

捜査の目的ではコピーで充分だが、裁判ではオリジナルの記憶装置を提出する必要がある。

裁判にこぎつけられれば、だが。

現場の店舗に戻った。三つのうち一つめの疑問がサックスの頭のなかを跳ね回っていた。疑問その1——犯人は何を持ち去ったのか。グリッド捜索をして、現場は徹底的に見たつもりだ。しかしどれだけ念入りに捜索しようと、あるはずなのになくなっているものに気づけるとはかぎらない。

もう一度現場を見て回った。パテル・デザインズは、この通りのほかの多くの店と違って、いわゆる宝飾店の体裁を取っていない。ガラスを割り、なかの商品をわしづかみにして逃走しようにも、そもそも陳列ケースがないのだ。店舗は三つの空間に分かれている。手前の接客エリア、そのすぐ奥の事務室。そしてもう一つ、左手のドアの奥に、宝石を研磨したり、装身具に仕上げたりするのに使うと思《おぼ》しき機械が並んだ作業場がある。三つのうち作業場が一番広く、作業スペースが二人分設けられていた——陶芸家が花瓶やボウルを作るのに使うろくろに似た大きなターンテーブルが二台設置されている。使いこまれた工業用の機械も見えた。一つは、見たところ小型のレーザー装置らしい。作業場は倉庫も兼ねているようだった。棚の上や壁際に空き箱や梱包用品、事務用品、洗剤などが積み上げられていた。しかし金目のものは一つもなさそうだ。

廊下から入ってすぐの空間、接客エリアは、三メートル×五メートルほどの広さで、木製のカウンターが真ん中を占めている。ほかにカウチが一つとデザインがばらばらの椅子が二脚ある。カウンターには、客に商品を見せるためのベルベットを敷いた大きめのパッドとルーペが数個、それに紙の山があった（いずれも白紙だ）。おそらくパテルはオーダーメイドの品物だけを販売していたのだろう。客をここで迎え、作業場か、事務室にある腰丈の金庫から注文の品を出してきて確認させた。インターネットで検索したところ、会社の売上の大半は、大粒のダイヤモンドをカットし研磨してほかの宝飾品メーカーに納めて上げていたらしい。

疑問その1……

あなたはここからいったい何を持ち出したの？

サックスは事務室に戻り、金庫の中身を検《あらた》めた。日本の折り紙のように折りたたんで封筒のようにした八センチ角の白い正方形の紙が何百枚とある。その封筒のなかに、ダイヤモンドの裸石《ルース》が入っていた。

金庫にも、正方形の紙のいくつかにも、犯人の手袋の跡――血をはじめ布の繊維が吸着した微細証拠の痕跡――が付着している。しかし、ここでものをあさった形跡はない。強盗なら、紙に入ったルースをすべて持ち去るか、何か特定のものを探していたなら金庫をあさり、目当てのものではない封筒をそのへんに放り出していくかするだろう。

答えを知る方法は一つしかない。捜索で見つけた業務書類はひとまとめにしておいた。

あのどこかにダイヤモンドの在庫表があるだろう。クイーンズの鑑識本部の高額証拠物件分析室に預ければ、在庫表と金庫の中身を照合してくれる。何がなくなっているか、いつかは判明するはずだ。

だが、それには何カ月もかかるかもしれない。

そんなに待てない。何が盗まれているのか、大急ぎで把握する必要がある。盗まれた宝飾品を扱う故買人やマネーロンダリング業者に通じる秘密情報提供者にその情報を預けるためだ。現行犯逮捕でないかぎり、強盗事件の捜査は、複雑で広大無辺な盗品流通の世界をとぼとぼ歩き回る長い道のりになる。

とはいえ、近道はありそうにない。

ただし……

この現場は何かおかしい。なぜ金庫のルースを奪わなかったのか。それよりも何を優先したのだろう。

サックスはしゃがんだ——関節炎を患う膝は、今日のように湿気が多いとたまに不平を漏らすから、ごく慎重に——金庫をいっそう注意深く調べた。ダイヤモンドが一つしか入っていない封筒もあれば、数十個入っているものもある。サックスの目には、どれもおそろしく美しく見えた。盗む価値は充分にありそうだ。しかし、本当のところはわからない。サックスは宝石好きの女ではなかった。身につけている宝石は、ブルーダイヤモンドの婚約指輪一つだけで、細いゴールドの指輪と並んで控えめに輝きを放っている。いまはどちらも紫色のラテックスの手袋の下に隠れているが。

金庫にはおそらく数十万ドル分のダイヤモンドが入っている。

盗もうと思えば、それを盗めた。

なのに、犯人は盗まなかった。

立ち上がる。こめかみを汗の粒が転がり落ちた。外は寒いが、古びたビルのラジエーターが放射するサウナなみの熱が白いタイベックのジャンプスーツの内側にこもっていた。昔は現場を捜索するときは手袋くらいしか着けなかったものだ。せいぜいそれにシューカバーが加わる程度だった。いま世界中の犯罪現場で常識となっている防護服の存在理由は二つある。一つは現場にあるかもしれない危険な物質から捜査員を守るため。もう一つは、被告人側の弁護士から守るためだ。ジャンプスーツを着なかったために現場が汚染されるおそれは、現実には限りなくゼロに近い。しかし抜け目ない弁護士なら、現場が汚染された可能性があるという疑惑の種を一つまくだけで、検察側の主張の信憑《しんぴょう》性《せい》を根底から揺るがすことができる。

よし。金庫のなかのものではないとすると、何だ?

検死局の職員が遺体――先にカップル、次にパテル――を運び出す横で、サックスは三つの部屋にもう一度視線をめぐらせた。

もし、犯人の目的が強盗ではなく、殺人だったとしたら。パテルが高利貸しから借りた金を返さなかったとか。いや、それはなさそうだ。パテル・デザインズは繁盛しているようだし、街のいかがわしい組織から三十パーセントの利息で――街金《まちきん》のいまの利息、それも月ごとの利息はそのくらいだ――金を借りるような人物とは思えない。

男女関係のもつれか。パテルは妻と死別している。肥満体型の身なりにかまわない中年男性のパテルは、激しく危険な情事に巻きこまれるようなタイプには見えない。彼を殺すことが目的だったなら、なぜ拷問する？　それに、それをいったら、なぜ店に押し入った？　自宅や路上で襲えばすんだことだろう。

サックスの目はふたたび作業場に吸い寄せられた。パテルまたは従業員が手がけていたダイヤモンドか宝飾品が、とりわけ価値の高いものだったとか。

サックスは作業場に入った。どちらの作業台も今日は一度も使われていないようだ。道具はすべて棚やラックに整然と並んでいた。しかし、作業台の一方に、金庫にあったのと同じような、ダイヤモンドを入れるために紙を折って作った封筒が何枚かあった。ただし、なかにダイヤモンドは入っていない。ペンで文字が書いてある。〈GC－1〉、〈GC－2〉、〈GC－3〉、〈GC－4〉。その横にカラット数が記入してある（五カラットから七・五カラットまで）ところを見ると、いずれもなかに入っていたダイヤモンドの名前だろう。さらにその横にアルファベットも書いてあった。四つのうち三つには〈D、IF〉とある。最後の一つ、一番小さなものは〈D、FL〉。おそらく品質の等級だ。封筒にはさらにこうあった――〈所有者：グレース－カボット鉱山、南アフリカ、ケープタウン〉。その横に会社の代表番号が書き添えられていた。

「これは何？」一番下のメモ書きを見て、サックスは声に出してつぶやいた。それぞれの石の評価額のようだ。四石合計で、六千八百万ZAR。携帯電話を取り出してグーグル検索した。〝ZAR〟は、驚くには当たらないが、南アフリカの通貨ランドのコードだった。

だが、ランドをドルに換算した瞬間、サックスは仰天した。

総額およそ五百万ドル。

疑問その1の答えらしきものを見つけた——アメリア・サックスはそう確信した。

5

盗まれたのは高額なダイヤモンド四石であるという確証を探して、アメリア・サックスは金庫の前に戻り、正方形の白い紙を折って作った封筒を数百通、一つずつ検めていった。

〈GC〉というイニシャルや社名が書かれた封筒はほかに見当たらない。グレースーカボット社に問い合わせれば、パテルが問題の四石を預かっていたかどうか確認が取れるだろうが、未詳が持ち去ったのはそれだと考えて間違いはないようだ。

ここにあることを未詳は初めから知っていたのだろうか。それとも、たまたまパテルの店を選んで押し入り、もっとも高額なダイヤモンドのありかを教えろとパテルに迫ったのだろうか。

いまの時点では推測することしかできない。

サックスはグレース-カボットの箱と預かり証の写真を撮り、二つを証拠品袋に収めた。

よし、次は疑問その2だ。なぜ拷問されたのか。

金庫の暗証番号か、グレース-カボットの裸石《ルース》のような高価なダイヤモンドの保管場所を吐かせるためだろうとセリットーは言っていたが、サックスの意見は違った。突き詰めれば、ダイヤモンドは換金可能な売り物にすぎない。死に直面して、いやそれをいったら拷問すると脅されただけでも、パテルは商品のありかをいくらでもしゃべっただろう。商品にはいずれも保険がかかっているはずだ。どれほど貴重な宝石であろうと、命を犠牲にする価値どころか、ほんの一瞬の痛みであれ耐えるだけの価値はない。

違う。未詳が聞き出そうとしたのはそれではない。では、いったい何だ？

その答えを探して、アメリア・サックスは、いかに負担が大きかろうと、事件現場でたびたびやることを試みた――頭のなかで、そして心のなかで、犯人になりきって考える。一瞬のうちに、サックスは刑事ではなくなった。女でもなくなった。この血の海を作り出した男になった。

そして自分に尋ねた——犯人としての自分に。私はなぜパテルを痛めつけたのか。必要に迫られたから。私は差し迫った必要に駆られている。ほかに方法がない。パテルを痛めつけて情報を吐かせなくてはならないのは、いったいなぜ？

顔の皮膚にぴりぴりするような感覚が走った。それはうなじを伝い、背筋を駆け下りた。さっきとは違い、この部屋の重苦しい熱気のせいではない。五感を総動員して犯人になりきっていることから来る恐怖のためでもない。その感覚は犯人の体を駆け抜けた焦《あせ》りだ。

何かがおかしい。何かを解決しなくてはならない。でも、何だろう。何だ。何だ？　時間をさかのぼって。考えて。想像して。思い浮かべて……

正午少し過ぎ。私は店に入っていこうとしている。そう、あのカップル、ウィリアムとアナを利用して自分も店に入っていくところだ。恋人たちは、セキュリティをかいくぐってなかに入るための手段にすぎず、まもなく死なくてはならない。顔を見られたからだ。そう考えると安堵が胸に広がる。この二人は死ぬのだ。安心だ。心配ごとは残らない。

二人がドアを押し開けた瞬間、二人の背後にぴたりとつく。

ナイフで二人の動きを封じることはできない。無理だ。銃を見せるしかない。だが、発砲せずにすませたい。音が大きすぎる。

しかし必要なら撃つ。二人もそれを察している。

ウィリアム、アナ、パテル。誰も抵抗しない。

三人は静かに従う。

私も静かにことを進める。

私は場を制している。

いいぞ、いい気分だ。

パテルを殴る——おそらく銃を使って。抵抗できないようにする。カップルの手を縛る。泣いている。二人とも泣いている。体を寄せ合い、互いの存在を確かめようとしている。運命を悟ったからだ。

それを見ても、心が動かされたりはしない。まったく。

そう考えたとき、サックスは素の自分に戻った。呼吸が浅くなった。歯を食いしばる。胃がすくみ上がった。手袋に包まれた人差し指の爪を、やはり手袋に包まれた親指に食いこませる。痛みを感じた。気づかないふりをした。

戻ろう。犯人の頭のなかに。

また犯人に戻った。

しゃがんで男の髪をつかみ、喉をかき切る。

次は女だ。

パテルの泣き声が聞こえる。それには目をくれず、カップルが身をよじり、血を流しながら死ぬのを見守る。タスクが一つ片づいた。私はそう考えている。これはタスクだ。

タスク完了。いいぞ。リストに完了済みの印をつける。死はどれもそうだ。完了済みの印にすぎない。

パテルに向き直る。パテルは力なく転がっている。抵抗の気力を失っている。それに怯えている。この店にある一番高額な石のありかを訊く。

パテルは答える。金庫の暗証番号を吐き、私はグレース－カボットのダイヤモンドを手に入れる。しかし――ここがポイントだ。大事なこと。重要な鍵。私が知りたいことはほかにある。だがパテルはしゃべらない。

何を？

私はかがみこみ、これまでとは違う切りつけかたをする。苦しめるために切る。血とともに情報を引き出すために。胸がすく。また切りつける。もう一度。顔、耳、指。

そしてようやく、情報が吐き出された。

私は緊張を解く。ナイフがパテルの喉を探し当てる。すばやく三度切る。

終わった。

パテルは何を話した？

パテルはどんな情報を渡した？

私がそこまでして知りたいこととは何だ？　知る必要のあることとは？

宝は手に入れた。五百万ドル相当のダイヤモンドだ。それでも満足して逃げないのはなぜだ？

サックスの頭に答えが閃いた。

どうしても必要なこと、それは自分を守ることだ。自分が生き延びることに執着している。人を拷問する理由はそれだ。私の安全を脅かしている人物の名。防犯カメラの一つにはスプレー塗料を吹きつけた。それができなかった一つはハードドライブを盗んだ。顔を見られたというだけの理由で、罪のない目撃者を二人殺した……

警察によけいなことをしゃべるおそれのある目撃者を一人として生かしておくことはできない。

強盗の現場に現れた男がいた。私が撃った男、九一一に事件を通報した男。その男の名を聞き出すためならパテルを拷問するだろうか。男は大したものを目撃していない。警察には、スキーマスクをかぶった犯人を見たと話した。それに、ここに来たのはパテルが絶命したあとだった可能性が高い。そう考えると、その男はさほど脅威ではないだろう。それよりも、私の素顔を見たかもしれない別の誰かの名前を聞き出すためにパテルを拷問したと考えるほうが筋が通っている。

それだ。拷問の動機はおそらくそれだろう。

犯人の頭のなかから抜け出し、サックスは壁にもたれてがくりと頭を垂れた。深呼吸を繰り返し、目に流れこみそうな汗、こめかみを伝う汗を拭う。邪悪な存在との交信のダメージから立ち直ると、廊下に出て、集めた証拠をひととおり確かめた。パテルのスケジュール帳を見つけ、ページをめくる。今日の午前十一時に〈S〉、午前十一時四十五分に〈WとA〉――殺害されたカップル、ウィリアムとアナだろう。今日、土曜日の余白に〈VL〉とある。特定の時刻は書かれていない。疑問その3の答え――匿名の通報者は誰か――はこの〈VL〉である可能性が高そうだ。といっても、それは答えの一部でしかない。イニシャルだけでは素性がわからないからだ。

サックスはさらに考えを広げてみた。〈S〉が来たときか帰るとき、未詳はこのビルのなかにいたか、近くに来ていたかして、〈S〉に顔を見られたのではないかと心配しているのかもしれない。それでパテルから〈S〉の名前を聞き出して始末する必要に駆られた。同じ筋書きは〈VL〉にも当てはまる。

スケジュール帳のほかのページも見てみた。この一月《ひとつき》で、面会の約束や仕事の予定が数百件記入されていて、〈S〉とは直近の十日間で二度会っている。〈VL〉のイニシャルは定期的に書きこまれていた。週に三度から四度。〈VL〉はおそらく従業員か仕事仲間だろう。つまり、オートロックの暗証番号を知っていただろうから、強盗の現場にいきなり踏みこむ格好になって犯人を驚かせ、銃で撃たれたのだ。

ねえ、SとVL、あなたたちはいったいどこの誰なの？

いまどこにいる？

また一つ考えが閃いた。

強盗の現場に来合わせて撃たれた人物がこの〈VL〉だとして……どうやって逃げたのだろう。

未詳は彼を撃った。そのあと即座に追いかけただろう。死体をよけ、足を滑らせないよう血だまりを迂回するのに五秒から六秒かかったとしても、逃げる目撃者に追いつく可能性は充分にあったはずだ。

サックスは廊下をふたたび観察した。犯人はエレベーター経由で現場に来たと考えて間違いないだろう。エレベーターのすぐ前にある防犯カメラにスプレー塗料を吹きつけているのだから、なおさらだ。ただ、エレベーターのすぐ隣の階段を使った可能性は残る。

しかしこの階にはドアがもう一つあった。パテルの店のすぐ隣の非常口だ。最初に見たとき、ドアに貼られた注意書きにサックスは目をとめていた――〈非常口。開けると警報が鳴ります〉。

ビル内にいた人々から警報が鳴ったという話は出ていないし、非常口は閉まっていたから、未詳はそこを出入りしていないだろうと考えていた。未詳にしても、〈ＶＬ〉がそこから逃げたとは思わなかっただろう。

殺人、あるいは強盗事件が発生した場所が最重要の現場ではあるが、言うまでもなく、現場はそれ一つだけではない。犯人は主要な現場に行き、犯行後にそこから出なくてはならない。派生的な現場のいずれも、有罪の決め手となるほれぼれするような証拠の宝庫である可能性を秘めている。それどころか、主要な現場で見つかる以上に有益な手がかりが残されている場合も少なくない。犯罪者は、仕事に向かうときは犯行のさなかより豪胆になっているだろうし、仕事をすませたあとは気がゆるんでいるだろうからだ。

サックスは非常口の前に立った。銃を抜き、ドアを押し開けた。警報は鳴らなかった。

かび臭く薄暗い階段室に入り、懐中電灯の光を上に向けたあと、すぐ下の踊り場を照らした。足を止め、耳を澄ます。きしむ音、こすれる音。それに風の音も聞こえた。三月だというのにいまいましいほど冷たい風が、ビルの古びた合わせ目をうめき声とともにすり抜けてくる。しかし足音は聞こえなかった。銃弾が薬室に送りこまれる音も。

犯人が現場周辺にとどまっていることを示す証拠は見つかっていないが、とどまっていないことを示す証拠もない。

腰を落とし、マグライトでもう一度暗闇を照らす。

ゆっくりと階段を下りた。二階と三階のあいだの踊り場に、何かが砕けた破片がいくつか落ちていた。

パテルの店の戸口を入ってすぐのところに残っていたもの――濃い灰色の石のかけらや粒や塵――と似ていた。被害者三名の靴には同様の微細証拠は付着していなかったが、おそらく誰かの靴について運ばれてきた砂利か何かだろうと思っていた。しかしどうやら違ったようだ。石の破片のほかに、茶色い紙袋の切れ端も落ちている。食料品店で品物を入れてくれるような紙袋、あるいは昼食のサンドイッチを持ち運ぶような紙袋。そしてもう一つ、弾丸も落ちていた。これでいろいろなことに説明がつく。弾丸はひしゃげてつぶれ、マッシュルームのように変形した先端に、同じ濃い灰色の石の破片がついていた。石の破片の一部には血が付着しているが、弾丸にはついていなかった。

　この物証から、理屈の通ったシナリオが導き出せそうだ。未詳は店に押し入り、グレースーカボット社のダイヤモンドを盗み、婚約中のカップルを殺害し、パテルを拷問して、自分の顔を見たかもしれない〈S〉の名前を聞き出した。それからパテルを殺し、いざ引き上げようとしたところに〈VL〉がオートロックを解除して店に入ってきた。未詳は驚き、〈VL〉を撃った。〈VL〉は彫刻と研磨を施してジュエリーにするための石が入った紙袋を持っていた。弾丸は石に当たり、〈VL〉は石の破片で負傷した。〈VL〉は非常口から逃げたが、未詳は非常口を確かめなかった。ドアを開けたら警報が鳴るのだから、〈VL〉がそこから逃げたはずはないと考えたからだ。

　とすると、未詳がおそらく認識している目撃者は二人いることになる。一人は〈S〉。拷問を受けて、パテルはこの人物の名前と住所を未詳に教えた可能性がある。もう一人は〈VL〉。スキーマスクしか目撃していないとしても、未詳が秘密にしておきたい別の何かを知っているのかもしれない。

〈VL〉が誰であるにせよ、命の危険が迫っていることは言うまでもない。危険の一つは、石の破片が生命の維持に必要な臓器を傷つけたり、そのすぐ近くにめりこんだりしている場合だ。いまごろ大量に出血しているかもしれない。

　こちらの危険は確実なものではない。

　しかしもう一つの危険は確実だ。未詳はパテルのスケジュール帳を確かめただろう。

〈S〉だけでなく〈VL〉も潜在的な脅威であることを知っただろう。

もちろん、桁外《けたはず》れの値のついたダイヤモンドという意外な収穫を懐に、即座に遠くへ逃げた可能性もある。

しかし交信の手応えから思うに、逃げてはいないという気がした。しばらくはこの近辺にとどまるに違いないとサックスは確信した。これほど陰惨な犯罪を無造作にやってのける男が、目撃者を生かしておくわけがない。

6

その雰囲気とは裏腹に、ポート・オーソリティに来ると心が落ち着く。

四二丁目と八番街の交差点を見下ろす古びた巨大な建物は港湾管理公社《ポート・オーソリティ》と呼ばれていて、はるばる異国からやってきた大型船が波止場に列を作っている光景を連想させるが、実際には巨大なバスターミナルだ。

なかはいつも人でごった返している。郊外から通勤してくる疲れ顔の勤め人。周辺の空港へ向かう、あるいは空港から到着したばかりの旅行客。世界中から集まってきた、野心に満ちた末頼もしい若者も大勢いる。彼らのスポーツバッグやバックパックに詰まっているのは、ジーンズ、スウェットスーツ、ぬいぐるみ、コンドーム、楽譜、スケッチブック、お守り代わりの劇場プログラム、そしてちょっとやそっとでは揺らがない夢や、ガラス細工のような夢だ。

勝負師に売人、ペテン師にいかさま師もいる――とくに腕の立つ者たちではない。しかし、食い物にしようと狙っている相手がイリノイ州ホイートンやミシガン州グランドラピッズから来たばかりの世間知らずではしゃいだ若者なら、ずば抜けた策士である必要はなかった。以前に比べてポート・オーソリティにたむろする食わせ者は減ったが、それは社会全体で若者世代を守ろうという気運が高まったからではなく、テロの脅威から四二丁目周辺に目を光らせる警察官の数が増えたからだ。

ヴィマル・ラホーリはそういった事情に詳しかった。少なくとも、そういった事情についてあれこれ思いをめぐらせる機会は多かった。ポート・オーソリティは、彼の第二の我が家だからだ。

四七丁目に面したミスター・パテルの店から徒歩ですぐだから、よくここに来る。ファストフードで昼食をすませるために。人々を観察するために。顔の表情やしぐさ、そこから読み取れる感情――そういったものから得た閃きを持ち帰り、アトリエでそれを三次元に表現しようと試みるのだ。

ヴィマルは待合室のベンチに腰を下ろし、脈打つように痛む体を両腕で抱えた。その腕に力をこめる。痛みはわずかに和らいだが、すぐにまたぶり返した。痛む範囲が広がっていた。まるで抱えていた薄い袋が破け、なかに入っていた酸があふれ出して、これまで痛みが届いていなかったところまで広がったかのように。一番痛いのは右の脇腹だった。ちょうど肘の高さの皮膚の下に、大きな塊があるのがわかる。犯人に銃を向けられたとき、ヴィマルは反射的に向きを変えた。弾丸か、その一部か、石のかけらか、ともかく何かが服を貫通して皮膚にめりこんだ。救急病院で診察を受けて、銃で撃たれたと患者が申告したら、または医師がそう疑ったら、病院には警察に通報する義務が生じると聞いたことがある。

警察に通報されるのは避けたい。

ジャケットの下に左手を入れ――痛む箇所には右手は届かない――〈変わり者のままでいい〉と書かれたスウェットシャツの裾から傷を探った。指先に血がついた。それもかなりの量の血だった。

ヴィマルは一瞬目を閉じた。途方に暮れた。頭が働かない。ミスター・パテルが死んだ。爪先を店の薄暗い天井に向けた両足。その光景が脳裏にこびりついて離れなかった。それにあのカップル。ウィリアム・スローンと婚約者のアナ。そして、スキーマスクの男――奥の部屋から出てきたところでヴィマルに気づき、驚いて目を細めた犯人。男は銃を持ち上げ、二つの音がほぼ同時に聞こえた。爆発音、そしてヴィマルが持っていた紙袋を弾丸が貫く音。

ヴィマルは後ろによろめいた。次の瞬間、全速力で非常口に飛びこみ――非常口の警報はもう何年も前から鳴ったためしがなかった――階段を駆け下りた。犯人が追ってくるかと身がすくんだが、追ってこなかった。ヴィマルは表通り側の階段から逃げたものと思ったのだろう。もしかしたら、弾丸が命中して、追いかけるまでもなくすぐに死ぬと思ったのかもしれない。

だが、ヴィマル・ラホーリはこうして生きている。

安心できる場所にいる――どこまで安心していいのかはわからないにせよ。

帽子を目深《まぶか》に引き下ろし、ベンチの上で背を丸め、ヴィマルは周囲をうかがった。週末なのに、ここはいつもどおり込み合っている。ポート・オーソリティ・バスターミナルは劇場街に近い。土曜の昼興行《マチネ》前のラッシュアワーは終わっていた。どこの劇場も上演が始まっているか、そろそろ開演するころだ。それでも、寒々とした三月の午後とはいえ、週末となれば見るべきもの、やるべきことはいくらでもある。ディズニーランドのようなタイムズスクウェア、映画、ブランチ、ショッピング。それにヴィマルの行きつけ――メトロポリタン美術館や近代美術館《MOMA》、一四丁目の南側の画廊街。

数百の人々が彼の前後左右を流れていく。

こんな場合でなければ、人々が発するエネルギーを吸収していただろう。こんな場合でなければ、出発便の電子表示板を眺め、バスの行き先の町はどんなところかと想像しただろう（ヴィマルはニューヨーク一帯から一度も出たことがない）。しかしいまは、いうまでもなく、自分を探しているかもしれない男を警戒している。

ミスター・パテルの店のすぐ隣の非常階段を下りきると、ビルの裏手の搬出入口に出る。ヴィマルはそこから猛然と走り、四六丁目に出て西に向かった。そのまま全力で走り続けた。事実をありのままにいえば、アフリカ系やラテン系の若者がダイヤモンド地区を全力疾走しているのならともかく、痩せっぽちの南アジア系なら、ああ、雇い主からお使いを頼まれて急いでいるのだろうと誰もが考える。だから、ヴィマルが走っていても誰も気にかけなかった。何度も振り返って背後を確かめたが、追ってくる犯人の姿は一度も見なかった。

　立ち止まったのは、ほんの短時間のことだった。六番街に出たところで公衆電話を探し、ようやく一台見つけた。公衆電話の大半は、無料Wi‐Fiスポットを兼ねたＬｉｎｋＮＹＣシステムに置き換えられている。ＬｉｎｋＮＹＣは利用状況を詳細に追跡していた――この〝Wi‐Fiキオスク〟には利用者の姿を録画する監視カメラまで備わっているのだ。ヴィマルはやっとのことで昔ながらの公衆電話を見つけ、九一一に事件を通報した。役に立つ情報だったかどうかはわからない。ヴィマルが通報したのは、パトロールカーや救急車を現場に急行させてもらいたかったからだ。もしかしたら三人のうちの誰かが生きているかもしれない。店で見た三人はみな死んでいるように見えたが、まだ生きている可能性だってある。犯人の特徴に関しては、中肉中背、黒い手袋と黒いスキーマスクを着けていたということくらいだった。ヴィマルは銃に詳しくない。テレビや映画を自由に見られる家で育っていたら、銃の種類くらいは見分けられていたかもしれないが、ヴィマルにとってはどれも〝銃〟でしかなかった。

電話を切ったあと、さかんに後ろを確かめながらまた一ブロック走り、タイムズスクウェアの人の海に飛びこんだ。

そしていま、彼の憩いの場所、人でごった返したポート・オーソリティにいる。

ほかに警察に伝えたほうがいい手がかりはあっただろうか。きっと行きずりの犯行だろうという気がした。これまで店で危険な目に遭ったことは一度もない。強盗に入られたことなど一度もなかった。ミスター・パテルは信頼できるダイヤモンド商として世界に名が知られていた。それもあって、店には驚嘆するしかない品質のダイヤモンドがいくつか保管されていたが、その事実は公にはされていない。ミスター・パテルは展示販売にはあまり力を入れておらず、顧客のほとんどはオーダーメイドの高級品を所望して同業者から紹介されてくる。

業界には同業者から盗んでやろうと考える人間はいない。殺すなんて言わずもがなだ。ダイヤモンドの世界でそんなことは起きない、そういう単純な話だった。

痛みがいっそう強まった。

また肌に触れてみる。

血は止まっていなかった。

自分が怪我をしていることに誰か気づいているだろうか。ヴィマルは周囲の人々をさりげなく観察した。近くの椅子に座ってソフトプレッツェルを食べている女性。従順な犬を連れているようにスーツケースを引いている十数人の人たち。ホームレスの男女も見えた。神のごとく自信にあふれた人もいれば、困惑顔で徘徊《はいかい》している人もいる。

ヴィマルはポケットから携帯電話を取り出した。痛みに思わず顔が歪んだ。メールを一通送り、返信を読んでほっとした。

滑稽な絵文字《エモジ》を送った。この状況でそんなものを送っている自分が愚かに思えた。

それから画面を見つめて迷った。時間稼ぎにすぎない。父からメッセージが届いていないということは、家族はまだ事件のことを知らずにいるのだろう。報道されたとしても、ヴィマルの名前が出ることはないはずだ。店で殺害された被害者の一人ではないし、ミスター・パテルからは報酬をキャッシュで受け取っていた。それに店には私物は一つも置いていないから、警察はヴィマルの存在を把握していないだろう。

それでも、ミスター・パテルが死んだと報じられたとたん、ヴィマルの携帯電話はノンストップで鳴り続けるに決まっている。

ヴィマルは傷だらけの画面を凝視し続けた。メールを送れよ。さっさと片づけろ。ほら、やれって。

電話をかけるわけじゃない。メールを一つ送るだけのことだ。父から言葉を浴びせかけられることはない。十歳の子供を相手にするようにやかましく指図されることもない。

ヴィマルはメールを入力した。

恐ろしい事件のニュースがもうじき報道されると思う。ミスター・パテルが亡くなった。強盗です。僕は無事だよ。しばらく家には帰りません。友達のところに泊めてもらうから。また連絡します。

ヴィマルの指は、〈送信〉ボタンの上でためらった。

最後に付け加えた。

愛してるよ。

電源を切ろうとしたが、ボタンを押す寸前に画面いっぱいに返信が表示された。

いったい何の話をしている？？？　友達とは誰のことだ？？？　いますぐ帰ってきなさい！！！

携帯電話は深い眠りについたものの、ヴィマルの心臓は、銃口を向けられた瞬間と同じくらい激しく打っていた。ほぼ瞬時に返信は届いた――父は一文字ずつちまちまと大文字に変えながら打ちこんだのだろうに。

それに、これだけあれこれ書くなら、ミスター・パテルが死んだことや強盗事件に一言くらい触れてもいいだろうに、友達とはどこの誰かと訊いてきた。もちろん、友達などいやしない。こんな状況で泊めてくれと頼めるほど親しい相手は一人もいなかった。友達のところに泊まると書いたのは、父を——というより、母や弟を——安心させるためだ。

ミスター・パテルの足のイメージがまたしても脳裏をよぎった。まぶたをきつく閉じた。そうすれば消えるとでもいうように。だが、そのイメージはいっそう鮮明に、よりおぞましくなっただけだった。

涙があふれた。声を立てず、行き交う人から顔を背けて、静かに泣いた。ようやく涙が治まると、顔を拭って深呼吸をした。

そのとき、別のイメージが浮かんだ——犯人について別のことを思い出した。男はアタッシェケースを持っていた。最近ではあまり見かけなくなったタイプの古風なアタッシェケースだ。作業場から表の部屋に出てきてヴィマルに気づいたとき提げていた。いま思えば、あのアタッシェケースのおかげで命拾いしたのかもしれない。犯人は右手にそれを持っていた。銃を抜こうにも、右手がアタッシェケースでふさがっていた。おかげでヴィマルに一瞬のゆとりができた。反射的に顔をそむけ、両手を挙げる間があった。男が発砲したとき、弾丸はヴィマルの胸ではなく石にぶつかった。

アタッシェケースを持った男なら目立つだろう。もう一度警察に電話して、そのことを伝えよう。ミッドタウンにいる全警察官がアタッシェケースの男を捜せるように。

立ち上がって公衆電話に向かった。九一一に電話がつながった瞬間、ニューヨーク市警の誰かからここにいる警察官に連絡が行くだろう。いま確認できるだけで警察官は五、六人いる。その全員に、事件について知る人物がポート・オーソリティにいると伝わるだろう。電話を切ると同時にここを離れなくてはならない。

そのときだった。誰かが近づいてくるのを、見るというより、気配で感じた。

ヴィマルは振り向いた。黒っぽいレインコートを着た三十五歳くらいの男が、左右に視線を振りながら、ポート・オーソリティの通路を流れる通行人のあいだを縫ってこちらに近づいてくる。背丈も体格も、犯人と似ていた。表情は険しい。

犯人はたしかジャケットを着ていた。

この男はアタッシェケースを持っていない。

だが、利口な強盗なら、犯行の現場で着ていた服を替えるくらいのことはするだろう。

それに、くそ、犯人は二人組だったとしたら。この男は……何というんだったか。従犯？

いずれにせよ、この男がまっすぐヴィマルに向かってきていることは間違いなかった。手に何か小さくて黒っぽいものを持っている。銃ではないだろう。こんなところで発砲するとは思えない。あのカップルやミスター・パテルを斬りつけたナイフだろう。

ヴィマルは警察官を目で探した。一番近い警察官の姿は百メートルほど離れたところに見えたが、男は警察官とヴィマルのあいだにいた。

それに、警察とは絶対に関わりたくない。

早く！ 逃げろ！

ヴィマルは向きを変え、すぐそばの廊下を早足で進んだ。手荷物用のロッカーが並んでいる。胸と脇腹の痛みがひどくなったが、無視して急ぎ足で歩いた。

廊下は先のほうで丁字形になっていた。左に行くか。それとも右？ 右のほうが明るい。ヴィマルは角を曲がった。

しまった。こっちは行き止まりだ。ほんの三メートル先にドアがあって、〈電気室。保守点検員専用。入室禁止〉とステンシルで書かれていた。

開くかもしれない！

鍵がかかっていた。男の影が背後から近づいてきた。

ここで死ぬんだ、と思った。

心をかすめたのは、母の顔ではなかった。弟でもない。先週仕上げた六カラットのマーキスカットのダイヤモンドでもなかった。ミスター・パテルは、できあがりを確かめて「なかなかよくできている」と言った。ミスター・パテルの最上級の褒め言葉だ。

この世で最後になりそうなその瞬間、ヴィマルの頭に浮かんだものは、アトリエに置いてきた御影石《みかげいし》の塊――ピラミッド型のオブジェだ。深い緑色に黒い縞模様。そこにごくわずかに金色が混じっている。心のなかに、細かな部分まですべてが描き出された。

男は廊下の分岐点で立ち止まり、こちらに目を凝らした。

そのとき、ヴィマルは思い直した――いやだ。一つ深呼吸をし、思いきり胸を反らして歩き出した。怖じ気づいたりするものか。闘うぞ。

ヴィマルは決して体格に恵まれているほうではないが、岩石に熱い思いを抱いている。持ち上げ、切り、砕き、磨いている。道具はどれも重たい。大きな石を持った手を伸ばして遠ざけ、そこに宿った魂――彼に解放されるのを待っている魂を見きわめようとすることもある。

そうやって鍛えられた筋肉にいま、力がみなぎった。こちらも武器をポケットから取り出す。一番大きな石だ。〈二月の鳥〉。この男が、あるいはこの男の共犯がヴィマルを撃ったとき、紙袋に入っていた石だ。ヴィマルはそれを握り締めた手を背後に隠した。

ふと、ヴィマルの顔に笑みが浮かんだ。苦いユーモアを含んだ笑み。子供のころ、弟のサニーとよく遊んだゲームを思い出したからだ。ロック・ペーパー・シザーズ――じゃんけん。

はさみは紙を切る。

紙は石を包む。

石ははさみを壊す。

ヴィマルは石をしっかりと握り直した。

そうさ、反撃してやる……思いきり殴り、ナイフの攻撃をできるかぎりかわして、逃げる。

犯人から。警察から。

男が近づいてくる。そして笑顔を作った。「やあ。手を振ったのに、気づかなかったかい」

ヴィマルは立ち止まった。無言で石を握り締めた。あの笑顔はきっと油断させるための策略だ。

「これ、ベンチに忘れただろう。待合室のベンチに」

男が持ち上げたのは、ナイフではなく携帯電話だった。ヴィマルはそれを見つめ、あちこちのポケットを叩いた。たしかに、ヴィマルの携帯電話だ。互いに近づいた。男が携帯電話を渡す。「具合でも悪いのかな」心配そうに眉をひそめた。

「いや……その、今日は忙しくて。すみません。うっかり置き忘れたみたいです」ヴィマルは石をポケットに戻した。男は気づいていなかった。

「まあ、よくあることさ。私も女房や子供たちと公園に遊びに行ったとき、買ったばかりのｉＰｈｏｎｅを置き忘れたよ。気がついたのは家に帰ってからだった。自分の番号にかけてみたら、子供が──十歳くらいの子供だ──電話に出た。私の電話だと言ったんだが、向こうは何と言ったと思う？　アップストアのパスワードを教えてよ、だ」

親切な男は笑い、ヴィマルも無理して笑った。

「ありがとうございました」震える声で礼を言った。

男はうなずき、ニュージャージー州に向かうバスの待ち列に向かった。

ヴィマルは公衆電話に戻った。下を向いて立ち、ゆっくりとした呼吸を繰り返して気持ちを落ち着かせた。それからまた九一一に電話をかけた。四七丁目の強盗事件に関して電話したと告げると、応答した女性は通話を長引かせようとした。が、ヴィマルは手短にこう言った。「銃を持っていた男は、黒いアタッシェケースを提げていました。ビジネスマンが持っているようなケースです」

受話器を置き、急ぎ足で出口に向かった。途中で出発便の電子表示板を見上げた。無数の行き先が並び、そのどれもが彼を手招きしていた。

だが、その前にやらなくてはならないことがある。目を伏せたまま、ヴィマルは歩道の人込みにまぎれ、南に進路を定めると、痛みをこらえて早足で歩き出した。

7

いやしい〝クールイ〟を二羽、見つけ出さなくてはならない。

鶏を二羽、切り刻んで茹でてやらなくては……

知りすぎた二羽の鶏《クールイ》。

とっくに死んでいるはずだった鶏。なのにまんまと逃げた鶏。

情けない、情けない、情けない話だ。だが、何もかもがかならず思いどおりに進むとはかぎらない。

タールの強いたばこの煙と、オールド・スパイスのアフターシェーブの香りを漂わせたウラジーミル・ロストフは、彼のクールイを探し出すのに役立ちそうな人物を見つけていた。

ここはダイヤモンド地区だ。百メートルほど先に見えるジャティン・パテルの店が入っているビルには大勢の警察官が集まり、立入禁止の黄色いテープがはためいていた。ロストフは、むろん、充分な距離を置いていた。空は薄暗くなり、ダイヤモンド地区は店じまいを始めている。ロストフは狙いを定めた人物を観察した。小さな宝飾店のオーナーか雇われ店長らしいその男性は、店の電動防犯シャッターを閉めているところだ。南アジア系らしい外見をしている。その男ならおそらくパテルのことを知っているだろうとロストフは期待していた。ニューヨークのダイヤモンド・コミュニティは、外部の人間が想像するほど大きくない。

男性は頑丈そうな南京錠を二つ、ドアの掛けがねにかけたあと、シャッターの操作パネルの蓋にもう一つかけた。

小柄な男性はおずおずと周囲を見回した。ああ、いいぞいいぞ。臆病なクールイはロストフの大好物だった。どんなときもたいそう協力的だから。

ロストフは街の風景に溶けこんでいた。ニューヨークは、黒っぽい服装の街だ。ロストフも黒っぽい服を着ている。この街は他人と目を合わせない街、うつむいて歩く街、決して反応しない街だ。溶けこむ……小柄だががっちりした体つきの四十四歳のロストフには、際立った特徴はなかった。筋肉質で脂肪はほとんどついていない。馬のように細長い、顎の尖った顔。元軍人で、軍人らしい物腰と軍人らしい体格の持ち主ではあるが、軍人らしい心がけ——規律や、命令に従う意思——は持ち合わせていないし、持ったこともない。

〝ふつう〟を装いつつも、視線をせわしなく周囲に飛び回らせないようにするには多大な努力が必要だった。独り言をつぶやかないよう努めた。行き交う通行人に話しかけてもいけない。当然のことながら、それは望ましい行為ではなかった。自分が〝ふつう〟とは少し違っていることはよく知っている。

ウラジーミル・ロストフはいま、彼自身の言葉で表すなら、〝石になって〟いた。だから、一時《いっとき》たりとも油断しないよう気をつけなくてはならない。ふつうを装っていても、ときおり正気と狂気の境界線を踏み越えそうになる瞬間が訪れる。大衆に安ぴかのくずを売りつけるユダヤ人やインド人や中国人だらけの通りを歩いていると、皮膚がざわつくような感覚に襲われた。

プロレタリアート万歳！　ロストフは苦い笑いを心のなかで漏らした。思わず顔に出そうになった、そう、ふつうではないにやにや笑いに急ブレーキをかけた。ありがとう、レーニン。あんたも頭はおかしかったが、道理ってものを理解してたよな。

宝飾店のショーウィンドウを一瞥する。黄金、サファイア、エメラルド。ダイヤモンド。

大地が流した血。四七丁目は血であふれている。パテルの店の床に広がった血だまりのようだ。

インド人宝飾店主は五番街を北に折れた。尾行されていることにまったく気づいていない。俺のかわいいクールイ、手を貸してくれるよな。ロストフはポケットに手を入れ、カミソリのように薄いカッターナイフの刃を親指でなぞった。その隣に銃の感触もある。

俺のかわいいクールイ……ロストフの世界では、その語は〝鶏〟以上の意味を持っていた。単数形のクーリツァは、彼の定義では売女《ブリヤーチ》、獲物《ドブィチャ》、軽蔑《プレズレーニヤ》といった意味を持ち、そこにはつねに嘲笑が含まれている。

いま見つけ出さなくてはならないクーリツァは、ダイヤモンド商の店に現れた若い男だ。フルネームはわからないが、イニシャルはおそらく〈ＶＬ〉。もう一人は、あの店がドイツ軍との攻防戦後のスターリングラードに変貌する直前にパテルが会っていたユダヤ人だ。

二羽のクールイ。

ロストフは猟犬になって獲物を追跡している。

たばこに火をつけ、何度か煙を深々と吸いこんでから揉み消した。襟を立て、帽子を引き下ろしてブロンドのクルーカットを隠すと、ロストフはインド人の尾行を続けた。

どこへ向かっている？　地下鉄に乗っていくのか、それともバスか。ひょっとして、ニューヨークの高級住宅街アッパー・イーストサイドに住んでいるとか？　宝飾店のオーナーなのだから金は持っているだろう。だが、アッパー・イーストサイドに住んでいるインド人はそう多くないのではないか。あの界隈の住人は気位《きぐらい》が高い。インド人が歓迎されるとは思えなかった。

五番街の超有名宝飾店ハリー・ウィンストンの前にさしかかって、ロストフの胸はざわついた。ゲートに守られた入口の脇に、控えめな金のプレートがある。

HARRY WINSTON INC.
RARE JEWELS OF THE WORLD.
（ハリー・ウィンストン　二つとない輝きを世界から）

ふむふむ。しかしそれは、クールイよ、ずいぶんと謙虚な表現ではないか？

ロストフは華やかな装飾が施されたビルを眺め、どれほどの量と質の宝石がそこにあるのだろうと考えた。想像さえできない。一九七〇年代に世を去ったハリー・ウィンストンは、おそらく世界一有名な宝石商だろう。有名なブルーダイヤモンド〝ホープ〟や、七百カラットを超える巨大な原石〝ヴァルガス〟を所有していたウィンストンは、最初の〝スターたちのジュエラー〟だった（アカデミー賞授賞式に出席する女優に豪華なジユエリーを貸し出すことを最初に思いついた人物はウィンストンだ)。

ロストフは、ハリー・ウィンストン社が数年前にクリスティーズのオークションで落札したダイヤモンドを思い浮かべた。〝ウィンストン・ブルー〟と名づけられたそれは、市場に出た最大のヴィヴィッドブルーダイヤモンドだ。ペアシェイプのファンシーカット(ラウンドブリリアントカット以外のカットはすべて〝ファンシー〟と呼ばれる)が施されている。大きさはおよそ十三カラットで、米国宝石学会(GIA)の基準によれば、透明度は最高のフローレス。もちろん、ロストフは写真で見たことがあるだけだが、あの石はいまこの本店に保管されているのだろうか。

ウィンストン・ブルーについて印象に残っているのは、その希少性と完璧性について、報道記事は軽く触れただけであることだった。どの記事も、一カラット当たりおよそ二百万ドルという、ブルーダイヤモンドとしては史上最高値で売買されたことばかりを強調していた。世の中は、ダイヤモンドそのものではなく、その価格で判断するという証《あか》しだ。

くそメディアが。

くそ大衆が。

あのブルーダイヤモンドはいま、この聖地のような店舗にあるのだろうか。あるのかもしれないと考えただけで、胸が高鳴った。インド人の尾行中でなかったとしても、あの店に入ることなど彼にはできない。防犯カメラに顔を鮮明にとらえられてしまう。それも一度だけではなく十回以上。ハリー・ウィンストンの防犯カメラは、客の指紋まで写し取れるほど解像度が高いという噂さえある。

冗談じゃない。

残念だが、絶対に入れない。

ロストフは咳の発作に襲われた。できるだけ音を立てないよう努めた。インド人には聞こえていないようだった。咳はやがて治まった。獲物は北に向かって二十分ほど歩いたところで東に折れ、さらに四ブロック歩いた。そう高級ではない界隈だ。通りは閑散としていた。一階の部屋の玄関が階段を下ったところにあるブラウンストーンのタウンハウスの一軒を通り過ぎかけたところで、ロストフはすばやく距離を詰め、銃を一瞬だけポケットから見せて脅し、インド人を階段の下に連れこんだ。

「やめてくれ！　何――」

ロストフは頭を殴りつけた。インド人は、痛いというより、驚いたようだった。「声を出すな」

男は身をすくめてうなずいた。

たいそう協力的だから……

すぐそこに一階の部屋の窓とドアがあったが、室内の照明はともっていない。

「頼む、殺さないでくれ。家族がいるんだ」

「いいねいいね。家族、いるか。いいぞ。あんた、名前は何ていう、家族思いのパパ？」

「名前は……名前はナシム」

「インド人か」

「いや、違う、ペルシア人だ」

ちくしょう。

ロストフは怒りに駆られた。「イラン人か」

ナシムは目を見開いた。「そうだ。でも、祖父は王《シャー》の友人だった。本当だ、嘘じゃない！」

「王様のお友達だったからって何だ？」

やれやれ、思ったより手がかかりそうだぞ。しかし、こいつでなんとかするしかない。

「財布、持ってるな」

ナシムは口ごもりながら答えた。「持ってる持ってる。財布ならある。渡すよ。指輪もある。いい指輪だ。腕時計は大したものじゃないけど……」

「いいから財布、開いて見せな」

「現金はあんまりないんだ」

「いいから。財布、開けてみろ」

ナシムは震える手で財布を開いた。

ロストフは運転免許証を引き抜き、携帯電話で写真を撮った。財布に写真も入っていることに気づき、それもむしり取った。ナシムと、妻らしき女と、ぽっちゃりした十代のきれいな娘が二人。

「本当だ。家族思いのパパなんだな。幸運なパパ」

「お願いだ、やめてくれ」ナシムの目に涙がにじんだ。

ロストフは写真も撮影した。写真と免許証を返す。ナシムの手はひどく震えていて、財布に戻すことができなかった。ロストフは代わりに戻してやり、財布をナシムの胸ポケットに押しこんで、そこを平手で三度叩いた。痛いほど。

「さてと、俺は人探しをしてる。理由、あんたに関係ない。あんたが手伝えば、全部うまくいく。一番街の一四二二番地、部屋番号5Cにわざわざ行って、あんたの家族に挨拶する必要、なくなる」

「わかった」ナシムは肩を上下させて泣いていた。「わかったよ」

ロストフはわかったかとは尋ねていない。

「ジャティン・パテル、知ってるか」

「あんたまさか――」ナシムの声が凍りつく。

ロストフは顎を引き、青い瞳でナシムを上目遣いに凝視した。ナシムが言った。「よくは知らない。一度会ったことがあるだけだ。噂は聞いてたよ。有名だから」

「パテルの知り合い、二人いる。一人は〈VL〉、パテルと同じインド人。年はずっと若い。パテルのところで働いてるのかもしれないな。いや、働いてたか。もう一人はサウル・ワイントラウブって名前のユダヤ人。ロングアイランド・シティのどこかでダイヤモンド商をやってる。俺が知りたいのは住んでる場所。わかったな？　簡単なことだ。答えやすい質問にしてやろう。〈ＶＬ〉ってのは誰だ？　ワイントラウブはどこに住んでる？」

「知ってたら教えるよ。本当だ！　でも知らない。誓ってもいい。たしかにみんな同じダイヤモンド地区で仕事をしてる。ユダヤ人にインド人、中国人、私らペルシア人。だけど、お互いに口をきくことはあまりないんだ。取引はする。相手から商品を仕入れたりするよ。それだけだ。その二人が誰だか私は知らない。お願いだ、家族に手を出さないでくれ。金ならなんとかする」

「金よこせと俺、言ったか」

「いや……悪かった」

この男は本当に何も知らないのだろう。それに、よく考えたら、こいつがイラン人なのはかえって好都合かもしれない。ユダヤ人のことなら迷わず裏切るだろうし、インド人にしてもそれは同じだろう。

「ナシム、なあ、ナシム……そうだ、ゲームをしよう。あんた、ゲームは好きか」

ナシムは答えない。

「借り物競走《スカベンジャー・ハント》。知ってるか」

「知ってる」

「よし、ナシム、よく聞けよ。あんた、質問をして回る。用心しろ。目立っちゃいけない。〈VL〉とサウル・ワイントラウブのこと、訊いて回れ。さあ、いくぞ。ゲームを始める用意はいいかな、ナシム」

「やるよ。約束する。やるよ」

「あんたの電話番号」

ロストフは番号を携帯電話に入力し、通話ボタンを押した。ナシムの携帯電話がぶうんとうなった。「いいねいいね。あんた、正直な人間だ。よし、さっそく始めろよ、ナシム。明日、電話して、どこまでわかったか聞くからな。あんたが借り物競走で一等賞を取るまで、毎日電話する。応援してるぞ！　さてと、俺はうちに帰るとしよう。あんたもうちに帰りな」ロストフはナシムの背中をぱんと叩いた。立ち去りかけて、足を止めた。「あんたの娘。名前は何だ」

ふいに欲求が湧いた。飢えを感じた。

石になれ……

ナシムが目を見開く。「いやだ！　娘のことは何も教えないぞ」

ロストフは肩をすくめた。「いいさ。呼び名、俺がつけてやる。背の高いほうは、シェヘラザード。下の娘、美人なほうは……っていうのは個人的な意見だけどな……下の娘は、子猫《キトゥン》ちゃんだ。さてと、おやすみ、ナシム。いい夢を見な、友よ」

8

夕闇が迫り、ライムの居間を改装したラボに集まった面々は、強盗殺人事件が発生した通りにちなんで〝未詳四七号〟と命名した男の追跡を開始していた。

サックスとメル・クーパー――ニューヨーク市警に所属する最高に優秀な鑑識技術者――は、サックスがパテル・デザインズの現場から持ち帰った証拠物件の分析を進めている。

ロン・セリットーもいて、目下はラボの隅で携帯電話を耳に当てて市警上層部からの質問をさばいているところだ。マスコミは、ダイヤモンド地区にカッターナイフで人の喉をかき切る殺人犯が現れた事件をさかんに報じている。これはニューヨーク市としてはなんとしても避けたい事態ではあろうが、腹を空かした動物園の動物と同様、マスコミには何か餌をやっておかなくてはならない。だがそんなことはライムの知った話ではない。ライムはほっそりとした体つきの、見るからに理系オタク風の見た目をしたメル・クーパーの分析作業とサックスにひたすら注意を向けていた。

制服警官のロナルド・プラスキーは出かけている。ダイヤモンド地区で聞き込み中だが、いまのところ収穫らしい収穫はない。五分ほど前に電話があり、報告できることは何もないと報告してきた。ジャティン・パテルの顧客リストと取引先リストを武器に、パテルに恨みを抱いていた人物がいるという噂を耳にしたことがないか（あるいは事情聴取の相手が未詳だったりはしないか）を確かめて回っている。

しかしプラスキーも、ほかの聞き込み要員も、パテルのスケジュール帳にあった〈S〉や〈VL〉に関する情報にはまだ行き当たっていなかった。

提供できる情報がないという点では四七丁目周辺の商店やレストランも同じだった。「誰も彼も何も知らないの一点張りですよ、リンカーン」プラスキーは電話でそう嘆いた。「捜査に協力してるところを見られたくないみたいな感じですかね。未詳がそのへんにいて聞き耳を立ててるみたいな」

「ともかく続けろ、ルーキー」ライムはそう言って電話を切った。どのみち目撃証人になど期待していない。人の証言は迷惑なほど信用ならんと思っている。どちらかといえば、犯人が逃走の際に何か捨てた、あるいはうっかり落としたところを目撃し、その物的証拠のありかをプラスキーに指し示すことができる人物に行き当たるほうに期待していた。

ライムは縦一・二メートル、横一メートルほどのサイズのホワイトボードに視線をやった。サックスとクーパーは、作業を進めながらそこに結果を書きこんでいた。

（通報内容が正確であると仮定して）匿名の通報電話からいくつかの事実が判明してい

る。犯人はおそらく白人男性。黒い布のスキーマスクで顔を覆っていた。手袋をしていて、銃を持っている。身長はごく平均的。その後、九一一にもう一度通報があり、犯人は黒いアタッシェケースを持っていたという。現場には残っていなかったため、処分していないかぎり、いまも持ち歩いているものと思われた。

通報者は、犯行の現場に来合わせて撃たれた、パテルの会社の従業員か取引先と思われる〈ＶＬ〉だろうとサックスは考えている。二度目の通報の発信元であるポート・オーソリティで聞き込みをしたものの、負傷した人物の目撃情報は得られなかった。そこでライムは、通報に使われた公衆電話にたまっている硬貨を回収して指紋を採取しろと指示した。

「あのな、九一一にはコインを入れなくてもかかるんだよ」セリットーは愉快そうに言った。「このご時世でも、市は予算からその分を削らずにいる」市内の病院には、石の破片で怪我をした患者が来たら連絡するよう通達が回っているが、ニューヨーク市にはざっと一千人の救急医療専門医がおり、その全員が通達を把握し、しかもそれに従うとは期待できない。

ダイヤモンドの所有会社、南アフリカはケープタウンのグレース－カボット社には、サックスが連絡済みだ。現地はまだ早朝で、サックスは留守番電話にメッセージを残した。問題の四石が消えているのはグレース－カボットに返送されたからかもしれない。パテルがふだんからつきあいのあった別のダイヤモンドカッターに委託したという可能性もある。

四石が別の場所で確認できたとなれば、事件の動機はさらに不可解になる。高額証拠物件分析室が在庫表と現場に残っていたものとを照合し、現場からなくなっているものが判明するのを待つしかないだろう。

物的証拠に関していえば、店内、エレベーター、通りに面した出入口のドアハンドル、階段室入口のドア、階段の手すりなどから、摩擦隆線――指紋――は数百個検出されていた。しかし自動指紋識別システム（ＩＡＦＩＳ）に登録されているデータと一致するものは一つもない。といっても、あるだろうと期待していたわけではなかった。布手袋の痕跡が無数に残っているところから察するに、未詳四七号はおそらく一度も手袋をはずしていない。

まったく、たまには楽をさせてくれてもいいだろう、え？――ライムは、口に出すまでもない、そして答えの分かりきった質問を一人つぶやいた。

たとえば性犯罪や身体的な格闘があった事件など、犯罪の種類によってはＤＮＡが豊富にやりとりされるものもあり、ＤＮＡデータベース――アメリカ国内の場合であればＣＯＤＩＳに一致するデータが登録されていることもある。しかし、犯人が手袋をはめ、長袖長ズボンという服装をし、さらにスキーマスクで頭部を覆っていたとなると、現場にＤＮＡが残っている可能性はまずないだろう。

布の繊維は何本か見つかっているが、三名の被害者の着衣とは一致しなかった。一部は黒い綿の繊維で、ドアノブや抽斗から採取されたということを考えると、おそらく手袋のものだ。サックスはほかに、スキーマスクのものと思われる黒いポリエステルの繊維を採取していた。

空薬莢は見つかっていない。犯人が持ち去ったのだろう。

「おい、何かわかったか」ライムは焦《じ》れったくなってクーパーに訊いた。ライムの目は、ジャティン・パテルの店で静電プリンターを使って採取し、ここでスキャンして高解像度モニターに表示させた足跡に注がれていた。

メル・クーパーは白衣と白い帽子、白い手袋を着け、マスクもしている。それにもちろん、いつものハリー・ポッター眼鏡も。「断定はできないけど、靴のサイズは10から11半といったところかな」靴の爪先は上に向けて反っており、踵《かかと》の張り出し具合は靴によってまちまちであることから、サイズを正確に割り出すのはむずかしい。「すり減りかたに特徴はある。でも溝はない」

「ビジネスマン用の革靴か」

「たぶんね」ランニングシューズを履いていてくれたほうが捜査にはありがたい。靴裏の溝の特徴から、メーカーやモデルナンバーが判明する場合が多いからだ。モデルから色までわかることもある。

「靴跡のすぐそばに細い血の線はついているか」ライムはサックスがソニーのデジタルカメラで撮影した写真に視線を注いでいた。

「線？」クーパーが訊き返す。

「虫が這ったような跡。のたくり線」ライムはつぶやいた。「私からはよく見えん」

セリットーとクーパーは困ったような顔でライムを振り返り、何か言いかけたが、サックスは作業台の上にかがみこんで言った。「靴紐の先端がぶらぶらしてついた跡のことね。静電プリンターの画像には写らないけど、先端に血がついていたなら写真には写るはず」

ライムは口もとをゆるめた。さすがはサックスだ。

「ああ、なるほどね」クーパーが足跡を撮影した写真に目を凝らした。セリットーはちらりと見ただけで、携帯電話のメッセージをチェックした。

「おっと、退屈だったかな、ロン。犯人が履いていたのは紐靴だったかどうかという退屈な事実が判明したおかげで解決した事件は、枚挙にいとまがない」

「なあ、リンカーン。おまえはのたくり線やら血の靴跡やらの権威なのかもしれん。俺は違う」また電話がかかってきて、セリットーは部屋の隅に移動した。

のたくり線はなかった。スリップオンタイプの靴なのだろう。

匿名の通報者は、犯人は一人だと言った。足跡もやはり単独犯であることを裏づけていた。

弾丸の多角形《ポリゴナル》ライフリングから判断するに、拳銃はサックスが持っているのと同じ九ミリのグロックと思われた。過去百五十年に製造された銃ならば、銃身の内壁に螺旋《らせん》状の溝が刻まれている。弾丸に回転をかけて直進性を高めるためだ。ほとんどの銃は山と谷の刻み目を持つ。しかしグロックの場合、山と谷が角ではなくなだらかな起伏になっていて、これが弾丸のスピードと威力を向上させる。この特徴を備えた銃はグロックだけではない。ヘッケラー&コッホ、カーアームズ、マグナムリサーチ、タンフォリオ、CZなどもポリゴナルライフリングを採用しているが、もっとも知られた例はグロックだろう。

セリットーが通話を終えた。「うちの課の者からの報告だ。パテルの妹の家に訃報を伝えに行った連中だよ。パテルの女房は何年か前に亡くなってて、ニューヨーク在住の親族はこの妹一人らしい。かなりショックだったらしいな。卒倒しかけたそうだよ。旦那が帰宅するのを待って、事情聴取をした。パテルの商売のことはほとんど知らなかった。〝女が口を出すことじゃない〟そうでね、本人によれば。

身の危険を感じるとか、店の下見に来た人物がいるとか、そういった話は妹も旦那も聞いたことがなかった。だが、ダイヤモンド加工職人としちゃかなり名が知れてたそうだよ。アメリカ国内でも、世界的にも。パテルのところにものすごい石があるって噂が流れて、それを聞いた奴が盗みに入ったって可能性はありそうだ。これは妹の意見じゃなくて、俺の意見だがな」

サックスが尋ねた。「仕事のパートナーは？　従業員は？　通報者が誰なのか、妹さんにも見当がつかないのかしら」

「まったく知らないらしい。会社のオーナーはパテル一人だ。フルタイムの従業員はいなかった。相当なけちん坊だったし、石を預けて研磨させるほど信用してる相手もいなかった。ただ、若い男がときどきダイヤモンドカッター修業に来てたかもしれないって話だ。〈S〉や〈VL〉ってイニシャルに心当たりはないか確認したが、まるでないって返事だった」

サックスが言った。「お給料は現金で支払ってたのね、きっと。帳簿外で。節約のために。つまり、給与支払いの控えをもとに当たろうにも、それさえ存在しないってこと」

数年前、妻をガンで失って以来、パテルはマンハッタンのアッパー・ウェストサイドで一人暮らしをしていた。クイーンズの鑑識本部の捜索チームがその慎《つつ》ましやかなアパートを捜索したが、不法侵入の痕跡はなく――ライムが思っていたとおり――グレース－カボット社のダイヤモンドもそこでは発見されなかった。

パテルの携帯電話も見つかっていない。そこでニューヨーク市警サイバー犯罪対策課が目下、携帯電話会社から発着信番号のリストを取り寄せていた。そこにある番号のいずれかが〈S〉や〈VL〉のものであることを願うのみだ。

サックスの電話に着信があり、サックスは少し離れたところで応答した。しばらく無言でうなずきながら何度かメモを取った。最後に自分のメールアドレスを相手に伝えた。

まもなくパソコンから着信音が聞こえ、サックスは電話を切ると、届いたばかりのメールを画面に表示した。

「映画鑑賞タイムよ。ビルの警備会社が送ってくれた。パテルの店がある階の防犯カメラが撮影した、今朝の映像」サックスはファイルをダウンロードし、ざらついたモノクロの動画を再生した。

ライムは車椅子を近づけた。パテルは朝八時半ごろ店にやってきた。十一時少し前、初めてパテル以外の人影が映った。顎髭《あごひげ》を生やし、黒いコートとつばの短い帽子をかぶった男だ。短い髪は黒っぽい色に見える。パテルの店のインターフォンのボタンを押し、ロックが解除された。男は二十分ほど店にいた。

「たぶん〈S〉ね——十一時に約束していた人物」

録画のタイムスタンプによればこの男が帰った五分後、画面に黒い斑点が散った。ほんの一瞬、手袋をはめた手とスキーマスクに覆われた頭が映った。未詳はカメラにとらえられる心配のない位置から黒いスプレー塗料を吹きつけた。フレーム数でいえばわずか十三コマの画像はぼやけていて、何一つ見分けられない。

ライムはクーパーに視線を向けた。クーパーが即座に質問を察して言った。「塗料の分析なら終わってる。汎用品だ。メーカーも何もわからない」

ライムは低いうめき声を漏らした。

サックスが言った。「店内の防犯カメラのデータはないの。未詳四七号が持ち去ったから。でも、ミッドタウン・ノース署の制服警官が四七丁目に設置されてる防犯カメラの映像を集めて回ってる。ほとんどの店のカメラが撮影してるのは店内だそうだけど、通りを撮影してるものもいくつかあるみたい。あとで送ってもらえることになってる。四六丁目側の搬出入口もいま調べてもらってるところ。非常口はそこに通じてるから」

次にサックスは、パテルの店の前の廊下を撮影した動画から、〈S〉がもっとも鮮明に映っている画像を切り出してほしいとクーパーに頼んだ。クーパーはスクリーンショットを撮り、メールでサックスに送った。「聞き込み中の人たちに送っておく。もしかしたら名前がわかるかも」サックスは近くのパソコンの前に座り、ログインして、画像を市警のネットワークにアップロードした。

メル・クーパーがみなのほうを振り返って言った。「見習いだか何だかが持ってた石の種類がわかったよ。弾が当たって砕けた石。蛇紋岩《じゃもんがん》の一種みたいだな。色や斑点がヘビ革に似てるから蛇紋岩って名前がついてる。ガーネットやダイヤモンドが含まれてると、キンバーライトになる。で、こいつはそのキンバーライトだ。ダイヤモンドらしきちっちゃな結晶がいくつも見える。もしかしたらパテルは、こういうのを取り出して磨いて、ネックレスやイヤリングに使うのかもしれないな」

居間の固定電話が鳴った。発信者の国番号は、ライムの知らないものだった。

サックスが表示を確かめて言った。「南アフリカからね」

ボタンを押してスピーカーモードに切り替えてから、応答した。「もしもし」

「えーと、もしもし？　アメリア・サックス刑事はいらっしゃいますか」オランダ語と英語が混じり合ったような優しい響きのアクセントだった。

「私です」

発信者はルウェリン・クロフトと名乗った。ケープタウンのグレース＝カボット社の専務取締役だという。

「ミスター・クロフト、こちらはスピーカーフォンになっています。ニューヨーク市警のロン・セリットー警部補と、市警の捜査顧問、リンカーン・ライムが同席しています」

「留守電のメッセージを聞きました。そちらで発生した窃盗事件にうちの商品が関係しているかもしれないとか」

「そのとおりです。留守電には詳細を残しませんでしたが、残念なニュースがあります。おたくの石を預かっていたダイヤモンドカッター、ジャティン・パテル氏が強盗事件に巻きこまれて殺害されました」

息をのむ気配が伝わってきた。

「そんな！　信じられない。だってつい先週、会ったばかりですよ。なんとひどい話だ」声が途切れた。「信じられない……殺害された？」

「ええ、残念ながら」

「何年も一緒に仕事をしてきました。ニューヨークで最高のダイヤモンドカッターの一人でしたよ。いや、世界最高の」クロフトの声はかすれた。咳払いをしてから続ける。

「うちのダイヤモンドが盗まれたということですか。それは確かですか」

「いえ、まだ確認は取れていません。お電話した理由の一つはそれです。空の封筒を四つ見つけました。IDナンバーはGC－1から4」

「そうです」クロフトはうろたえた様子で言った。「うちの石です」

「価格でいうと、六千八百万ランド相当とか」

溜め息が伝わってきた。それきり何も聞こえない。

「ミスター・クロフト？」

「ええ、保険価額はそのとおりです。ラフですから、研磨すればもっと高い値で売れたはずです」

「ロン・セリットー刑事です。とすると、あなたの知るかぎり、パテルがその原石を持っていたわけですね。ほかの誰かに預けて作業をさせていたということは」

「いやいや、ありえませんよ。あの石を研磨できる才能の持ち主はパテル一人でしたから。ああ。あの石が……犯人の目星はついているんですか」

「現在捜査中です」サックスが答えた。

セリットーが訊く。「問題のダイヤモンドをパテルが持っていることを知っていたのは誰と誰ですか」

一瞬の間があってから、クロフトは答えた。「ジャティンが誰に話したかまでは私にはわかりません。しかし誰にも言っていなかったでしょうね。刑事さんたちがダイヤモンド業界の事情にどこまで詳しいかわかりませんが、業界の者は仕事の話を口外しません。今回のようにそうそう見つからない石の場合はとりわけそうです。何よりセキュリティが肝心ですから。それに、うちの社内では……きっと内部の犯行を疑っていらっしゃるでしょうね。しかしあの石をジャティンに預けたことを知っていたのは、一握りの役員だけです。みな共同出資者ですし、率直なところ、かなり裕福です。技術の者や採掘労働者について言えば、取り出して処理したあと石がどこに行ったか、彼らはまったく知りません。輸送会社が情報を犯罪者に売ることはありますが、今回のラフは、私が自分でニューヨークまで届けに行きました。それくらい価値のある石だということです」また間があった。「それだけまたと得がたい石だったということです」

「ラフ？」ライムは話をさえぎった。「〝ラフ〟という言葉が出たのは二度目だ。何を指す言葉かな」

「ああ、すみません。未加工のダイヤモンドを業界ではそう呼ぶんですよ。原石《ラフ》と」またしても短い間があった。「私の経験をふまえて言えば、泥棒はうちの石があるとは知らなかったんでしょうね。行き当たりばったりにジャティンの店を選んで入り、未加工のダイヤモンドを出せと迫ったのではないかな。研磨済みの石には、登録番号がレーザー刻印されています。ルーペでのぞかなければ見えませんが、番号があると売りにくい。未加工のダイヤモンドの闇市場のほうが活発です。プロはかならずラフを狙います」

サックスが訊いた。「犯人が今回のダイヤモンドを持ちこみそうな相手に心当たりはありませんか。アメリカ国内で」

「アメリカ国内ではわかりません。でも、保険会社のニューヨーク支社の電話番号をお教えします。どのみち私からも連絡しなくちゃなりませんし。保険会社なら、いまみたいな質問に答えられる専門の調査員がいると思いますよ」クロフトは保険会社の電話番号を読み上げ、サックスはそれをメモした。

クロフトが続けた。「どうか全力で犯人を捜してください。恐ろしい悲劇だ。言語に絶する悲劇です」

三人が惨殺された。うち一人は拷問まで受けた。そして二人の目撃者にも命の危険が迫っている。

しかしルウェリン・クロフトのいう悲劇とは、そのことではなさそうだった。

「犯人はあわてて買い手を探そうとはしないと思います。それよりも、大急ぎで加工しようとするはずです——せっかくの石をめちゃくちゃに切り刻むでしょう。加工された石は、アムステルダムやエルサレムやスーラトの大規模市場にのみこまれてそれきりになる。あれは歴史に輝くダイヤモンドになるはずだったのに。だいなしにされてしまう」そしてクロフトはまた繰り返した。「悲劇です」

セリットーは苦々しげに顔を歪めた。アメリア・サックスはこう言った。「ミスター・クロフト、犯人逮捕に全力を挙げるとお約束します」そして冷ややかに付け加えた。「これ以上、人命が奪われることのないよう努めますから」

9

三月なかばの肌寒さに身を震わせ、痩せた胸を両手で抱くようにしながら、ヴィマル・ラホーリは、グリニッジ・ヴィレッジにある静けさと緑に包まれた都会のオアシス、ワシントン・スクウェア公園に座っていた。今日よりもう少し過ごしやすい天気の日なら、不思議な取り合わせの人々が集まっている公園だ。ストリートミュージシャン、子供を連れたベビーシッター、脇の甘い麻薬の密売人、真面目な学生、閃きをノートに走り書きする詩人、思索にふける学者。それに、ウォール・ストリートの投資運用会社や法律事務所から徒歩圏に住んでいるのに、ふだんはあえてリムジンで帰宅するビジネスマンたち。

日暮れどきのいま、パリの凱旋門《がいせんもん》そっくりのアーチ型の門がまばゆいライトに照らされてそびえているのとは反対側、人気《ひとけ》のない薄暗い一角にヴィマルは座っている。通りの向こうに見えるニューヨーク大学の教室や学生寮、ハミルトン時代のタウンハウスを見やった。ほのかに黄色く輝いている窓の奥では、これから街に繰り出す予定の人々がシャワーを浴び、化粧をし、着替えをしているだろう。あるいは、野菜を刻んだりワインの味見をしたりして、まもなく始まるディナーパーティの支度をしているだろう。そういったささやかな、だが手の届かない楽しみを想像して、ヴィマル・ラホーリは泣きたくなった。アディーラが作ってくれた茶色い布のブレスレットをぼんやりともてあそぶ。トングを動かすときに引っかかるのではないかと父親に言われたことがあって、いつも家を出てから腕に巻くことにしていた。

ポート・オーソリティからここまで、わざと複雑なルートをたどり、三十ブロックから三十五ブロックほどの長い距離を寒風に吹かれながら歩いて来るあいだ、文字どおり肩越しに背後を気にしてばかりいた。本当は地下鉄で来るつもりだったが、バスターミナルで携帯電話を拾ってくれた男性との一件ですっかり震え上がり、結局は歩いてきた。

犯人が地下鉄を見張っているわけがないことはわかっている。ヴィマルを探して、電車から電車へと乗り換えて回っているとは思えない。犯人に遭遇したとき、ヴィマルのほうは顔をしっかり見られている。しかしヴィマルが見たのは、犯人のスキーマスクと手袋、黒っぽい服だけだ。

犯人の顔を見たわけではないのに、根拠もなく怯えているというわけではなかった。途中でバーに入ってコカ・コーラを二杯、立て続けに飲み干したが、そのときテレビのニュースを見た。犯人はまだ捕まっておらず、銃を持った危険人物がまだ市内のどこかにいると見られる、事件について情報があれば、即座に警察に連絡してほしい。市警のスポークスパーソンの話しぶりは、言外にこう伝えているかのようだった——死にたくなければ警察に保護を求めることだ。犯行を目撃したヴィマルを犯人が探している事実を警察は把握しているのかもしれない。きっとそうだろうという気がする。

血に染まった店がまた脳裏に蘇る。当初の衝撃は薄れ、いまは恐怖と悲しみがあるだけだった。ミスター・パテルが死んだ。厳しい師匠だった。近寄りがたくて、めったに人を褒めない。しかし話の通じない人ではなかった。それなりに優しいところがあった。ミスター・パテルが人生を捧げたダイヤモンド業界については言いたいことが山ほどあるが、それでもミスター・パテルが天才だったことに異議はない。心に描いたとおりのものを手で造り出すことがいかに難しいか、ヴィマルはよく知っていた。

それにあのカップル。ミスター・パテルの客の若い男女。強盗の現場にたまたま来合わせてしまうなんて、なんと悲しいことだろう。ウィリアムとアナ。たしか結婚式は半年後だと話していた。

三人の死体は店で一瞬目にしただけだった。思いがけない光景はあまりに衝撃的で、あまりにも突然だった。ほかのものを見るゆとりはなかったのに、師匠のぴくりとも動かない足だけはしっかりと記憶に焼きつけられた。そのイメージはこの先ずっと記憶にこびりついたまま消えないだろう。

時刻を確かめようと携帯電話を見ると、父からの着信が七件あった。メールも十二通。通知を見つめているあいだにも、着信音をミュートに設定した携帯電話の画面がぱっと明るくなって、父からの着信を知らせた。

ヴィマルは〈拒否〉をタップして携帯電話をしまった。

自嘲気味に笑う。いま感じているこの罪悪感も拒否できたらいいのに。

ミスター・パテル、あのカップル……言語に絶する悲劇だ。

なのに……

なんとも身勝手な話ではあるが、自分がほっとしていることは否定できなかった。肩の荷が下りたような気分だった。止めることのできない圧力にじわじわと締め上げられて、もう長いこと息さえできずにいた。何百キロもの地中でダイヤモンドを形作るような圧力。いま、それから逃れる道が開けた。自力ではとうてい踏み出すことのできなかった道。強盗殺人事件のような劇的なできごとが起きていなかったら、ヴィマルは明日もこれまでどおりのことを続けていただろう。父の言いなりになって、父が選んだ人生を受け入れていたはずだ。調子を合わせ、言いたいことがあっても口にせず、そうやって黙従する自分をただ憎み続けたに違いない。

恐ろしい事件ではあるが、それはヴィマル・ラホーリにチャンスをもたらした。このチャンスを生かそう。人生の軌道修正を図ろう。

公園の反対側に人影が現れた。ああ来た。彼女だ。

その前にやらなくてはならないことがある……

艶やかな長い黒髪の若い女性は、確かな足取りで公園のなかほどまで歩いてくると、左右に視線を走らせた。ついさっきあれほどの恐怖を目《ま》の当たりにしたというのに、脇腹の傷がこれほどうずいているというのに、それでもヴィマルの心臓は、いつものようにぴょんと跳ねた。

彼女の姿を見るたび――交際を始めてもう何カ月もたつのに――彼の胸は高鳴る。決して順風満帆の交際ではない。本当はもっと会いたくても、なかなか会えずにいる。彼女はニューヨーク大学医学部に通う忙しい学生で、ヴィマルは父に〝貸し出されて〟ミスター・パテルやほかのダイヤモンドカッターのもとで不規則で長時間の仕事をしている。そのうえヴィマルは、自由時間の大部分を自宅地下にあるアトリエで過ごさなくてはならない。

もちろん、いまの時代、ニューヨーク周辺に住むカップルはみなそんなものだろうし、誰もが乗り越えている問題でもある。しかしヴィマルたちは厄介な問題をもう一つ抱えていた。ヴィマルの両親はアディーラ・バドールの存在を知らず、アディーラの両親はヴィマルの存在を知らない。

アディーラは実際には長身ではないが、ほっそりとした体つきのせいか、背が高い印象を与える。今夜、彼女の髪は黒一色だ（たまに、保守的な母親に向かって反旗をひるがえすかのように青や緑のメッシュを入れることがある――が、微笑ましい反乱で、家族が集まる場にメッシュが入ったままの髪で行くことはない）。

ヴィマルに気づいて、アディーラの細い顔はぱっと輝いた。が、それも一瞬だけだ。すぐに真顔に戻り、次に不安げな表情を浮かべた。ヴィマルの顔が青ざめ、表情がこわばっているからだろう。

ヴィマルはわずかに頭を持ち上げ、彼女に気づいたことを伝えた。手を振るまではしたくない。スキーマスクの男のことがまだ頭を離れなかった。あたりを見回すと、近くにいるのは十人ほどで、誰もヴィマルのほうを見ていなかった。みな一刻も早く湿り気混じりの寒風から逃れようと急ぎ足で歩いている。

アディーラがベンチの隣に腰を下ろしてヴィマルに両腕を回した。「ヴィマル……よかった……」

ヴィマルは思わずびくりとした。アディーラは即座に腕をほどいて体を起こすと、観察するような目を彼に向けた。ヴィマルはアディーラの美しい顔を見つめた。濃い色の肌に、丁寧だがさりげない化粧を施している。それで強調されているのがどことどこなのか、見分けがつかないほど控えめな化粧だった。

ヴィマルは彼女の手を取って熱烈なキスをした。彼女の目は、冷静に彼を観察していた。

「ニュース、見たわ。本当に気の毒で。ミスター・パテル。それにお客さんだったカップル。テレビは事件のことばかり。だけど、ほかに誰かいたって話は一度も出なかった」

ヴィマルは、たまたま店に行って強盗犯に不意打ちを食らわせてしまったことを話した。

「それで逃げてきた。犯人は追いかけてきたんだろうけど、僕は非常口から出たから」

「さっきのメール。怪我をしてるって」

犯人に撃たれたが、弾は逸れ、持っていた紙袋に当たって、飛び散った石のかけらか弾丸の一部で切り傷を負ったのだとヴィマルは説明した。「手当てしてもらえる？」

アディーラは言った。「病院に行ったほうがいいわ」

「病院はだめだよ。医者が診《み》れば撃たれたってわかっちまう。そうなったら警察に通報しなくちゃならない」

「でも……」アディーラは完璧な弧を描く眉を吊り上げた。警察に通報してもらえるなら好都合でしょうに、と言っている。

ヴィマルは一言で答えた。「だめなんだ」警察に頼れない理由を――たくさんあり、すぎる理由を――説明したところでわかってもらえないだろう。「頼んだもの、持ってきてくれたよね」

アディーラは黙っている。

「持ってきてくれたよね？」

「どこで診たらいい？」

「ここで、かな」

「ここ？」アディーラは笑った。ここで怪我の手当て？　どんより曇って寒い三月の日暮れどきに、ワシントン・スクウェア公園で？

しかし、ほかにどうしようもないことはアディーラにもすぐにわかるはずだ。二人とも親元に住んでいるのだから。

アディーラは周囲を見回し、近くに誰もいないことを確認すると、ヴィマルにうなずいてジャケットを脱ぐように伝えた。ヴィマルはジッパーをはずし、スウェットシャツとアンダーシャツをたくし上げた。「彫刻家なら、撥ねた石のかけらで怪我をすることもあるわよね。あなたがカミソリやナイフのコレクターじゃなくてよかった」

次の瞬間、アディーラの顔から皮肉な笑みが消え、それまでとは別の場所に意識が直行したのがわかった。いつかアディーラを優れた医師にするはずの場所だ。いま彼はヴィマル・ラホーリではない。彼女がキスをした唇の持ち主、愛を交わしたあとふざけてくすぐった胸の持ち主ではない。一人の患者だ。そしてアディーラは、彼の主治医だ。二人のあいだにあるものはそれだけだった。彼女は目を細め、真剣な面持《おももち》ちで傷を調べたあと、バッグから青いラテックスの手袋を取り出した。

「どんな感じ？」ヴィマルは訊いた。

「黙って。見張りをしてて」

ヴィマルは周囲を確かめた。近くに人がいることはいたが、二人を気にしている様子はない。

アディーラの器用な手が動き出す。ガーゼと、消毒薬らしき濃いオレンジ色の冷たい液体。びりびりとした感覚が走ったが、我慢できないほどではない。

「軽い切り傷。青痣《あおあざ》」

「脇腹も。心配なのはそこなんだ」

「これね」

アディーラが右の脇腹、肋骨の一番下あたりを探った。突き刺すような痛みが走った。

「これね。皮膚の下に入ったままになってる」アディーラは大きく息を吐いた。その音に内心の不安が表われていた。「ヴィマル。お医者さんに診てもらわないと」

病院に行けばどうなるかはわかりきっている。「いやだ」

「だって、麻酔なんて持ってないわ」医学生は本物の医師ではない。薬局で買える薬と大差ないということだろう。

「やれるだけやってみて」

「ヴィマル、いまはまだ生理学や有機化学を勉強してる段階なの。相手は教科書やコンピューター。それが死体に変わるのは来年よ」

「やれるものなら自分でやるけど、手が届かないんだ。だから頼むよ」

アディーラは譲らなかった。「傷口を縫わなくちゃならないし」

ヴィマルは彼女の手を握りしめた。「病院には行かない。とにかく破片を取り出してくれ。あとはやれるだけのことをしてくれればいいから。絆創膏《ばんそうこう》でいいよ」

アディーラの美しい顔にほんの一瞬だけ感情が戻ってきて、眉間に皺《しわ》が刻まれた。

「バタフライ絆創膏で留めるわ。でも、もし出血が止まらなかったら……」

バッグに手を入れ、ピンセットを取り出す。「これ、ちょっと持ってて」

ヴィマルは受け取った。

「渡してって言ったら、すぐに渡してね。それからこれも」アディーラはiPhoneをヴィマルに渡し、懐中電灯アイコンをタップしてLEDライトをつけた。「光を下に向けて。脇腹を照らして」

「ピンセットは？」

「もう少し持ってて」アディーラが脇腹の熱を持った部分のすぐそばに触れるのがわかった。「まだ使わないから。でも、渡してって言ったら、すぐに渡してね」

その声は不安げに聞こえた。もしかして、破片がめりこんだ以上の何か――

「うわっ」ヴィマルは叫んだ。脇腹から広がった痛みに顎まで貫かれ、ベンチの上で飛び上がった。だが痛みはすぐに鈍いうずきに変わった。

「出せた」アディーラがガーゼをこちらに向けた。血まみれのキンバーライトのかけらが載っていた。アディーラは力強い指で傷口の周辺を押し、破片を押し出したのだ。

「だましたな」ヴィマルはかすれた声で言った。息が上がっていた。

アディーラは使い道のなかったピンセットを受け取って言った。「メンタルな麻酔。ほかのことに注意を向けておいて、手早く処置をするの」

「それ、大学で教わったわけ？」

「ううん、ディスカバリーチャンネルだったかな。南北戦争時代の軍医がやってるのを見た」

アディーラはガーゼを置き、消毒薬のボトル――ベタジンと書いてある――を取って、冷たい液体を傷口に塗った。次に新しいガーゼを当て、しばらく圧迫した。ヴィマルは場違いな衝動に駆られた。家族は元気か、生理学の試験はどうだったかと訊きたくなった。

「また照らして」アディーラが言い、ヴィマルの手を誘導した。

アディーラはバタフライ絆創膏を何枚か取り出して傷口に貼っていった。「痛みは？1から10でいうとどのくらい？」

「3と16分の7。ごめん、一度言ってみたかったんだ」

「これ」怒ったような顔で、アディーラは鎮痛薬のボトルとミネラルウォーターを差し出した。ヴィマルは鎮痛薬を二錠と水をボトルの半分飲んだ。

「皮膚の下に入った破片はこの一つだけだった。あとは痣と切り傷とひっかき傷」そう言いながら、ヴィマルの肋骨を指で探った。それもやはり痛かったが、耐えられないほどではない。「骨は折れてない」

ずきずきする痛みを無視しようとしながら、ヴィマルは破片を手に取ってまじまじと見た。そう大きくはない。長さは二センチもなく、とても薄かった。ポケットに押しこんだ。

「記念品ってこと？」

ヴィマルは黙ってアンダーシャツとスウェットシャツを引き下ろした。

「これも」アディーラはベタジンの茶色いボトルを手渡した。「染みになるけど、そんなこと気にしてる場合じゃないもの。ああ、そうだ。スウェットシャツ」バッグからニューヨーク大学の紫色のスウェットシャツを取り出す。サイズはLだった。アディーラのものではない。きっと父親に買ったものだろう。ヴィマルは着替えも頼んでおいた。明るいグレーの〈変わり者のままでいい〉スウェットシャツには乾いた血の染みが点々とついている。自分で着替えを買ってもよかったが、いまは節約しなくてはならない。

二人のあいだを沈黙が流れた。三頭のフレンチブルドッグを連れた女性が通り過ぎるのを目で追った。三頭は仲よく跳ねまわり、飼い主はリードがからまないよう手から手へ忙しく持ち替えていた。ほかのときなら二人で笑っただろう。だが、ヴィマルとアディーラはただぼんやりと見送った。

アディーラが彼の手を取り、頭を彼の頭にもたせかけた。

「家に帰るつもりはないのね」

「ああ」

「これからどうする気？」

「しばらくどこかに隠れてるよ」

アディーラは冷ややかな笑い声を漏らした。「ギャング映画の目撃証人みたいねって言おうとした。だけど、みたいじゃないのよね。本当にそうなんだわ。でもどこに行くつもりなの、ヴィマル」

「まだ決めてない」

本当はもう決めていたが、いまはまだその話をしたくない。いつか話すタイミングが来るだろう。目下はどこか屋根のある場所に行きたかった。気温は下がる一方で、ヴィマルは疲れきっていた。

アディーラの手を放した。二人は立ち上がった。脇腹の痛みを無視し、彼女に腕を回して抱き寄せた。「すぐにまた電話するから。どんなことがあっても、僕らは何も変わらないよ」そう言って微笑む。「それに、試験中なんだろう。どのみち僕にかまってる時間はないよ」

アディーラの顔を見れば、おもしろがっていないとわかる。ヴィマルはつまらない冗談をたちまち後悔した。それでもアディーラは熱のこもったキスをした。互いにまだ一度も〝愛している〟と言ったことはない。いまがその瞬間なのだろうとヴィマルは予感した。アディーラは彼の顔に頰を寄せ、耳もとに唇をつけてささやいた。「警察に行って。きっと犯人から守ってくれるから」

アディーラはバッグを肩にかけ、向きを変えると、いつものゆっくりとした色気を感じさせる歩きかたで西四丁目の地下鉄駅に向かって去った。ヴィマル・ラホーリはその後ろ姿を見送りながら、たしかに警察は犯人から自分を守ってくれるだろうと考えた。

だが、それだけではまったく充分ではない。

10

午後八時、リンカーン・ライムは居間に並んだ高解像度モニターの一台に車椅子で近づいた。「再生してくれ」

メル・クーパーがキーボードを叩き、動画の再生が始まった。

パテルの店が入っているビルの裏手にある地下搬出入口をとらえた防犯カメラの映像だ。地下から延びたスロープの出口は四六丁目に面している。

その日の昼ごろ、タイムスタンプによると十二時三十七分にドアが開き、黒っぽい豊かな髪をして黒っぽいジャケットを着た男が、うつむいたまま階段を下りてきてスロープを昇り、通りに出て行く姿が映し出された。顔は鮮明ではないが、インド系と見える。仮にこの男が本当にパテルの仕事仲間だとすれば、理屈にかなっていた。男は痩せ型で、そばにある大型ごみ集積器と比較するかぎりでは、背は低いほうだ。年齢は判然としないが、見た目の印象は若かった。おそらく二十代。

「怪我をしてるわね」サックスが言った。

腹部を手で押さえている。再生を一時停止してみると、手に何か明るい色のものを持っているのがかろうじて見分けられた。弾丸が命中した紙袋だろう。クーパーがまた再生を再開し、若い男はそのまま歩いて画面から消えた。

クーパーが言った。「二つめの映像」

パテルの店があるビルの隣の宝飾店のショーウィンドウに設置された防犯カメラがとらえた、四七丁目の映像だ。十二時五一分、黒か紺の丈の短いジャケットを着て太めのシルエットのスラックスを穿き、ニット帽をかぶった男が店の前を通り過ぎた。顔は見えない。カメラと反対のほうを向いている。左手にはブリーフケースがあった。右手はポケットのなかだ。

「銃を持っているのか」

「かもね」サックスがライムに答えた。

「もういっちょ」クーパーが言った。「四七丁目沿い、二軒西側の店の映像だ。さっきのから一分後」

同じ男が別の宝飾店の防犯カメラにとらえられていた。うつむき気味で、またカメラから顔を背けている。携帯電話で話しているようだ。

サックスが言った。「もう一度再生して。今度は携帯電話をズーム」

クーパーが携帯電話を大きく映したが、成果はなかった。携帯電話のモデルなどはまったく見分けられない。「基地局の信号を調べるか」

「マチネがある日の劇場街とタイムズスクウェアだぞ?」セリットーがクーパーに冷ややかな視線を向けた。「五十人くらいかき集めなくちゃ間に合わんだろうな。それでもリストをチェックするのに一週間はかかる。いいね、ぜひやろう」

「ちょっと言ってみただけだって」

「目撃者は若い男性で、髪の色は黒ってことまではわかってる。肌は浅黒くて、たぶんインド系。黒か紺のジャケット、スラックスも黒っぽい色」サックスが言った。「自力で移動してる。石のかけらでどの程度の怪我をしてるかはわからないけど、そう重傷ではなさそうね」

「謎の〈VL〉と同一人物かな」セリットーが言った。

「その可能性はある」サックスが答える。

あくまでも可能性だ。もしかしたらそうかもしれないし、違うかもしれない。

呼び鈴が鳴って、ライムはインターコムの画像を確かめた。

それから、サックスと顔を見合わせた。サックスが言った。「保険会社の人かしら」

少し前、サックスはダイヤモンドの保険契約を引き受けたニューヨーク支社に連絡を入れた。人間味に欠けたルウェリン・クロフトからすでにダイヤモンドの盗難の件は伝わっていて、担当の損害調査員は、もう夜が遅いというのに、今夜のうちにうかがいますと申し出た。

五百万ドルの損失がかかっているのだ。むろんすっ飛んで来るだろう。

「案内してくれ」ライムはトムに言った。

まもなくトムが男性を案内してきた。一同に軽く会釈をしたあと、驚いたように目をしばたたいて、居並ぶ科学捜査機器を二度見した。「おや、これはまたすごいな」小さな声でつぶやく。

損害調査員はエドワード・アクロイドと自己紹介した。ロ－ワ－・マンハッタンのブロード・ストリートにあるミルバンク保険会社の主任損害調査員だという。

何もかもが平均的な人物だった。背の高さも平均的、体重も平均的、きちんと整えられたバターキャンディ色の髪の量も平均的。やや緑色がかった薄茶色の瞳も、珍しいようでありつつ、平凡にも見えた。年齢は、中年世代の真ん中あたりといったところだろう。

「たいへんな悲劇です」アクロイドは、イギリスの発音で言った。BBCのアナウンサーはきっとこんな風にニュースを読み上げるのだろうとライムは思った。「ジャティン・パテルが……殺された。それに、カップルも。未来ある若者だったのに。それを取り上げられてしまった」

少なくとも、アクロイドが開口一番に残念がったのは、宝石ではなく、人命が失われたことだった。

トムがアクロイドのベージュのコートを預かった。その下に着ていたグレーのスーツは、ベストもそろったスリーピースだった。いまどきアメリカではあまり見かけない。

シャツにはぱりりと糊がきいていて、ネクタイも糊をつけたようにぴんと張っていたが、それはおそらくライムの想像の産物だろう。整った身なりと時刻を考えると、連絡を受けたとき、高級レストランで食事をしていたか、観劇でもしていたのかもしれない。結婚指輪をはめていた。

ひととおり自己紹介が行われた。ライムの体の状態を見ても、アクロイドは反応らしい反応を示さなかった。それよりも、部屋の隅に設置された大型のガスクロマトグラフ／質量分析計に驚いているようだった。ライムが動かせるほうの手、右手を差し出すと、アクロイドは慎重な手つきで握った。

「椅子をどうぞ」サックスが勧めた。

「いやいや、刑事さん、すぐにおいとましますから。今夜はとりいそぎご挨拶に寄っただけで」アクロイドはそう言って室内を見回した。「うかがう前は……その、警察署だと思っていました」

セリットーが言った。「場合によっては捜査本部をここに置くんですよ。リンカーンは市警の元鑑識部長でね。いまは捜査顧問を頼んでる」

「我が国のシャーロック・ホームズのような方ということですね」

ライムはうんざりしながら愛想笑いを浮かべた。そのたとえは聞き飽きるほど聞いた。そう、五百回くらい。

「私は民間に移る前、警視庁に——スコットランド・ヤードにおりました」また科学捜査機器に目を向ける。「壮観ですね。これだけの設備が個人の住まいに」ガスクロマトグラフの前に立ち、ほれぼれと眺め回した。

ライムは言った。「そろうまでに何年もかかりましたよ。基本的な検査はだいたいできる。高度な検査は外に頼みますが」

「基本的な検査ができれば充分という事件も少なくないでしょうから」アクロイドは言った。「多すぎる事実、多すぎる手がかり。〝木を見て森を見ず〟になりがちです」

ライムはうなずいた。アクロイドにささやかな仲間意識を感じた。元警察官で、そして現在はライムと同じように私立探偵のような仕事をしている。

いや、〝諮問探偵〟か。

シャーロック・ホームズはそう自称していた。

セリットーが尋ねた。「お知り合いでしたかね。パテルとは。従業員でもいいですが」

「いいえ、直接には。しかし、もちろん、名前は知っていましたよ。ダイヤモンド業界に少しでも関わりのある人間なら誰でも知っていますから。ジャティン・パテルはまさしくディアマンテールでした。この言葉の意味はご存じですかな」

「いや」

「ダイヤモンドの生産や加工に携わる者はそう呼ばれます。しかしパテルをディアマンテールと呼ぶ場合は、ダイヤモンド研磨の名匠という意味です。現在、ダイヤモンド加工の中心地はインドで、ほかにアントワープやイスラエルで行われています。昔はニューヨークもその一つに数えられていました。加工業者の数はだいぶ減ってしまいましたが、いまも残っているディアマンテールは一流のなかの一流です。パテルはその頂点にいました」

サックスが尋ねた。「パテルの何がそんなに際立っていたんですか」

「それを説明するには、業界について少しお話ししないと」

「聞きましょう」セリットーが促す。

「ダイヤモンドの原石は、五つの工程を経て商品になります。まずプロッティング――原石の特徴を調べて、どう切断すればサイズや品質、利益が最大になるかを見きわめます。次がクリービング――ダイヤモンドの石目に沿って叩き割るようにして切断します。切断する前に何カ月もかけて原石を調べることもあります。一つ間違うと――そう、ほんの十分の一秒で百万ドルが吹き飛ぶことになりかねませんから」

「しかし」セリットーが言葉をはさむ。「ダイヤモンドは壊れないんじゃありませんでしたか」

アクロイドは首を振った。「実をいうと、それは誤解でしてね、刑事さん。ダイヤモンドは地球上最も硬い天然物質です。それは間違いない。ただしこの場合の〝硬い〟は、ひっかき傷がつきにくいという意味なんですよ。現実にはきわめて割れやすい物質です。たとえばハンマーを使って同じ力で叩いたとして、水晶は割れないのに、ダイヤモンドは割れてしまうということもありえます。話を戻すと、まずプロッティング。次にクリービング。三番めがソーイング――レーザーやダイヤモンド刃などを使い、石目にさからって切断し、望みの形に切断します。四つめはブルーティング――石を旋盤で回転させながら別のダイヤモンドとこすり合わせて丸く仕上げます。これはもっとも一般的なカット――ラウンドブリリアントカットに仕上げる場合ですね。そして最後の段階で、石を磨いて幾何学的な面《ファセット》をつけます。ファセッティングとかブリリアンティアリングと呼ばれる工程です」

　保険会社で働くような人間がこれほどの熱意を示すことはふつうないだろうとライムは思った。しかし、ダイヤモンド業界は何か特別な存在らしい。ほかと比べて情熱や思い入れが強い業界のようだ。

「ジャティン・パテルについてですが、世界のダイヤモンドカッターはみな、九割方の仕事にコンピューターを使っています。消費者市場向けの低価格な大量生産の石の加工は、プロッティング、カット、ポリッシュまですべて自動になっていますし、最高級のダイヤモンドでも、すべてとまでは言いませんが、かなりの割合でコンピューターが導入されています。しかしミスター・パテルは違いました。すべて手作業で自ら加工していたんですよ。最高品質のダイヤモンドが欲しいなら、彼のものを買えば間違いない。彼の死は大きな損失です。絵の世界にたとえるなら、ピカソやルノワールが殺されたようなものです。というわけで、ミスター・ライム――」

「リンカーンでけっこう。これは社交辞令ではなく」

「わかりました。では、リンカーン。ミスター・クロフトからグレースーカボット社の原石の盗難届が正式に提出され、私どもの会社で受領しました。約款に従うと、原石が三十日以内に発見できなかった場合、保険金を支払うことになります。およそ五百万ドルです。会社としては、三十日以内に原石が発見されるほうが望ましいわけで、私としてもそうなることを願っています。万が一、発見できずに保険金を支払った場合、被保険者が有していた権利は私どもの会社に移転することになります。この概念はご存じでしょうか」

メル・クーパーが言った。「十五歳のとき、勝手に走り出した買い物カートに轢《ひ》かれたことがある。何針か縫って、足首も骨折した」クーパーの視線はコンピューターの画面に向けられたままだった。「保険会社は俺に保険金を支払って、スーパーマーケットを訴えた。俺の代理で訴えたわけだ」

話を脱線させるな、とライムはクーパーをねめつけた。だが、誰もライムの憮然とした表情に気づかなかった。

「そのとおり、そういうことです。怪我をされたとのこと、ご愁傷《しゅうしょう》様です」アクロイドは心底クーパーに同情しているらしい。

「いやいや、もう昔の話ですから」

「保険金を支払ったあと、私どもの会社、ミルバンク保険は、代位権を根拠として、盗まれた品物の発見を目指します。発見できたら売却し、その利益で損失を埋めるわけです。というわけで、あなたがたと私どもの会社は、ダイヤモンドの発見に関して相互利益関係にあるわけです。それに個人的にも……」アクロイドは声に怒りをこめて続けた。「……犯人が二度と刑務所から出てこられないようにしたいところです。ダイヤモンド泥棒は紳士であるべきですよ。暴力に訴えるなど、あるまじき行為です。フェアプレーの精神に反している。殺人？　言語道断でしょう。というわけで、全面的にお手伝いします。何でもおっしゃってください。さっそくですが、捜査の役に立ちそうな情報がありました」

アクロイドはジャケットの内ポケットから手帳を取り出し、爪を短く切りそろえた指でページをめくった。「ミスター・クロフトから私の上司に連絡があり、私がこの件を担当することに決まってすぐ、あちこちに電話で探りを入れました。過去に調査に力を貸してくれたアムステルダム在住のディーラーによると、数時間前、ニューヨークにいる人物から電話があって、原石を買わないかと持ちかけられたそうです。合計で十五カラットあるという話だったといいますから、今回のグレース－カボットの原石の重量とだいたい一致します。そのディーラーは断りましたが――そこまでの資金を動かせる立場にはないので――また何かいい話があるかもしれないと思って、電話番号を控えておいたそうです。これです」

「メル？」ライムは言った。

アクロイドが手帳の該当ページを見せた。クーパーは手もとに書き写してから、サイバー犯罪対策課の専門技術者に電話をかけて調査を依頼した。電話が保留にされているあいだ待っていたが、やがて短いやりとりのあと、電話を切った。「アムステルダムのディーラーに連絡した人物は、プリペイド携帯を使ってる。市外局番はニューヨークの携帯番号のものだが、いまは電源が落とされてる。破壊されたのか、単に電池切れか。アラートを設定してもらったから、次に電源が入ったら連絡が来るよ」

令状を取るに相当する根拠はまだない。しかし、仮に未詳四七号の電話だとすれば、いつかは電源を入れるだろう。そうすれば位置を割り出して、家のドアをノックできる。

「いいね。恩に着ますよ」セリットーが言った。「もう一つ、ダイヤモンドをアメリカ国内で処分しようとするかもしれないと思って、宝飾品の窃盗事件を専門に扱ってる市警の刑事やFBI捜査官にちょっと訊いてみたんですが――盗品の大部分は低価格帯の加工済みの品物で、五百万ドル相当のダイヤモンドの原石を動かせるような人間には心当たりがないっていうんですよ」

アクロイドが言った。「ええ、かなり特殊なマーケットです。ミスター・クロフトから聞いていらっしゃるかもしれませんが、犯人が原石を盗んだのは、そうすれば追跡が段違いに困難になるからです。研磨済みのダイヤモンドにはシリアル番号が入っていますが、原石にはありませんから」

「その話なら聞いた」ライムは言った。

「むろん、今回の事件の噂はすでに広まっています。業界の誰もが知っているといっていい。アメリカ国内と海外の知り合いにはひととおり連絡して、原石を買わないかという話が来たら連絡をもらえるよう頼んであります――もぐりのカッターを探している人物がいた場合にも」

ライムは言った。「クロフトはそれを何より恐れているようだったな」

アクロイドは小さな笑みを浮かべた。「ミスター・クロフトは……彼は私どもの顧客ではありますが、自分の商品に対する執着がやや強すぎるきらいがあることは、ご本人もおそらく認めると思いますよ。旧来のダイヤモンド生産を守っている一人です。最近では〝ブランド・ダイヤモンド〟という新しいトレンドがありましてね、ファセットを増やしたり、伝統的には考えられないサイズや深さにしたりします。ほかでは手に入らないダイヤモンド――ブランド・ダイヤモンドという触れ込みで、実際の価値より高い価格で販売するわけです。しかし、そんなものはまやかしにすぎません。腹立たしいことに、そういった会社は、ダイヤモンドの美しさを決める品質を考慮に入れない。しかし、グレース-カボット社は絶対にそういうことはしません。パテルにカットを任せた原石は、パテルの手で最高の輝きを放つダイヤモンドになっていたはずです。しかしもぐりの業者にカットさせたら、デパートやファッションジュエリー店に陳列されることになるでしょう」

「知り合いというのはどういった人たちですか」サックスが尋ねた。

「ディアマンテール、ブローカー、採掘会社の役員、ジュエリーの小売店、貴金属ディーラー、運送会社、警備会社。それに投資会社も。ダイヤモンドは金《きん》と同じくヘッジ商品ですから。とはいえ、彼らが情報の泉であるという誤った印象を抱かせようというつもりはありません。ダイヤモンド業界に従事する人間は外部の人間をなかなか信用しないんですよ。私はもう何年も業界に関わってきましたが、いまだにいばらの道ですからね、協力を取りつけるのは」

ロナルド・プラスキーも、〈VL〉の身元に関する情報を提供してくれるダイヤモンド商はなかなか見つからないと話していた。「たしかに、市警の聞き込みチームからも、抵抗が大きいという報告を受けている」ライムは言った。

アクロイドは続けた。「もとより閉鎖的な業界であるうえに、暴力がからんだ事件ですから。単純に怯えているというのもあると思いますし」

人を怯えさせるにはカッターナイフ一本で充分なのだ。

「アムステルダムの情報が行き止まりになったのは残念です。しかし犯人はまた電話の電源を入れるかもしれません。そう期待しましょう。私も引き続き心当たりに探りを入れてみます。何かわかったらお知らせしますよ」

「ええ、頼みます」セリットーが言った。「ありがとう」

アクロイドは、トムがフックにかけておいたコートを取って身支度をした。「何か私でお役に立てそうなことがあれば、いつでもご連絡ください。自慢するわけではありませんが、これまで私はミルバンク保険の顧客に代わってかなりの確率で盗《ルート》まれた品を取り返してきました」また低い笑い声を漏らす。「いま思い出しましたが、英語のルート《root》という言葉は、ヒンディー語のルートから来ているんですよ。〝略奪された品物〟という意味です。亡くなったジャティン・パテルはインドの出身だった。皮肉な話と思えますね。またご連絡します。それでは」

「で？」ライムは尋ねた。

「頼りになりそうですよ」ロナルド・プラスキーが言った。「ガチっぽいですから」

〝ガチっぽい〟という表現を聞いて、ライムは溜め息をついた。「具体的に教えてくれないか」

エドワード・アクロイドが帰ってから一時間ほど過ぎた。ロナルド・プラスキーは、徒労に終わったダイヤモンド地区での聞き込みから戻っていた。〈Ｓ〉と〈ＶＬ〉の二名の目撃者、または未詳四七号に関する手がかりを求めて歩き回ったものの、結局何一つ収穫はなかった。ダイヤモンド地区に派遣されたほかの人員はまだ聞き込みを続行していた。

プラスキーは、保険会社の損害調査員アクロイドの身辺を調査する仕事を与えられていた。インターネットで検索したところ、ロンドンに本社を置くミルバンク保険会社の支社はたしかにニューヨークとサンフランシスコ、パリ、香港にあることが確認できた。ライムたちと協力して捜査に当たる場面も少なくないＦＢＩ捜査官のフレッド・デルレイにも連絡し、スコットランド・ヤードに照会してもらった。その結果、エドワード・アクロイドは確かにスコットランド・ヤードに勤務していたことがあり、そこの侵入窃盗事件捜査部で大きな功績を上げたあと、退職してミルバンク保険会社に移っていた。ミルバンク保険がグレース－カボットと保険契約を結んでいるかどうかまでは確認できなかったが――保険契約の詳細は、通常、公表されない――ミルバンクは、自社はダイヤモンド採掘を含め、貴金属および宝石業界で実績のある保険会社であると宣伝していた。

アクロイドは試験に無事合格した……加えて、アムステルダムのディーラーという、捜査に役立つかもしれなかった情報、このあと役に立つかもしれない情報を提供した。だが、一つだけ但し書きをつける必要がある。捜査チームとアクロイドの利益は一致しているが、それはいまだけのことだ。ダイヤモンドの原石が発見されたら、ミルバンク保険とグレース－カボットは証拠物件の返却を求め、即座に訴訟手続きを開始するだろう。一方のライムとセリットーにしてみれば、未詳四七号の公判終結まで――つまりかなり長い期間――ニューヨーク市警の管理下に置いておくほうが望ましい。それに、ダイヤモンドは発見されたが、未詳は逮捕されなかった場合、ダイヤモンドは半永久的に証拠物件として保管されることになるだろう。保険会社にせよ採掘会社にせよ、それを喜ぶはずがない。

しかしライムは――やや決まり文句《クリーシェ》じみてはいるが――こう考えた。先のことを心配してもしかたがない。

目下の優先事項は、殺人犯を捜し出すことだ。だから、あの英国紳士が助っ人として役に立つのであれば、顧問に類する人種に対する反感を脇へしりぞけて（自分が捜査顧問であっても、偏見はいまだびくともしていなかった）、アクロイドと手を組むことにやぶさかではない。

「ふむ、我らが英国紳士は怪しい人物ではなさそうだとなると」セリットーが言った。「悩みどころは、ビルの裏口から出た若者と、十一時にパテルの店に来たところを廊下の防犯カメラが撮っていた顎髭の男、この二人の存在をアクロイドに伝えるかどうかだな」

議論を経て、アクロイドにはその情報を伏せておくことになった。アクロイドは信頼してよさそうだが、彼の知り合いが故意に、あるいは、こちらのほうが確率としては高そうだが、不用意に目撃者の情報を漏らし、それが未詳四七号に伝わるおそれがあるというのがライムの意見だった。

「でも、市警の聞き込みチームには若者の写真を配布したほうがいいわよね」サックスが言った。

一同はふたたび防犯カメラの映像に見入った。クーパーが〈ＶＬ〉の可能性がある若者のスクリーンショットを何枚か撮った。ライムは言った。「市警のネットワークにいまのスクリーンショットを上げよう。同時に、ミッドタウン・ノースとサウスに本格的な聞き込みを指示してくれ。イニシャルはおそらく〈VL〉で、若い男、インド系だという情報を伝えろ」

「えーと、インド系じゃなくて、南アジア系っていうのが正解じゃないかな」クーパーが言った。

ライムはぼそぼそと言った。「だったら、南アジア系またはインド系とでも書いておけ。政治的に正しくないという文句が来たら、このかたわを相手取って訴訟を起こせと言い返してやれ」

第二部　クリービング

三月十四日　日曜日

11

電話が鳴っている。見覚えのない番号からだった。溜め息をつき、沈んだ気持ちで電話に出た。「はい」

「ミスター・サウル・ワイントラウブですね」

しばしためらってから答えた。「そうですが。どちら様ですか」

「アメリア・サックスといいます。ニューヨーク市警の刑事です」

「ああ」

「ミスター・ワイントラウブ、四七丁目でジャティン・パテルと会いましたか。昨日の午前十一時ごろのことですが」

くそ《アプローフ》……

これだけは避けたかったのに。存在に気づかれずにすむことを心の底から願っていた。

四十一歳のサウル・ワイントラウブは、クイーンズにある自宅の湿気のこもった小さなリビングルームに立っている。散らかってはいるが、心地よい種類の散らかり具合だ。彼の実家からのお下がりと、長年のあいだに彼と妻が買い集めたものが、統一性を欠いたままところせましと詰めこまれている。受話器を握り締めた。固定電話の受話器だ。心臓が早鐘を打ち、吐き気がせり上がってきた。

「いや……」否定しても無駄だ。「ええ、会いました」

「ミスター・パテルが亡くなったことはご存じですか」

「ええ、知っていますが……私のことはどうやって」

「ミスター・パテルのビルに設置されている防犯カメラの映像です。あなたの写真を持って、近隣に聞き込みを行いました。あの通りで宝飾店を経営している人物が、あなたを知っていました」

アブローフ……

この刑事はきっと、自分から名乗り出なかったことを責めるだろう。だが、ともかく妙なことに巻きこまれたくなかった。リスクが大きすぎる。ダイヤモンド業界での評判にも傷がつくだろうし、パテルや罪のないカップルを殺害した頭のおかしな強盗犯に何をされるかわからないという身体的な危険もある。

「私は何も知りません。何か役に立ちそうなことを知っていたら、とっくに電話しています。事件が起きるずっと前に私は帰ったんですよ」

しかし、女性刑事は情報には関心を示さなかった。「聞いてください、ミスター・ワイントラウブ。大事な話です。ミスター・パテルを殺害した人物は、あなたの名前を知っていると思われます」

「え？」

「あなたの名前を引き出すために、ミスター・パテルを傷つけたのではないかと考えています。尾行されたり、家を見張られたりといったことはありませんでしたか」

傷つけた？「ありませんが、しかし……」

いや待て、そんなことは少しも気にしていなかった。気にする理由がなかった。ワイントラウブは窓の前に行き、日曜の朝の平和な通りをのぞいた。自転車に乗った少年。ベージュのコートを着こんで、あの腹の立つ駄犬を散歩させているミセス・キャヴァナー。

「車を迎えに行かせます。戸締まりをしっかりして、家から出ないようにしていてください。十五分ほどで行きますから」

「わかりました。しかし……ジャティンの店には行きましたが、何も見ていませんよ。本当に」

「店を出たあとに犯人を目撃なさった可能性はあります。通りで。犯人がパテルの店に入る前に。いずれにせよ、犯人のほうはあなたに見られたと思っているかもしれません。市警としては、あなたの安全をぜひとも確保したいだけです。のちほどこちらにいらしたら、映像を見てください」

「ですが、犯人が私の住所を知っているわけがないでしょう。自宅の住所はジャティンにも教えていなかったんですから。そこまで親しい仲ではありませんでした。石の査定を頼まれたことが五回か六回あるだけです。私の店の所在地は知っていても、自宅は知らなかったはずですよ」

「そのとおりであることを願いましょう。でも、自宅を突き止めるのは意外に簡単なことかもしれない。用心に越したことはありません。そうでしょう？」

溜め息が出た。「ええ。そうですね」

ワイントラウブは落ち着きなく体重を一方の足からもう一方へ移した。十年前、いとこのモリスから結婚祝いにもらったペルシア絨毯《じゅうたん》の下で床板が軋んだ。そうだ、七キロ増えた体重を減らそうと誓ったんだった――と考えて、いやいやいまはそんな場合ではないと思い直した。

女性刑事が言った。「犯人が盗んだのは、ダイヤモンド採掘会社のグレース－カボットから届いたきわめて評価額の高い原石でした。その原石のことは聞いていましたか。あるいは、それに興味を示している人物がいるというような話は」

「いいえ、私は何も聞いていません」

「細かい話はまたあとでうかがうとして、いまお尋ねしたいことが一つだけ。パテルの店で働いていたと思われる若いインド系の男性が、事件のさなかに店に来合わせましたが、逃げ延びています。イニシャルは〈ＶＬ〉。この人物に心当たりは」

「ありませんね。本当です。さっきも言いましたが、何カ月かに一回、仕事をする程度の間柄でしたから」

「迎えの車はすぐに到着するはずです、ミスター・ワイントラウブ。ご家族は？」

「妻がいますが、この週末は大学生の娘のところに遊びに行っています」

「あなたもそちらに行かれてはいかがですか。少なくとも、しばらくニューヨークを離れていたほうが安全です」

「犯人は本当に私を探していると思いますか」

「ええ、私たちはそう考えています」

「ちくしょう《ゴッテニウ》」

「戸締まりを確認してください」

電話を切った。暖房用ラジエーターのかつん、しゅうという音が静けさに響く。派手な色使いの壁掛け時計の秒針の音も。

アブローフ……くそ、くそ、くそ。

事件のことは、ニュースでやっていたからもちろん知っている。しかし詳しいことはまだ知らない。ニュースに接する機会が限られたユダヤ教の安息日に起きたからだ。ワイントラウブは信心深く、分類上はユダヤ教正統派ということになるが、安息日に禁じられている三十九種類の〝創造する行為〟――労働――については、いくらか柔軟に解釈していた。ジャティン・パテルの店に行くのに車は使わなかったが、だからといって歩きはしなかった（クイーンズからマンハッタンまで？　まさか、遠すぎる）。代わりに地下鉄に乗った。妥協案といったところだ。パテルの店では、エレベーターには乗らずに階段で三階まで上った。テレビの視聴そのものは禁止事項に含まれていないが、電気製品のスイッチに触る行為は含まれている。かといって金曜の夜からテレビをつけっぱなしにしておくのもよくない。ケーブルテレビのニュース番組の無意味なおしゃべりを眺めるのは、平日の活動《ウヴディインデホール》として安息日には禁止されているからだ。ようやくテレビをつけておぞましい事件のことを知ったのは、安息日の日没をはるか過ぎてからのことだった。

安息日は終わっている。ワイントラウブはテレビをつけた。画面に色があふれて……コマーシャルが映った。そういうものだ。事件のニュースは何もない。

金色の厚手のカーテンの隙間から、もう一度外の様子をうかがった。

ブギーマンはいない。殺人犯もいない。

ワイントラウブは玄関のラックからコートを取った。警察の車の到着まであと十分。さっきの感じのよい女性刑事——〝感じがよい〟のは、彼の口が重いことにいらだって怒鳴りつけたりしなかったから——の市外局番はマンハッタンのものだった。そこにオフィスがあるということだろうか。事情聴取が終わったあとはどこに行ったらいい？　妻と娘は、大学で母子水入らずの週末を過ごしている。それを邪魔する気にはなれない。いや、本心を言えば、合流したくない。

両手を握り締めたり開いたりしながら、考えた。ああ、なんと悲しいことだろう。ジャティン・パテルが死んだ。世界最高のディアマンテールの一人だったのに。盗まれた石はさぞかし貴重なものだろう。パテルは最高の原石の加工しか引き受けなかったから。だが、ダイヤモンドのために人を殺す？　アフリカやロシア、南米ならまだわかる。だが、アメリカではありえないことだ。

さっきの刑事は本当に感じがよかったなとまた思った。アマンダ。いや、アメリアだったか。ラストネームは覚えていないが、ドイツ風に聞こえた。ユダヤ系の名前かもしれない。何歳なのだろう、結婚しているのだろうか。彼の息子にはまだ妻がいない。

溜め息。

携帯電話が鳴った。

どういうことだろう。発信者は、ワイントラウブの店の隣にあるデリのオーナーだった。ここからは十ブロックほど離れている。ワイントラウブとそのオーナーは、友人ではあるが、電話で話すことはほとんどない。

「アリ。どうした、何かあったのか」

「サウル。念のため知らせておこうと思ってね。さっきコーヒーを飲みに来た客のことだ。あんたのことを訊いていった。悪い人間じゃなさそうだったがね。隣の店のワイントラウブは、ディトマーズ・コートに住んでるワイントラウブと同一人物かと訊かれてね、ジェニーがそうだと答えたらしい。ジェニーからたったいま聞いた」

「それはいつの話だ？」

「三十分くらい前だ」

ワイントラウブの思考は猛然と飛び回り始めた――パテルは犯人に私の名前と店の所在地を教えたのだろう。自宅の住所は知らなかったから。犯人は、ロングアイランド・シティ一帯に居住するサウル・ワイントラウブのリストを片手に、店の近所で尋ね回った。デリの販売員に、隣の店のオーナーのワイントラウブはディトマーズ・コートに住んでいるワイントラウブと同一人物かと訊いたのだ。自分は彼の友人だとでも言ったんだろう。ジェニーはそうだと答えた。

インターネット――まったく迷惑な代物だ。

アブローフ……

「悪い、切るよ」ワイントラウブは電話を切り、画面にキーパッドを呼び出した。

しかし、九一一に発信する前に、背後から男がすばやく近づいてきてワイントラウブを振り向かせ、携帯電話を奪い取った。ワイントラウブは驚愕と恐怖の叫び声を漏らした。男の顔はスキーマスクに覆われていた。そうか――地下室の窓、裏手のバスルームの窓。窓の戸締まりはいつもおざなりだった。

「よせ、やめてくれ！　警察には何も話していない！　嘘じゃない。何も見ていないんだ。私はあんたに不利なことも何一つ言えない！」心臓はいまにも胸を突き破りそうだった。

侵入者はワイントラウブの携帯電話の画面を一瞥してから自分のポケットにしまった。

ワイントラウブは必死に懇願した。「頼む。ダイヤモンドなら渡せる。ゴールドも。何だって渡す！　だからやめてくれ！　妻がいる。娘もいる。頼む」

男は、おしゃべりが止まらない子供にするように、人差し指を唇に当てて彼を黙らせた。

12

昨日のジャティン・パテルの店での騒ぎから逃げた獲物《クールイ》の一羽は死んだ。

サウル・ワイントラウブ。

あばよ。おまえの魂がユダヤの神に優しく迎え入れられますように。または、地獄で焼かれますように。または、どこだか知らないが、どこかに送られますように。ウラジーミル・ロストフは、ソビエト連邦を経験した世代ではないが、歴史は勉強した。自分はソビエト無神論時代に難なく馴染《なじ》めるだろう。魂に第二幕があるとは信じていない。

よし、一羽は片づいた。クーリッァはもう一羽だ。痩せっぽちの若造だけ。ロストフは、洟《はな》を垂らして泣くペルシアの友人ナシムからの連絡をじりじりしながら待っていた。

安息日とやらを返上してダイヤモンド業界の知り合いのインド人に端から電話をかけているはずだが、そうでなかったら許さない。

ナシムの娘二人のことを思い出す。シェヘラザードにキトゥン。

美人の娘たち。

ウラジーミル・ロストフは燃料補給中だった。住まいはブルックリンのロシア人街ブライトンビーチにあるが、いまは隣町のシープスヘッドにいて、いまではすっかり彼の世界一好きな食堂になった店に座っている。ブルックリンのランドマークというべき有名なロール・ン・ロースターだ。近所の〝第二の我が家《ジョイント》〟——誰かが使うのを聞いたことがあるが、英語が母語ではないロストフにはいまひとつぴんと来ない表現だった。意味を調べて、胸にすとんと落ちた。たしかに、〝ジョイント〟では我が家のようにくつろげる。とくにこのロール・ン・ロースターは最高だ。ここのローストビーフバーガーは、忘れずにチーズを追加で入れてもらうと抜群にうまいし、コカ・コーラもモスクワで飲むより間違いなくうまい。

ロール・ン・ロースターの唯一残念な点は、禁煙であるところだ。たばこさえ吸えれば、ここでめしを食うのは脳がしびれるような経験になるだろうに。

幼い男の子を二人連れた母親がすぐそばを通り過ぎた。子供たちは二人ともロストフと同じ金色の髪をクルーカットにし、幅の広い顔をしていた。二人はロストフの前に並んだ料理をじっと見つめた。量に驚いているのかもしれない。バーガーが二人前と半分、それに山のようなフレンチフライ。

〝リトルオデッサ〟と呼ばれるロシア系移民コミュニティはこのすぐ近所だ。ロストフはロシア語で話しかけた。「こんにちは《ズドラーストヴィチエ》」

子供たちは、やはりロストフと同じ灰色がかった青い目でぼんやりと彼を見つめた。母親がうなずき、おしろいをはたきすぎたスラヴ系の顔をわずかにほころばせた。「よい一日を《ハローシェヴォドニャー》」

ロストフの視線は、彼女の顔から両脚の付け根に移り、彼女が通り過ぎると、尻に張りついた。丈の短い赤いジャケットと黒いタイトスカートという服装だ。彼女が店を出て見えなくなるまで、左右に揺れる尻を目で追いかけた。誘惑に駆られたが、つかのま頭をよぎっていった空想をごく自然に現実に変えるシナリオが浮かばない。子供を連れた母親を強引に追いかけていって、好ましい結果になるとは思えなかった。

牛肉を求める食欲に似た、女を求める肉欲（ほかにダイヤモンドを求める物欲もある）のおかげで、いつも綱渡りを演じてばかりいる。

石になれ……

英語より、ロシア語で言うほうが響きがよかった。

それはロストフの両親の口癖だった。そして〝石にな〟った状態とは、ロストフの解釈ではコントロールされた狂気の一形態だ。

そもそもの発端は父親にあった。ある晩——ウォッカを一滴も飲んでいなかったというのに！——父親は妻、すなわちロストフの母親を刺した（といっても、刺したのは顔だけで、凶器はスクリュードライバーだったから、さほど大事にはならなかった）。それから服をすべて脱ぎ捨て、近くの森に走っていき、そこで一晩を過ごした。夜行性の動物を追い回したり、遠吠えをしたりしていたらしい。夜が明けるころ、小川の水に浸かった状態で目を覚まし、周囲に張った氷を石で割って抜け出すと、家に帰ってきた。妻の浮気を許しはしたものの、着々と離婚の手続きを進めた。協議には何軒もの不動産や現金の資産、保険などの細かな取り決めが含まれていた。しかし、幼いウラジーミルの親権は含まれていなかった。息子は、それまでもずっと、事が終わってからやっと思い出すような存在にすぎなかった。

彼はひとまずグレゴールおじさんとローおばさんに預けられることになった。十二歳のウラジーミルはスーツケースに荷物を詰めた。スーツケースにはキャスターすらついておらず、持ち上げて運ばなくてはならなかった。ほかに買い物袋一つを提げ、絵はがきのように美しい街ミールヌイ行きの飛行機に乗った。

子供を石に変える土地がこの世にあるとすれば、それはミールヌイだ。

ロストフは食べかけのバーガーをほんの数口で平らげ、次の一つも平らげた。ネットに接続したノートパソコンに向き直り、スクロールした。このパソコンに命がかかっているようなものだ。これを使ってポルノを眺め、ゲームで遊び、メールを送受信し、ハッキングをし（彼もロシア人だから）、最新ニュースをチェックする。

彼がいましていることはそれだ。バーガーをひたすら咀嚼《そしやく》し、さっきのスラヴ系の母親の尻を頭から追い出そうとしながら、ニュースをチェックする。気の毒なミスター・パテルの事件を取り上げた記事をいくつか読んだ。

新しい情報は何もない。心配することはなさそうだった。それにこれまでのところ、マスコミはサウル・ワイントラウブ殺害をパテル・デザインズで起きた事件と関連づけていない。だが、警察はつながりを把握しているだろう。ワイントラウブ殺害事件の記事はほとんど見当たらなかった。全国版のニュースではまったく触れられていない。目下みなが注目しているのは〝四七丁目の大虐殺〟（というのは『ニューヨーク・ポスト』紙の命名）だ。

容疑者の特徴は——白人男性、中肉中背、黒っぽい着衣、スキーマスク。

ふん。それに該当する男はニューヨーク市内だけで何人いるだろうな。

バーガーは三つともなくなった。物足りないな……

ネットニュースに注意を戻し、市警の発表に目を通した。事件の詳細に触れてはいるが、踏みこんではいない。もう一羽のクーリッツァ、パテルのスケジュール帳に〈VL〉とイニシャルで書かれていた男は、存在さえ明かされていなかった。

ナプキンを顔に当て、咳の発作をこらえた。息を吸い、吐き出す。ゆっくりと。喉のむずむずは治まった。パソコンのウィンドウを切り替えて大手ケーブルテレビの動画配信サイトに接続し、イヤフォンを耳に入れて音量を上げた。コカ・コーラを一杯とフレンチフライ十数本を胃袋に収めたころ、ようやく強盗殺人事件のニュースが流れた。テレビ局の〝犯罪報道シニア記者〟とやらが進行役を務めていた。へえ、三十歳そこそこでシニアかよ。

スタジオにいるブロンドの女性記者（なかなか魅力的な外見をしていた）が、スーツに白いシャツにネクタイというぱりっとした服装をして、髪をきちんと整えた痩せ型の中年男性に、中継でインタビューする体裁で番組は進んだ。

「ここからは、オハイオ州カンバーランド大学の心理学者ドクター・アーノルド・ムーアにお話をうかがいます。よろしくお願いいたします、ドクター。市警の発表によりますと、昨日、四七丁目の宝飾店に押し入った強盗は、ダイヤモンド数個を持ち去ったものの、数十万ドル分あったほかのダイヤモンドには手をつけなかったとのことです。強盗がそれだけの価値のある品物を残していくというのはよくあることでしょうか」

「よろしく、シンディ。えー、今回のミスター・パテルの店のような高級宝飾店や工房を狙うプロの窃盗犯は、超一流の腕の持ち主です。こういった大胆な犯行をもくろむからには、利益を最大にしようとするでしょう。つまり、手に入るかぎりのダイヤモンドを残らず盗むはずだということです」

「〝利益を最大にする〟。とすると、窃盗は、いうなればビジネスだということでしょうか」

シンディの口調はいくらか驚いているようだった。ロストフは黄色いワンピースを押し上げているシンディのおっぱいが気に入った。ただ、木の円盤が連なった大ぶりのネックレスが邪魔をしている。なんだってあんなアクセサリーを着ける？　ロストフはインタビューの内容に注意を戻した。

「そのとおりです、シンディ。そう考えると、今回の事件は通常の〝取引〟ではないとわかります」

〝取引〟と言うとき、ドクターは空中に両手の二本指でクォーテーションマークを描いた。そのお決まりの仕草一つで、ロストフはこの男に嫌悪を抱いた。

「ですから、これは強盗事件ではないのではないか、動機は別にあるのではないかと私は考えています」

「動機は何だとお考えでしょうか」魅惑的なシンディが尋ねる。

「いい加減なことは言えませんが、ミスター・パテルを殺害する理由が別にあって、ダイヤモンドを持ち去ったのは、捜査陣にこれは強盗事件だと思わせるためかもしれませんね」

言えないと言っておいて、結局言ってるじゃないかよ、ドクター。ふん。

シンディが便乗する。「あるいは、カップルがターゲットだったということは考えられないでしょうか。ニューヨーク州グレートネック在住のウィリアム・スローンとアナ・マーカムです」

二人の笑顔の写真がほんの一瞬、画面に映し出された。ロストフは口のなかのフレンチフライをコカ・コーラで流しこんだ。

「ええ、それも一つの可能性でしょうね、シンディ。しかしこれまで明らかになっている情報から判断するかぎり、二人を殺害する動機が見当たりません。犯罪に関係していた様子もない。単に現場に居合わせただけと思われます。しかしおっしゃるとおり、犯人がカップルを狙った可能性は否定できないでしょう」

〝それはこういうことでしょうか〟〝おっしゃるとおり〟の投げ合いをロストフはおもしろがりながら眺めた。兵士が手榴弾を押しつけ合うのに似て、無責任な憶測の責任を互いになすりつけ合っている。

「未来ある若者でした。動機はいったい何だったのでしょう」

「現場となった店には婚約指輪を引き取りに訪れたようですね。犯人がそれを知っていたかどうかはわかりませんが、おそらくそうだろうと推測した可能性はありそうです」

「婚約中のカップルを狙っていた——？」

　手榴弾を放る。

「心理学の観点から言いますと、自分が手に入れられなかったものを持っている相手に恨みを募らせる性質の殺人犯は少なくありません」

　手榴弾をうまくかわした。

「犯人は失恋したのかもしれない、結婚を考えていた相手に捨てられたのかもしれないとお考えだということですね。または、両親の結婚生活がうまくいかなかったために苦しんだ経験があるのかもしれないと」

ドクターは辛抱強く微笑んだ。「まあ、そういった判断をするにはまだ情報が足りません。しかし、プロの犯罪者によるダイヤモンド窃盗の型にはまらない事件であるということは言えるでしょう」

コマーシャルに切り替わった。ロストフはニュース番組の再生を止めてデルのパソコンをスリープにした。

フレンチフライで皿のケチャップを拭い取った。それでも残った分は指ですくって舐めた。指を水のグラスに突っこんできれいにしたあと、ナプキンで水気を拭った。立ち上がってバーガーを注文した。これはテイクアウトする分だ。ごくふつうの人間らしく食べながらたばこを吸いたい(プーチンに一つ文句を言いたいことがあるとすれば、母なる祖国の大部分を禁煙にしたことだ)。精算を終え、三月の冷たい灰色の空の下に出た。

さて、ドクター。あんたはものすごく頭のいい奴なんだろ?

二人であんたのうちにぜひ遊びに行きたいな。このカッターと俺のコンビで。

指や耳にカッターナイフを食いこませたとき、あの骨張ったドクターの喉から漏れる音の高さや長さが聞こえるようだった。しかし、遊園地の乗り物のように左右に揺れる尻をした母親との汗まみれのセックスと同じで、ただの想像にすぎない。

小さく咳をし、ロストフは薄汚れた歩道をしっかりした足取りで歩きながら、舌がとろけそうにうまいバーガーと強烈なにおいのするロシア産のたばこを交互に口に運んだ。甲乙つけがたい極楽だった。

13

アメリア・サックスは、目の前の光景をやりきれない思いで見ながらロングアイランド・シティの閑静な通りの歩道際に愛車のトリノを駐め、ニューヨーク市警の駐車標をダッシュボードに置いて、車を降りた。

パトロールカーが四台。無印の警察車両が一台。救急車も一台来ているが、いまとなっては無用だ。建物のエントランスで待機しているビニールシートで覆われた遺体がそのわけを説明している。

サウル・ワイントラウブの遺体。

サックスの頭を最初によぎったのは——何をどうしていたら、彼の命を救えただろう。

答えは一つとして思い浮かばなかった。

ミッドタウンで殺人事件を起こしたあと、犯人はワイントラウブを探し出すことに専念していたのだろう。市警より犯人のほうが一歩先んじていた。ワイントラウブの氏名が判明すると同時にサックスは本人に電話をかけた。戸締まりを確認すること。知らない人物を家に入れないこと。この地域を管轄する第一一四分署も即座にパトロールカーを急行させた。

パテルが殺害されたことを知った時点でワイントラウブのほうから市警に連絡すべきだったのは事実だが、それはこの際問題ではなかった。何かを目撃した可能性のある人物が身を隠そうとしたとき、その気持ちを理解できない警察官はいない。

サックスの電話が鳴った。ライムからだ。

「現場に着いた」サックスは言った。

「興味深いことが起きてね、サックス。例のプリペイド携帯からメールが送信された。いまはまた電源が落とされているが。宛先はニューヨーク周辺のテレビ局やラジオ局だ。すでに大々的に報じられている。たったいま、同じものをきみ宛に送信した」

サックスは電話アプリを最小化し、メッセージアプリを最前面に呼び出した。

プロミサー

婚約の概念は、男が許嫁《いいなずけ》と契りを結ぶという拘束力のある約束に基づく。私にも約《プロ》束《ミス》がある。私はおまえを探している。あらゆる場所を探している。指輪を買い、美しい指にはめよ。私はおまえを見つけ出す。おまえは愛のために血を流すだろう。

「これ、どう思う、ライム。未詳四七号？　それとも模倣者《コピーキャット》？」

「何とも言えない。本部の言語分析官に分析を依頼した。まあ、本物かどうかわかったところで、この内容では大した手がかりにはならないと思うがね。私の勘では本物だろう。といっても、私は勘などというものを信用しない。まあいい、現場の検証を頼む。メッセージのほうは、きみが帰ってからまた詳しく検討しよう」

サックスはワイントラウブの自宅に向かって歩き出した。慎ましいテラスハウスの一軒で、外壁の白い塗料は剝がれかけ、空っぽの茶色いプランターが並んだ窓台は眠たげに垂れたまぶたのようだった。サックスは無意識にグロック──Gen4 FS──をそっと叩き、銃の正確な位置を掌に覚えさせた。たくさんの野次馬が集まっている。未詳四七号がそこにまぎれて捜査の進行状況を確かめようとしている可能性は否定できない。サックスは通りに集まった五十名から六十名ほどの人々やテレビ局の中継バンに目を凝らした。あの野次馬のなかに未詳四七号がいるだろうか。路上犯罪取締課の人員が聞き込みを始めていた。不審人物や急に立ち去る人物がいれば、それを追うだろう。しかし犯人のここでの仕事はもう片づき、殺人の直後に逃走しただろうという気がした。今回の凶器は銃だ。ナイフは使われていない。しかし被害者には殴打された痕跡があった。

「よう、アメリア」

サックスは第一一四分署の刑事ベン・コールにうなずいた。

コールが尋ねた。「どうしてきみらがこの事件に」

五十代なかばの痩せて頭髪がさびしくなったコールに、サックスは説明した。「昨日の四七丁目のダイヤモンド店の殺人事件。あの目撃者なの」

「あれか。驚いたな。犯人はどうやって見つけたんだろう。もともと知り合いだったのか」

「まだわからない。あなたはどうして来てるの」

「銃声を聞いたって通報があった」

「目撃者はいる？　人相特徴は？」

「いるかもしれない。でも、誰も何もしゃべってくれなくてね。聞き込みはしてるんだが、これまでのところ何も収穫がない。うちの分署で担当するつもりでいるが、重大犯罪捜査課で引き継ぐっていうならそれでもいいよ」

コールの声には期待が含まれていた。

「周辺の聞き込みに何人か貸してもらえるなら、こちらで。かまわない？」

「かまわないかって？」コールは笑った。「今日は記念日でね、女房を食事に連れて行く約束をしてる。この事件は任せたよ。制服警官を三、四人、手伝わせよう。うちの殺人課と情報を共有してもらえるとありがたい。この件はうちの統計に含まれるから、ちゃんと報告できるようにしておかなくちゃならない。悪いな」

「いいのよ」

サックスは現場に向かった。鑑識課のバンが到着して捜索を開始できるまで誰も立ち入らないよう目を光らせておきたい。

マイキー・オブライエンは計画を温めていた。いま、その計画を頭のなかで点検している。

結婚式のあと、一年はこの界隈で暮らす。一年がリミットだ。三百六十五日。短縮できればなおいいが、延長するつもりは断じてなかった。一年後には、勤務している銀行の上級フロアマネージャー（窓口係のなかの主任にすぎない）に昇格し、年俸はおよそ四万五千ドルに上がる。病院勤めのエマの年収は三万ドル。夜勤を増やせばもっと稼げる。一年あれば、ナッソー郡の東部あたりに家を買う頭金くらいはできるだろう。（双方の）義理の両親が遊びに来られる程度には近いが、近すぎることはない。

ほっそりとした体格に赤毛の二十六歳のマイキーは、希望とほんの少しの気取りを感じさせる足取りでブルックリンのU通りを歩いていた。タンニングサロンの前を過ぎ、プログレッシヴ・メディカル・センター、デリ、食肉マーケット、薬局の前を過ぎる。ギリシャ語の看板、イタリア語の看板。

この界隈、グレーヴセンドがいけないというわけではない。しかしここは出ていくための場所だ。ずっと暮らすのに向いた場所ではない。

少なくとも彼にとっては。マイケル・P・オブライエン、未来のブルックリン連邦銀行地域マネージャーは、こんなところでくすぶって終わるはずの男ではないのだ。

また一ブロック歩いたところで彼女の姿が見えた。街角で彼を待っている。午前中に用事をすませたあと、ここで待ち合わせをして、二人で暮らすアパートに一緒に帰る約束になっていた（あくまでも仮住まい、一年限定の仮住まいだ——断固たる口調で自分に言い聞かせた）。

エマの姿を認めて、マイキーの口もとに笑みが浮かんだ。金髪に、息をのむほど澄んだ緑色の瞳をしたエマ・サンダーズは、本当に美しい。彼より三センチほど背が高く、丸みを帯びるべきところが丸みを帯びた女らしい体形をしている。出産に——子供をつくる行為にも——理想的な体つきだ。そう考えて、彼はまた一人微笑んだ。子供は三人ほしい。名前の候補はもう決めていた。マイケル三世、エドワード、アンソニー、メーガン、エリー、ミカエラ。エマも賛成している。

マイキー・オブライエンは、幸福の絶頂にあった。

「やあ」キスを交わす。エマから花の香りが漂った。

彼には花の香りと思えた。花にはまるで詳しくない。彼の家系にガーデニング好きはいなかったが、ともかく花を思わせる香りだった。しかしまもなく花に詳しくならざるをえないだろう。結婚式や披露パーティの費用は主に新郎側で負担する約束になっており、彼の家族——すなわちマイキー自身——が生花店の勘定を支払うことになる。

「どうだった」マイキーはエマに尋ねた。

彼が向かっていた方角、アパートの方角へと並んで歩き出す。

「言うことなしよ、マイキー。すごくいい人が見つかった。私たちがやりたくないことを無理にやらせようとしないタイプの人なの。きっとあれこれ提案されるだろうから、猛犬マイキーをけしかけるしかなくなるだろうと思ってたけど、全然そんなことなくて、予算を先に訊いてくれて――」

ここまでで予算はかなり膨れ上がっていて参っているがね――マイキーは心のなかでつぶやいたが、おくびにも出さなかった。

「――その範囲で収めてくれるって。ほら、ノーラのときは、プランナーにごり押しされて、八人編成のバンドを呼んだじゃない？」

ああ、オーケストラみたいだったな。

「だけどステイシーは自分の意見を押しつけてこないの。キーボードとギター、ベース、ドラムだけでいいんじゃないかって」

四人編成のバンドを呼ぶ？　そんな話、彼は聞いていない。ジョーイの結婚式には、DJが一人来ただけだったが、それで文句なしだった。

このときもまた、マイキーは思ったことを口には出さなかった。

本心を言えば、ウェディングプランナーが必要だとは思えなかった。披露パーティの演出くらい、自分たちで決められるはずだ。これまで何度も友人たちの独身最後のパーティを企画してきた。通夜だって手配したことがある。それで困ったことは一度もない。

しかしエマはプランナーを頼みたいと言った。姉も頼んだし、病院の同僚で一番の親友であるノーラも頼んだからだ。ねえ、いいでしょ、マイキー。ねえぇぇぇ……

しかたないな、いいよ、わかったよ。エマは本当に美しいし……

エマが腕をからめてきて、二人は不思議な魅力を持つ界隈を歩き続けた。ここでは商業施設と住宅が平和に共存している。二ブロックほど行ったところで角を折れ、二人が住むアパートに向かった。マイキーの上腕に彼女の乳房が押しつけられた。

下腹から欲望が広がって注意を引こうとしている。蹄《ひづめ》で地面をかく馬のようだ。三十分だけ……寝室？　カウチ？　リビングルームの床の上でもいい。いや、だめだ。時間がない。ロングアイランドまで彼女の両親に会いに行くことになっている。

風が頭上の枝を揺らし、氷のように冷たい水滴を二人の上に散らした。それを肩で払いのけようとして何気なく背後を振り返った。後ろから歩いてくる人影が見えた。十メートルくらい離れているだろうか。黒っぽいコートに手袋、ニット帽。グレーヴセンドは、墓地《グレーヴ》を連想させる地名ではあるが、治安が悪いわけではなかった。それでもここはやはりニューヨークだ。用心に越したことはない。しかし後ろにいる男は一人きりのようだから、ギャングではないだろう。うつむいて携帯電話を見ながら歩いている。怪しいところなどどこにもなかった。

もうじき家に着く。このあたりはいくらか古ぼけ、くたびれていて、歩道はごみだらけの上に補修が必要だ。それに三六八番地の管理人め、収集日はまだ先なんだから、あのかびの生えた緑色のカウチをいったん引っこめたらどうなのか。

とはいえ、住むには快適な一角だ。

一年限定なら。

彼の将来計画のとおりなら。

エレベーターのない四階建てのブラウンストーンのアパートに着き、エントランスに上がる五段の階段を上った。そこで立ち止まり、マイキーは鍵を取り出そうとした。エマが彼の体を引き寄せた。誤解しようのない明らかなメッセージ。マイキーは向きを変え、またキスをした。長いキスだった。ふむ。彼の馬は蹄で地面をかくのをやめていた。野原に出て、早足で助走を始めている。

結婚式はもう二週間後に迫っていた。赤ん坊が八カ月と十五日で誕生したとして、計算が合わないことに（彼の母親以外の）誰が気づくというのだ？

母親一人くらい、味方につけられる。

「なあ」マイキーはささやいた。「どうかな、ちょっとくらい遅れても――」

見ると、あの少しも怪しくなかった男が、すぐ後ろに来ていた。引き下ろされたニット帽はスキーマスクに変わっている。くそ、くそ。男は手袋をはめた手に銃を持ち、エマの頭に狙いを定めていた。「声を出すと殺すぞ」

そう脅されて、声を立てずにいられるわけがない。

といっても、悲鳴に似た声を上げたのは、エマではなく、マイキーのほうだった。

喉から絞り出すような声で彼は言った。「やめろ。やめてくれ！　ほら、これを。財布を渡すから！」

「うるさい、黙れ。なかに入れ」訛のある話しかただった。どこの国、どこの地方の出身なのかは見当がつかない。アメリカ人を装うために、本来の訛を隠そうとしているようにも聞こえた。

「マイキー」エマがかすれた声で言った。

「何やってるんだよ、このリトル・チキン！」男は吠えるように言うと、エマが背後に回していた腕をつかんだ。その拍子にエマの携帯電話がコンクリートの地面に落ちた。銃口を二人に向けたまま、男は腰をかがめて携帯電話を拾った。電話アプリが表示されていた。9、1、1まで入力されていたが、〈通話〉ボタンはまだ押されていなかった。男は携帯電話の電源を落とした。

男が顔を近づけてきた。ニンニクとたまねぎと肉の臭いの息、アフターシェーブローションの香りのする肌。「おまえはもう少し利口な判断ができるよな」

心臓は早鐘を打ち、顎は震えていた。マイキーは言った。「ああ。なかに入ろう。だが、頼むから聞いてくれ。僕が一緒になかに入る。だから彼女を解放してやってくれ」

男は笑った。本心からおもしろがっているようだった。「早くしな」

マイキーは震える手でエントランスの鍵を開けた。三人はなかに入り、階段を上って二階の部屋に向かった。

14

「頼む、聞いてくれ。こんなことをして何の得がある?」

「ふん」侵入者は空気のにおいを確かめているような顔で小さなアパートを見回した。

それからエマに視線を向けた。エマは片方の手で口もとを覆って泣き声をこらえていた。男はエマの胸か脚を眺めているのだろうとマイキーは思ったが、よく見るとそうではない。男はエマの手を凝視している。いや、違う、片方の手だ――エマの左手を見ている。目当てはいったい何なのか。二人は金持ちではない。それどころか貧乏以下だ。結婚披露パーティに金がかかって、すでに家計は赤字だった。

マイキーは言った。「おじがショセットの警察にいる。このことを知ったら容赦しないだろうな。だからほしいものを取って、帰ってくれ。おじには黙っておく」

「警察? おまえの親戚はおまわりか」

くそ、よけいなことを言わなければよかった。小便をちびらずにいられるだろうか。

マイキーは銃を見つめた。

「マイキー。マイキー」エマがあえぐように繰り返す。

「心配するな、エマ」マイキーは侵入者に向き直った。「頼むよ。何が目当てだ？　ここに金はない。でも、用意できる。二千ドルくらいなら」

そうは言ったものの、この男の目的は金ではないだろう。ブルックリンのグレーヴセンドに住んでいるようなカップルから大金をむしり取れるとは、この男だって期待していないだろう。マイキーを殺してエマをレイプする──それが目当てに決まっている。

だがマイキーは、〝エマをレイプする〟部分だけはどんなことをしても止めるつもりだった。男は銃を持っている。必要が生じれば、わずかのためらいもなく使うだろう。しかし男の体格はさほどいいほうではない。マイキーはきっと死ぬことになるだろう。激しい怒りと、アイルランド系の祖先から受け継いだ強烈な正義感が彼の味方だ。怒りが爆発することはめったにないが、いざ爆発したときの威力は超弩級《ちょうどきゅう》だった。男に飛びかかり、組み伏せ、痛めつければ、エマが窓から、あるいは玄関から逃げるだけの時間は稼げるだろう。銃弾が発射されてマイキーの脳や腹や心臓を貫くかもしれないが、銃声が轟き渡る。男は通報されるのを恐れて逃走するだろう。

あるいは、そう、男の不意を突いて銃を奪い取り、タマや肘や膝を撃ち抜いてやれるかもしれない。そうしたら、わざとしばらく時間を置いて警察に通報する。苦しみを長引かせてやろう。十分。十五分。

怒りで体が震えた。喧嘩は八年ぶりだ。前回はダウン症の妹をからかったクソ野郎を叩きのめした。体重では相手のほうが十五キロくらいまさっていたが、それでもそいつは段ボール箱のようにへにゃりとつぶれた。顎が折れ、肩は脱臼していた。

よし、いまだ……こっちを見ていない隙に、不意を襲ってやれ！

男の目が左に動いたかと思うと、目にもとまらぬ速さでマイキーの頬を銃で殴りつけた。焼けるような痛み、視界を切り裂く黄色い閃光。マイキーは後ろによろめいた。両親から譲ってもらったオットマン、二十年前、それを航空母艦に見立てて弟と遊んだオットマンにつまずいた。

エマが悲鳴を上げて駆け寄り、彼にすがりついた。

「何するのよ」エマが叫ぶ。

「あのな」男はマイキーに向かってつぶやいた。「何をしようとしてるか、本当にやる前から俺にはわかる。超能力さ。おまえからヒーローのバイブレーション、感じた」

男は立ち上がってポケットからカッターナイフを取り出した。エマが息をのむ。男は親指で刃を押し出し、電気スタンドのコードを壁からむしり取って切断した。エマを床に押し倒し、マイキーをうつ伏せにすると、背中で両手を縛った。次にエマの手を体の前で縛った。

力ずくで二人を座った姿勢にさせ、自分はオットマンに腰を落ち着けた。

「やめて、お願いだから！」エマが叫んだ。「お金ならあげるから帰って！」

男の冷たい青い視線がマイキーとエマをさっとなでた。「おまえ」ナイフの先をエマに向けた。「手、出しな。早く！」

エマがマイキーを見る。マイキーはよせと首を振った。しかしエマは両手を差し出した。右手が上になっていた。

「こっちの手に用はねえよ。そのおつむ、空っぽか」

エマがいっそう激しく泣きじゃくる。

「左。左手、よこしな」

男はエマの左手をつかんで指輪を見つめた。

そうか、さっき見ていたのはそれだったのだ。

マイキーは事情を察して言った。「あの事件の犯人なんだな。ニュースでやってたあの事件！　〝プロミサー〟。カップルが殺された事件。ミッドタウンで婚約者カップルが殺された犯人なんだ！　頼む。やめてくれ。僕らはあんたに何もしていないだろう」

「プロミサー」男はささやくように言った。その言葉の響きを楽しんでいるかのようだった。

エマがうなだれた。涙があふれ出す。鼻や口からも液体がにじみ出た。

「ほしいなら取ればいいじゃない」エマはつぶやいた。「すごく価値のあるものよ」

「すごく価値のあるものだ
ったろうな」男は言った。カッターナイフの尻の側で石をこつこつと叩く。顔には軽蔑の表情が浮かんでいた。「いまはもうほとんど価値がない」

こいつはきっとウェディングプランナーの店を見張っていたのだとマイキーは思った。婚約者カップルをそこで待ちかまえていた。昨日、殺害されたカップルのあとを追ってミッドタウンの宝飾店に入りこんだように。エマを尾行してここに来たのだ。こいつの目的は婚約者カップルを殺すことだ。ニュースでそう言っていた。

マイキーは口を開いた。「頼む……」

「黙ってろ。そのせりふ、もう聞き飽きた」男はしばらく無言でいたあと続けた。「もとが何だったか知ってるか」低い声に狂気が忍びこんでいた。エマの両手を持ち上げ、指輪をまた叩いた。さっきよりも強く。

その衝撃にびくりとしながら、エマがかすれた声で言った。「どう……どういう意味？」

それは男の望んだ答えではなかったようだ。

今度は怒鳴りつけるように言った。「見当くらいつくだろう」

エマは目を伏せた。

「十億年前……おい、聞いてるか」

マイキーは早口でささやいた。「聞いてるよ。ちゃんと聞いてる」

エマがうなずく。まだ涙が頰を伝っていた。男はエマの両手をつかんだままだった。

「十億年前、炭素のかけらがあった。炭みたいなかけら。炭とまったく同じかけら。なんてことのないもの。なんてことのないものだったよ。深さ百キロ、二百キロの土の奥にある黒いかけらにすぎなかった。土の奥に埋まってた。そこに――」男の瞳がきらりと光った。「そこに奇跡が起きた。赤ん坊、できるみたいな奇跡。摂氏二千度。すごい圧力、ものすごい圧力。一平方センチに何十万、何百万キロの圧力だ。そのまま十億年たったら、何、起きる？　世界でもっとも完璧な物質。ダイヤモンドだ。大地の魂だよ。ダイヤモンドは大地の魂だ。イエスは知ってるな」

エマがうなずいた。「二人ともカトリックだから」

「イエスは救済者」男が言った。

「そのとおりだ」マイキーは言った。

「ダイヤモンド、大地を罪から救う」男は乗り出していた体を起こし、カッターナイフの三角形の切っ先を二人に交互に向けた。

こいつ、本当にいかれているらしいぞ。

床に座らされ、両手を背後で縛られてはいたが、マイキーは角度や距離を目測した。今回は慎重にいこう。

男が言った。「なのに、レイプされた。だいなしになった。大地の魂、つまらないかけらになって、おまえの指にはまっている」

「ごめんなさい。私……私たち、そんなつもりはなかったの」

男はエマの手を引き寄せて光にかざした。「見えるか」

ダイヤモンドがプリズムのように日射しを跳ね返し、七色の光が周囲を舞った。

男がささやき声で言う。「この光、〝ファイア〟だ。神の怒りの炎《ファイア》だよ。奇跡を切り刻んで、おまえの指を飾るちっぽけな歯にしたせいだ」

「ごめんなさい」エマは言うことを探している。自分たちは罪を犯していないことをどうにか納得させようと必死になっている。

だが、何を言ったところで無駄だろう。この男は飛行機の墜落事故のようなもの、ガスボンベの爆発事故、心臓発作のようなものだ。理屈は通じない。

男は落ち着いた表情でリラックスした姿勢を取った。いかにも満足げな様子だった。

「俺はミッションを遂行してるだけだよ。神のため、地球のために、悪を正そうとしてる。昨日は大きなダイヤモンド、カットされる前に救い出した。よこしまな男も殺した。これからは石を冒瀆できないように。インドでは――ダイヤモンドが初めて発見された国だよ――ダイヤモンド、カットするのは罪だ。あの男は知ってたはずだ。同胞を裏切ったんだよ。その罪の分ってわけだ」

「痛い、やめて!」

「おお、哀れなめんどり……」からかうような言葉が男の唇から唾液のようにあふれ出した。頭のおかしな男は、エマの指をそっと愛撫しながら指輪を見つめた。「ひとつ、お話を聞かせてやろうな、恋人たち。お話、してやる。大恐慌と戦争が起きて、誰も婚約指輪を買わなくなった。金はない。婚約なんかしてる暇もない! とにかく結婚して、子供産んで、郊外に家を買う。ハッピー、みんなハッピー。そこで、ダイヤモンド会社のデビアスは、歴史に残る有名な広告、出した。〝ダイヤモンドは永遠の輝き〟。売上が戻った。みんながダイヤモンド、買った! 女ならダイヤモンドくらい持ってなくちゃいけない。買ってもらえないのは旦那が甲斐性なしだから。持ってないとみんなに笑われる。それでせっかくの石、美しい石が、カットされ、カットされ、カットされた」男の目が怒りでぎらつき、悪霊に取り憑かれたような不気味な笑みが広がった。「永遠に変わらないもの、ほかにもあると俺は思うがな」

男はエマの左手の薬指を引っ張ってまっすぐにすると、付け根にカッターの刃を押し当てた。

ああ、そんな、やめてくれ……こいつはエマの指を切り落とす気だ！　そのあと二人とも殺すつもりなんだろう。

男は右手でナイフを握り、左手でエマの薬指をしっかりと握った。しかし男が上体を乗り出した瞬間、エマがすさまじい悲鳴を上げて身をよじらせた。男の手がゆるみ、エマは後ろ向きに倒れた。男は飛びかかったが、ナイフの狙いはそれた。

いまだ——マイキーは床の上で身構えると、たくましい脚が持つエネルギーを余さずに使い、両足で男を蹴飛ばした。男はオットマンから転げ落ちざまに書棚にぶつかった。後頭部を強打して茫然と床に横たわり、痛みに目を細めた。

両手を体の前で縛られていたエマは、難なく立ち上がった。

「逃げろ！　早く早く！」マイキーも立ち上がろうとしたが、うまくいかない。

エマ一人を逃がすつもりだった。マイキーの即興の計画では、男の上にのしかかり、歯で皮膚を食いちぎるか、指を折ってやるはずだった。マイキーは死ぬことになるだろう。だが、少なくとも最愛の人を逃がすことはできる。

エマは迷わなかった。ただし、出口には向かわなかった。マイキーの肩をつかんで立ち上がらせた。

「僕にかまうな！」

「一緒に逃げるの！」エマが叫ぶ。

見ると、男は苦痛の涙を拭いながら強打した頭を手で押さえていた。逃げるならいまだ。あと数秒もすれば、男の意識はこちらに向くだろう。二人はドアに向かって走った。エマが先に着いて勢いよくドアを引き開けた。廊下に飛び出した瞬間、驚くほど大きな銃声が轟いた。弾はマイキーの頭から三十センチと離れていないところをかすめ、廊下の向かい側の壁にめりこんだ。

廊下の端の階段を目指して走った。階段を下りればエントランスから通りに逃れられる。

あの男が二人を追って廊下に出てくれれば、階段を下りる二人は背中をまともに銃口にさらすことになる。しかしほかにどうしようもない。少なくとも、部屋にいたときよりいまのほうが、死との距離はわずかであれ広がっている。

エマを庇《かば》うように真後ろにつき、ロビーに向けて階段を一段飛ばしで駆け下りた。

エマが先に一階に下り、エントランスのドアに飛びついて開けた。

そのときだった。マイキーが階段を転げ落ちたのは。

残り三段というところでバランスを崩し、両手を背後で縛られていたため、そのまま床に叩きつけられた。まず脇腹から。次に腹部。ずきずきとうずく頬や顎の皮膚を木の床が削り取った。

エマが叫ぶ。「マイキー！」

「行け！」マイキーは叫んだ。

しかし今回もエマは彼の言葉に従わなかった。戻ってきてかがみこみ、マイキーを助け起こそうとした。

頭上でドアが閉まる大きな音が聞こえ、床板がきしんだ――マイキーはその正確な位置を知っていた。二人の部屋を出てすぐのところの床はいつもあの音を立てる。つまり、いまこの瞬間にも階段の上に男が現れるということだ。

銃を構えてこちらを見下ろすだろう。

マイキーは力を振り絞り、跳ねるように立ち上がった。エマの背後に立って怒鳴る。

「逃げろ！」

そして祈った。この体が盾になって銃弾を食い止められますように。最愛の人が――彼の美しいエマが――無傷で通りに逃れる時間を与えられますように。

15

サウル・ワイントラウブ殺害事件は、被害者の自宅の玄関に設けられた幅奥行きともに一・二メートルほどの広さのアルコーブで完結していた。

未詳四七号は鍵のかかっていなかった地下室の窓から侵入し、そこからまっすぐ階段を上り、ワイントラウブの顔に一発、続いて胸に二発の銃弾を浴びせたあと、玄関から逃走した。犯人が残した濡れた足跡――外の霧雨で靴裏が濡れていた――が、侵入から逃走までの経緯を裏づけていた。

ワイントラウブにナイフで拷問された形跡はなかったが、殴打の痕はあった。拳銃で殴られたと思われる。その傷の原因となった鈍器が室内に見当たらなかったからだ。サックスが調べた物体には血痕も体組織も付着していなかった。おそらく、警察に何を話したか、〈VL〉とは誰なのか、ワイントラウブから聞き出そうとしてのことだろう。だが可能性はもう一つある。犯人が何かを渡すよう要求したという可能性だ。犯人の要求で、ワイントラウブの遺体の傍らにあったコートのポケットの一つが裏返されていた。犯人はそこに入っていた何かを取り出したかのように。

あるいは、警察の車が来たらすぐに家を出るつもりでいたワイントラウブが、そのポケットから手袋を出したということも考えられる。手袋も遺体のそばで発見されていた。

白いジャンプスーツにシューカバー、フード、紫がかった青色の手袋を着けたアメリア・サックスは、被害者の自宅内のグリッド捜索を担当し、クイーンズの鑑識本部から来た、サックスとも顔見知りの鑑識員二人は派生的な現場を担当した。犯人の侵入・逃走経路となった可能性のある裏庭や路地、歩道だ。サックスは、家の裏手、とくに進入口となった窓の周辺から、何らかの物的証拠を発見できるだろうと楽観的に考えていたが、家の表側の歩道で手がかりが見つかるとはまず期待できない。そこを通った大勢の人々が無数の微細証拠、塵、泥、ごみ、動物の糞尿を落としているはずだ。

ベン・コールがこの事件に割り当てた制服警官数人には、未詳が逃走した方角の三ブロックから四ブロックの範囲で目撃者捜しと物的証拠の捜索をしてもらっている。逃走経路がわかっているのは、銃声がした直後にワイントラウブの家から走り出てきた男を、犬の散歩中だった女性が目撃していたからだ。男はニット帽かスキーマスクを脱いでおり、女性の証言から、白人で明るい色の髪を短く刈っていることが判明していた。

サックスは集めた証拠物件を整理した。捜査に大きく貢献しそうな証拠は一つとして見つかっていない。靴跡は前と同一のものに見える。繊維もだ。手袋とスキーマスクのものだろう。

空薬莢が三つ。フィオッキの九ミリ。ミッドタウンの事件で目撃者〈VL〉に向けて発射されたのとおそらく同一だが、前日は犯人が空薬莢を回収して持ち去っていた。今回はそのままにして逃走したのは、近隣に銃声が響き渡って急いでいたからだろう。それに、薬莢は少し離れた場所まで飛んでいた。サックスが見つけた分は家具の下に転がっていた。

近くにいた制服警官のベルトの無線機が雑音を立てた。交信内容までは聞き取れなかったが、制服警官は肩のマイクに口を近づけて返事をしたあと、サックスに近づいてきた。「サックス刑事。聞き込み中の者から報告がありました。雨水管のなかで何か見つけたそうです。こっちの方角に二ブロック先」制服警官は犯人が逃走した方角を指さした。「手を触れていないと。布のように見えるとのことでした」

サックスは最低限の採取用具を持って歩道を歩き出した。集まった野次馬の好奇心を浮かべた顔、不安げな顔にうなずき、質問ははぐらかした。一人の女性が尋ねた。「ヘイトクライムですか」

「捜査中です」サックスはそれだけ答えて歩き続けた。二ブロック先で歩く速度をゆるめた。制服警官の姿は見当たらない。聞き間違えたのだろうか。だが何気なく脇道をのぞくと、そこにパトロール警官がいて、手を振っていた。二十代後半のラテン系の女性だ。サックスは脇道に入って女性警官に近づいた。

「巡査」

「サックス刑事」がっしりした体格をして、丸顔の目鼻立ちは整っていた。朝、丹念に化粧を施したことが見て取れた。M・ロペス巡査は個性の表現と仕事をうまく両立させているようだ。サックスはうれしくなった。その小さな事実は、この巡査が警察で末永く活躍していけそうであることを伝えていた。「指示されたとおり、南に向かっていたんですが、途中でこの道も調べてみようと思いました。ここから一ブロック先の地下鉄駅に行く近道なんです。銃声のあと、タイヤがきしる音を聞いた人がいないので、MTAで逃げたのかもしれません」

メトロポリタン・トランスポーテーション・オーソリティ（MTA）の地下鉄に飛び乗れば、フェラーリより早く犯行現場から遠ざかることができる。

ロペスが続けた。「証人に目撃されていますから――犬の散歩をしていた女性です――もし私だったら、ジャケットを脱いで処分するだろうと思いました。それで、聞き込みをしながら路上のくず入れや」ロペスは足もとの格子を指さした。「雨水管をのぞきました。布のようなものがあります。手は触れていません」

「いい判断ね」サックスは格子の横に番号札を置き、携帯電話のカメラで写真を撮影した。「この周囲の――」

「アパートの聞き込みなら、ええ、しました。誰も犯人を見ていません」

サックスは返事の代わりに微笑んだ。格子の上にかがみこみ、マグライトの光を奥に向けた。黒っぽい布の塊がある。濡れてはいないようだ。つまり、ここに押しこまれてからあまり時間がたっていないことになる。今日は朝からずっと霧雨が降っていた。

手袋を着け、布を引き出した。ウールのジャケットで、新品に近い。九一一への匿名の通報や、四七丁目のパテルの店周辺の防犯カメラの映像から、未詳四七号が似たものを着ていたことはわかっている。

ロペスが付け加えた。「犯人のものかどうかわかりませんよね。袖に付着している射撃残渣《ざんさ》を分析すれば確認できるのではないでしょうか」

もちろん、このあとそれを分析することになる。サックスはジャケットを証拠品袋に収めたあと、雨水管をもう少し探ってみたが、ほかは何もなさそうだった。

「地下鉄のどの路線？」

ロペスが路線番号を答え、サックスはそれを書き留めた。

「ありがとう、ロペス巡査。お手柄よ」

「引き続き聞き込みをします」

「お願いね。鑑識捜索員にここを調べてもらうわ。あなたも手伝ってもらえる？　それから、今回のお手柄の件、人事にひとこと伝えておくわ」

ロペスは笑みをこらえているような顔をした。「ありがとうございます」

サックスは一帯に黄色い立入禁止のテープをめぐらせた。それから鑑識本部に電話をかけ、知り合いの証拠採取技術者につないでもらった。雨水管の位置を伝え、徹底的な捜索を依頼した。鑑識チームはファイバースコープとライトを使って雨水管の奥まで探り、未詳が――このジャケットが確かに未詳のものだと仮定して――スキーマスクなどほかのものをここに捨てていないかどうか確認するはずだ。

サックスはサウル・ワイントラウブの自宅に戻った。集まっていた野次馬はほとんどいなくなっていた。ジャンプスーツを脱ぎ、手袋を取って、証拠物件保管継続カードに記入した。

携帯電話が鳴った。発信者を確かめる。

「ライム。こっちは終わった。いまから証拠を――」

「サックス」

その声の調子だけで、何か問題が起きたのだとわかった。

「どうしたの？」

「証拠はほかのものに届けさせろ。きみはグレーヴセンドに行ってくれ」

「ブルックリンの？」

「そうだ。未詳は一分たりとも時間を無駄にしなかったようだよ、サックス。きみに捜索してもらいたい現場がまた一つ増えた」

16

リンカーン・ライムは、布という素材を愛している。

入り組んだ表面構造をした布は、縫製されて衣服になれば犯人の体のサイズ、場合によっては年齢を明かす。保管場所や購入店がわかることも少なくない。布は、ゴールデンレトリーバーが体を振って毛を飛ばすよりも速く繊維を落とす。さらにありがたいことに、願ってもない微細証拠をとらえて保存していることもあるし、ごくまれに指紋が付着している例もある。何よりも明白な証拠であるデオキシリボ核酸、またの名をDNAという物質をスポンジのように吸収して大事にしまいこんでいたりもする。DNAの三文字は犯人にとって悪いニュース――ライムは自分の犯罪学講座の生徒に向かい、いつも芝居がかった調子でそう告げる。

ライムはいま、メル・クーパーの分析作業を見守っていた。クーパーは未詳四七号がクイーンズの雨水管に捨てていったジャケットを調べている。

ジャケットが未詳四七号のものであることはすでに判明していた。付着していた微量の射撃残渣が、ワイントラウブの遺体やダイヤモンド地区のパテルの店で採取されたものと酷似しているからだ。ほかに、ワイントラウブの遺体の近くから、パテルの現場で見つかったものと同じ種類の石の塵も検出された。キンバーライトだ。この物質は有用な手がかりになりそうだ。銃弾が当たったとき、かなりの量のキンバーライトの塵や細片がパテルの店の広い範囲に飛び散り、一部が未詳に付着した。それがマーカーの働きをして、未詳と各現場や接触した先を結びつけている。

　フランスの犯罪学者エドモン・ロカールにちなむロカールの原則は、犯人と被害者、犯人と犯行現場とのあいだでかならず物質の移動が起きると説く（「あらゆる接触が痕跡を残す」）。科学捜査官が勤勉であれば、そして有能であれば、彼または彼女はその物質を検出し、それが何であるかを解明できる。もちろん、物質を特定できたからといって、それが犯人の家の玄関に案内してくれるわけではないが、そこに至る道の最初の一歩を踏み出すきっかけにはなる。

　ロカールのいう痕跡の理想例たる今回のキンバーライトは、犯人追跡の頼もしいパートナーの役割を果たし始めていた。

　ライムは言った。「指紋は」

「なし」クーパーが答えた。波長可変型光源装置を片手にジャケットの表面を舐めるように観察したあと、金《きん》と亜鉛を使った真空蒸着法を試した。この方法で、布に付着した指紋が浮かび上がることもある。しかし、そもそも布から指紋を検出できることのほうが少ない。

ライムはクーパーに言った。「サンプルをクイーンズに送ってDNAとTDNAの分析を依頼しろ」

「もう頼んだよ」クーパーが言った。ジャケットにDNAサンプルが付着している可能性は高い。汗、唾液、涙、それに——外衣であっても——精液は、思いがけず大量に付着しているものだ。今回のジャケットにもいずれかが付着しているなら、DNA型を統合DNAインデックスシステム（CODIS）や国際データベースに照会し、一致するデータがあれば、それで未詳の正体が判明するかもしれない。体液や体組織の量が足りなかった場合でも、皮膚細胞はまず間違いなく付着しているだろうから、それを接触DNA（TDNA）分析に使用できるだろう。ただ、接触DNA分析は、通常のDNA分析と比較して精度が劣り——接触DNA分析は皮膚細胞五個から六個で可能だ——データベースと照合したとき誤った結果が導かれる場合もある。とはいえ、そのデータは法廷に提出するためのものではなく、未詳の身元を知る最初の手がかりに利用されるにすぎない。

クーパーはジャケットを証拠品袋に戻し、受け取ったときにはサインしていなかったため、ここで保管継続カードに自分の名前を書きこむと、袋ごと玄関に置いた。あとはクイーンズの鑑識本部のDNA分析チームが引き取りに来るのを待つだけだ。

ジャケットのブランドタグは切り取られていた。利口な犯人だ。サイズはメンズのMといったところか。縫製を見るかぎり、第三世界のどこかで大量生産された製品のようだ。アメリカ国内の無数の衣料品店で取り扱っているだろう。販売経路からは手がかりを得られそうにない。

分類して証拠品袋に収められた繊維のサンプルには、ジャケットから採取したもの、ポケットの内側から採取したもの――黒いコットンで、パテルの店で見つかったものと酷似している――、手袋から採取したもの、スキーマスクから採取したポリエステルの繊維があった。

パトロール警官のロナルド・プラスキーから電話連絡があった。謎めいた〈ＶＬ〉の身元につながる手がかりは依然として入手できていないという。ライムは、保険会社の損害調査員アクロイドが指摘していたことを思い出した――ダイヤモンド業界の人々は内情を外部の者に語りたがらない。カッターナイフや銃を躊躇《ちゅうちょ》なく使うような犯人が起こした事件には関わりたくないというのは一般的に自然な反応だろうが、そこに業界特有の事情まで加わっている。

「続けろ」ライムはルーキーに言って電話を切った。

〈ＶＬ〉が警察に連絡してこないのは不思議だった。むろん、次は自分が犯人に狙われるのではと恐れていることは確かだろうが、何か目撃したなら即座に名乗り出て警察の保護を求め、犯人逮捕に協力するのがふつうだろう。友人や家族から警察に連絡がないというのも腑に落ちなかった。犯人に遭遇したことを誰にも話していないとは考えにくい。若い男性なら両親ら家族がいるだろう。

石の破片で負った怪我がもとで死んだというおそれはある。重傷ではなさそうだったが、ひどい銃創を負ったあと、何時間も自力で歩き回り、ふだんどおりにふるまっていたのに、突然倒れて死んだ被害者をライムは何人か見てきていた。

もう一つ、すでに未詳四七号に見つかったというおそれもあった。ワイントラウブと同じように殺され、死体は処分されたのかもしれない。しかし、いずれにせよ、ふつうは捜索願が出されるのではないか。各分署が受理した届けをクーパーが——ざっとではあるが——確認したが、該当するものはなかった。

クーパーは顕微鏡をのぞいていた。「ジャケットの微細証拠。またキンバーライト。それから、何か植物性のもの。二種類だ。一つは木の葉や草の破片。アメリアが雨水管の周辺で採取した対照資料に似てる。どこにでもあるようなものばかりだ。ただし、見たことがない細片がいくつか含まれてる」

「何だ」

「ちょい待ち」クーパーは園芸データベースを開き、細胞レベルの画像をスクロールした。そのデータベースは、何年も前、ライムがまだニューヨーク市警にいたころに作成し、いまもアップデートに協力しているものだ。科学捜査の指標として、植物はひじょうに優れている。

「これかな……ああ、やっぱりそうだ、これだ。学名コレオネマ・プルケルム、園芸種名ピンクファァウンテン。このあたりには自生してない。原産地はアフリカだ。だけど、アメリカでも脱臭剤やポプリに使われてる」

未詳四七号は最近ギフトショップに行ったのかもしれない。あるいは、住んでいるアパートで悪臭に悩まされているとか。

「薬莢」ライムは言った。

銃器および工具痕分析官協会（ＡＦＴＥ）の免許を持つクーパーは、サックスが採取した九ミリの空薬莢を調べにかかった。弾丸はすべてワイントラウブの遺体に残っていて、検死解剖が完了ししだい、検死局から送られてくることになっている。しかし事件の緊急性を考慮して、解剖を担当する監察医が弾丸の一つを写真に撮り、画像をクーパーに送信してきていた。予備的な分析では、パテルの店で使われたのと同じ銃から発射されたものという結果が出ている。射撃残渣がほぼ一致していることを考えれば驚くに値しない。銃弾の製造ロットが同じなら、射撃残渣も同じになる。

「薬莢に指紋は」ライムは尋ねた。

クーパーが首を振る。

これも驚くに値しない。

クーパーは次に、サックスが採集した微細証拠のリストを読み上げた。

「おがくず、ディーゼル燃料、溶接で使われる金属。灯油、エアコンの冷却水。あとはトリクロロベンゼン。これは何だかわからないな」

「たしか殺虫剤の成分だ。いまは使われていないかもしれないが。毒性が強い。調べてみろ」

クーパーは政府の環境に関する警告書から読み上げた。「〝トリクロロベンゼンには複数の用途があります。雑草を枯らしたり成長を防いだりする除草剤を製造する過程で生じる中間生成物――最終的な生成物質ができあがる途中で生成する物質――の一つです。ほかにワックスやグリス、ゴム、一部のプラスチック、誘電性流体（電流がほぼ、またはまったく流れない液体）の溶剤としても使われます〟。あ、本当だ、あんたの言ったとおり、シロアリの防除剤にも使われてる」

トリクロロベンゼンの存在は、未詳四七号が工場、古い建物、地下室、ガソリンスタンド、建設現場にいたか、その周辺にいたことを示す。念頭に置いておくべき情報ではあるが、行方を追うという意味でいますぐ役に立つものではない。

クーパーに電話がかかってきた。短いやりとりのあと、クーパーはパソコンに近づいた。ちょうどメールが届いて画面がメールソフトに切り替わった。クーパーは電話に向かって「来た」と言った。それから電話を切った。

「何だ」

「アメリアの指示で、ジャケットが見つかった雨水管の周辺を鑑識チームがしらみつぶしに捜索した。で、大当たりを引いた」

「何を見つけた？」

「メトロカード」

「ほう。しかし、未詳のものかな」

「たぶん。長期間そこに落ちてたんじゃなさそうだから」クーパーは答えた。「濡れてはいるが、水に浸かってたってほどじゃない。ジャケットと同じだ」

二〇〇三年、市バスや地下鉄を運行するメトロポリタン・トランスポーテーション・オーソリティ（ＭＴＡ）は、それまでのトークンによる運賃支払いを廃止し、使えるのはプリペイド式乗車券〝メトロカード〟だけになった。これもライムの好物の一つだ。それぞれのカードに固有の識別番号が振られているため、利用者がどの駅で乗車したかを調べられる。その情報と、ＭＴＡが広範囲に設置している監視カメラや顔認識アルゴリズムを組み合わせれば、特定の乗客がいつどこの駅で降りたかまで突き止められることもある（ニューヨーク市内の地下鉄は均一料金で、降車時はカードや切符は不要）。

「いまデータをスキャンしてるそうだ。あとで別メールで届く」

未詳四七号はむろん、メトロカードを購入するのに自分名義のクレジットカードは使用していないだろう。しかし、地下鉄に乗るのにメトロカードを利用していたなら、どこかの駅の改札でカードを通している姿がカメラにとらえられていて、そこから人相が判明するかもしれない。

ライムは訊いた。「カードに指紋やＤＮＡは」

「ない。布手袋の跡らしきものはある」

溜め息。「雨水管からはほかに何か見つかっていないのか」

「ない」

ライムはホワイトボードの証拠物件一覧表を凝視した。そこに書きこまれた事実——そしてそこに書かれていない事実——は、ライムがすでに知っていることがらを裏づけていた。未詳四七号は並はずれて利口で、決して指紋を残さず、防犯カメラを塗料でつぶす。目撃されたら即座にジャケットを捨て、監視カメラがあるところではスキーマスクをかぶるか顔をそむけるかし、目撃証人を確実に排除し、窃盗後の現場に遺留品を残さない。

しかしリンカーン・ライムは利口な犯罪者の捜査には慣れていた。過去に対決したなかでもっとも天才的だった一人の名が思い浮かぶ。チャールズ・ヴェスパシアン・ヘイル。通称〝ウォッチメイカー〟。このニックネームは、本人の時計に対する執着と、時計のメカニズムのように精密に計画された犯罪をやってのけることが由来だ。ウォッチメイカーは犯罪サービスの百貨店だった。高額な料金さえ支払われるなら、誰からのどんな依頼であろうと引き受ける——テロ攻撃から殺人、誘拐、ありふれた窃盗まで、何でもありだ（脱獄も商品のうちか、とライムは考えた。ヘイルのことを思い出すといつも感じる苛立ちが湧き上がった。ヘイルはライムが送りこんだ刑務所から脱獄し、いまもそのまま逃走中なのだ）。

タウンハウスの玄関から、トムが誰かを迎え入れている声が聞こえた。ロン・セリットーがのっそりと居間に入ってきてジャケットを脱いだ。

「ちくしょう、外は寒すぎる。どうかしてるよ。もう三月だぞ。こんなに寒い三月なんか、過去に一度でもあったか」

ライムはふだん、天気の話題を聞き流す。いまも完全に無視して、セリットーが不在だったあいだの捜査の進捗を簡単に説明した。

セリットーは顔をしかめた。「市のお偉いたちのご機嫌が斜めになるだろうな。さっさと解決しろと言ってくるだろう」

「捜査に協力しろと未詳四七号に言ってくれ」

「なあ、リンカーン。昨日のイギリス紳士に〈S〉や〈VL〉のことを伏せただろう。あれからそのうちの一人が殺されたわけだ。残った見習いだか何だかの情報を探ってもらうか。どう思う」

ライムは肩をすくめた。麻痺した体に可能な数少ない動作の一つがそれだった。「そうだな、いまとなっては」

セリットーはアクロイドの名刺の番号に電話をかけ、来てもらえないかと頼んだ。まもなく電話を切って言った。「すぐ来るそうだ」

クーパーのパソコンが新着メールを知らせた。

「交通局だ。監視カメラの映像が届いたよ」

ライムはメトロカードの件をセリットーに話した。

「おお、それは期待できるな」

ニューヨーク市の公共交通システムを警備する警察機関は二つある。MTA警察は、ニューヨーク市内と市外の一部の郡を含めた地上の交通機関を管轄し、ニューヨーク市警鉄道警察局は地下鉄を警護している。

新たに届いたメールの送信者はブルックリンのスカーマーホーン・ストリートにある交通局本部の巡査だった。発見されたメトロカードはチャージできない使い切りタイプのもので、現金で購入されていた。使われたのは二日前だ。「ブルックリンで乗車したそうだ。キャドマン・プラザ近くの駅。どこで乗り換えたか、あるいは降りたかはわからないが、その駅からはマンハッタン方面の電車に乗ってる。この路線で行くと、四二丁目駅まですぐだ」

セリットーがつぶやく。「そこからパテルの店なら歩いて行けるな」

強盗殺人事件の前日。セキュリティを探るなど、下見に行ったのかもしれない。

クーパーが続けてメールを読み上げた。「ＲＴＣＣの連中によると、ちょっと気になる点があるらしい」

ニューヨーク市警は地域警戒システムに接続している。これは市全域に設置された七万機の街頭監視カメラのネットワークを利用した犯罪防止システムだ。七万機のうち三分の二ほどは民間の会社や個人が所有しているカメラで、市に対してアクセスを開放しているものだ。市警本部のリアルタイム犯罪センター（ＲＴＣＣ）で数十名の刑事がモニターの前に張りついてカメラの画像を監視している。システムのソフトウェアはきわめて精巧で、〝不審な荷物〟に自動でフラグを立てたり、「身長百八十センチ、平均的な体格、水色のジャケット」といった最小限の情報だけで容疑者候補を探し出して追跡したりといったことが可能だ。

RTCCは、問題のメトロカードが改札でスワイプされたときとその直前の映像を見つけて送ってきていた。

「気になる点とは？」ライムはぼそりと言った。

クーパーがキーボードを叩き、画面に映像が表示された。カラー映像で、かなり鮮明だ。中解像度といったところか。

「こいつだな」クーパーは画面上の人物を指さした。

強盗殺人事件の直後に四七丁目のカメラがとらえた未詳とよく似ていた。ジャケットは、たったいま分析したものと同一と見える。引き下ろせばスキーマスクになりそうな黒いニット帽をかぶっていた。だが、メトロカードをリーダーに通すときもやはり顔は伏せたままだった。

「次は、MTAが路上に設置してるカメラの映像だ。地下鉄の入口を映してる。改札を通る五分前、駅に来たときの映像だ」

クーパーが映像を数回再生した。

「何をしてるんだ」セリットーが独りごとのように言った。「よくわからん行動だな」

気になる点……

未詳四七号は、通りの反対側から地下鉄の入口にまっすぐ向かおうとしたところで唐突に立ち止まり、向きを変えていま来た道を戻った。それからまた向きを変えると、今度は入口の階段を下りていった。

ライムは言った。「そこにくず入れがあるな。向きを変えて、何かをそこに捨てている。何だ？　黄色。何か黄色いものを持っている。オレンジも。オレンジのものも見える。何だろうな。もう一度再生してくれ」

クーパーが映像を頭から再生し直した。

正解したのはセリットーだった。「わかったぞ」

「何だ」ライムは尋ねた。

「ほら、奴のうしろに見えてるもの」

そうか――ライムはうなずいた。ライムにもわかった。通りの反対側に建設現場があり、オレンジ色の安全ベストを着て黄色い工事用ヘルメットをかぶった作業員が何人か見えた。未詳四七号が持っていたものと同じ色合いだった。

セリットーが言った。「奴は建設現場から出てきて、ヘルメットを脱いでニット帽に替えた。ヘルメットとベストを捨てようとしたが、地下鉄の入口近辺にはくず入れがなかった。そこで来た道を戻ってくず入れに捨てた。それから入口を下りて電車に乗った」

「建設作業員ではないな。作業着ではなくふつうの服装をしているし、作業員ならヘルメットを捨てるわけがない」

「ヘルメットとベストをくすねて建設現場に入ったんだろうな。しかし、なんでそんなことを」

ライムは思いついたことを言った。「建設現場で働いている人物に会うため。それも一つの可能性だ」

セリットーが言った。「別の可能性もある。あの駅の周辺は公的機関のビルが多いだろう」

「そう、キャドマン・プラザだからね」クーパーが言った。「あの通り沿いは監視カメラだらけだ。市警、連邦政府、裁判所、行政関連のビル。建設現場を通り抜ける以外のルートで駅に行こうとすると、十回くらいはカメラの前を通ることになる」

セリットーが言った。「奴は建設会社の南側に住んでるとか」

「いや、それはないだろうな」ライムは言った。「地下鉄に乗るたびにヘルメットを盗んで不法侵入するというわけにもいかないだろう。建設現場で誰かと会っていたのではないかと思うね。武器を買ったとか。原石を売る手はずを相談していたとか」

以前ほどではなくなってきたとはいえ、ニューヨーク市の建設業界には犯罪組織とつながりを持つ者が多くいる。

セリットーはRTCCの監督官に電話をかけ、カメラの映像に関して人物の特定に必要な情報を伝え、未詳が改札でメトロカードをスワイプする一時間前にさかのぼって地下鉄駅周辺の監視カメラ映像をチェックするよう依頼した。体格などの一般的な情報に加え、「黄色い工事用ヘルメットとオレンジ色のベストを着用している、または所持している」を検索条件に加える。

捜査の最新情報をホワイトボードに書きこんでいるメル・クーパーを見つめながら、ライムは犯人にむけて問うた――なぜだ。おまえはなぜこんなことをする?

「その答えは単純明快」女性の艶のある声が答えた。

ライムは向きを変えた。いつのまにか、アメリア・サックスがブルックリンから戻ってきていた。それに、ライムは気づかぬうちに疑問を口に出していたらしい。ライムは尋ねた。「単純明快な答えとは何だ」

「単に頭がおかしいのよ」

17

昨夜は空港で明かした。ラガーディア空港――バスを二本乗り継いで来た。

ヴィマル・ラホーリはどちらのバスでも最後部のシートで背中を丸め、悪路でバスが揺れるたびに傷の痛みに顔をしかめた。

乗るはずだった便が欠航になって朝一番の便にチェックインしようとしている乗客のように、待合エリアの発券カウンターに近い椅子に陣取った。これなら十何人かいる〝飛行機難民〟の一人にすぎない。ヴィマルに注意を払う人はいなかった。

大好きなポート・オーソリティ・バスターミナルにいられればなおよかったのだが、あそこは警察が見張っているだろう。それにあの犯人の心配もあった。いまもまだミッドタウンをうろついているかもしれない。夜のあいだ、ヴィマルは夢ばかり見ていた。ほとんどは悪夢だったが、具体的に何を見たかは思い出せない。目が覚めて最初に脳裏に浮かんだのは、ミスター・パテルの足の記憶だった。しばらく静かに涙を流した。それからなんとか立ち上がると、顔を洗いにトイレに行った。個室で傷の具合をまた確かめた。じんじんして痛かった。周囲に巨大な痣が広がっていたが、膿《う》んで腫れている様子はなかった。苦労して絆創膏を取り替え——傷は手の届きにくい位置にあった——ひんやりと冷たいベタジンをまた塗っておいた。

またバスに乗って移動したあと、いまはクイーンズのフラッシングの歩道をうつむきながら歩いている。目的の場所を見つけた。にぎやかな通りに面した宝飾品の卸小売り店だ。N&Bジュエリーに入り、ふっくらした若い南インド系の女性販売員に声をかけた。

「ミスター・ヌーリはもういらしてますか」

「いま打ち合わせ中です」

「ヴィマル・ラホーリがお会いしたいと言ってると伝えていただけますか」

女性販売員は彼の皺だらけで薄汚れた服を一瞥してから電話をかけた。まもなく通話を終えた。「五分でまいります」

ヴィマルは礼を言い、店内をぶらぶら見て回った。店は開いたばかりで——日曜は正午開店だ——客はまだ一人もいなかった。銃を携帯した警備員だけが天井をぼんやり見上げていた。

ヴィマルは分厚いガラス越しにショーウィンドウに陳列された商品を眺めた。ミスター・ヌーリは、ありとあらゆるスタイルやサイズや価格の商品をそこに並べていた。買い手となる可能性のある客を好みや予算にかかわらず誘いこもうという狙いだろう。運命のダイヤモンドを求めてN&Bを訪れる客もいるはずだ。婚約指輪のダイヤモンドは、言うまでもなく、このカテゴリーの稼ぎ頭だ。

しかし、デビアスをはじめとする採掘会社が開拓した市場はほかにもたくさんある。記念日を祝う指輪、出産を控えた娘にプレゼントするチャーム、〝花の十六歳〟やキンセアニェーラ（女の子の十五歳の誕生日を祝う盛大なパーティ。本来はラテンアメリカの成人のお祝い）を記念するイヤリング、高校卒業パーティを飾るティアラ、初孫が生まれたおばあちゃんに贈るグランドマザー・ピン。ダイヤモンド業界は、グリーティングカード業界と同じように、商品を売る新たな口実を次から次へひねり出し、それに飛びつかない客に深い罪悪感を押しつけようとする。有名なダイヤモンド・ブランドからミスター・パテルに送られてきたダイレクトメールを思い出して、ヴィマルはつい苦笑した。たとえば同性婚のカップルに婚約指輪を販売するなど、新しい顧客を獲得する方法を小売店に提案する内容だった。「古い常識は捨て去ろう」あるパンフレットは熱を帯びた調子でそう叫んでいた。「待ちわびた結婚を記念して、お二人でダイヤモンドを身につけてはいかがと提案してみませんか……一組ごとの貴店の利益がたちまち二倍に！」

あるいは、〝大学卒業記念ダイヤモンド〟――「卒業証書を見て誇らしさで胸がいっぱいになったお父さん、お母さん。その気持ちをダイヤモンドに託してお嬢さんに伝えましょう」

アディーラにこんな冗談を言ったことがある――近い将来、ダイヤモンド業界はきっと〝旅立ちのダイヤモンド〟を売り出して、故人と一緒に棺に入れようと言い出すだろう。だが、昨日からの出来事を考えると、自分のジョークにはもう笑えなかった。

ショールームの奥のドアが開き、デヴ・ヌーリが入ってきた。頭のはげた太った男性で、年齢は五十五歳くらいだ。頭にルーペを着けている。業界のスタンダードというべき拡大率十倍のルーペだ。レンズは跳ね上げてある。体を左右に大きく揺らしながら歩いてきて、ヴィマルと握手を交わした。

ヌーリは警戒するような視線を表通りに向けた。プロミサーがヴィマルを尾行してここに来ているのではないかと心配しているのかもしれない。

そんなことあるわけがない。だが、ヴィマルもつられてショーウィンドウ越しに外を見た。

犯人らしき人物は見当たらない。それでも、ミスター・ヌーリが「二階で話そうか」と言うのを聞いてほっとした。

二人は廊下に出た。ミスター・ヌーリは分厚い鋼鉄のドアの前で立ち止まり、親指を指紋スキャナーに押し当てた。ドアを抜け、階段を上り、ヌーリの事務室と、ダイヤモンドのカットと研磨が行われている工房がある二階に向かった。父から、インドのスーラトのカッターが作るダイヤモンドはホンダ車だが、ミスター・パテルのダイヤモンドはロールスロイスだと言われたことがある。そのたとえを借りるなら、ミスター・ヌーリのダイヤモンドはBMWに分類できるだろう。

二人はミスター・ヌーリの散らかった事務室に入って腰を下ろした。「で？　きみは現場にいたんだって？　ジャティンが殺されたとき」

「はい、いました。でも逃げてきました」

「おそろしいことだ！　ジャティンの妹さん……それに彼の子供たち。さぞ悲しんでいるだろう！」

「ええ。おそろしい事件です。本当に」ヴィマルはアディーラがくれた布のブレスレットを手首の上で無意味に回した。「ミスター・ヌーリ。助けていただけませんか」

「私が？」

「はい。僕はしばらくニューヨークを離れていたほうが安全だと思います。両親も同じ意見で、ありったけの現金を渡してくれました。だけど、それでは足りそうになくて。それで助けていただけないかなと」

ミスター・ヌーリはヴィマルの嘘に気づかなかった。それよりも、金の無心をされるのではと心配しているようだった。「私か？　いや、私にはそんな——」

「貸してくださいってお願いじゃないんです。買ってもらいたいものがあって」

「パテルの品物か？」疑いの視線。

ヴィマルが警察に頼らずにいる理由の一つはこれだった。彼が持ち歩いている石は、理屈からいえばミスター・パテルのものだ。警察に行けば証拠物件として押収されるだろう。だが、いまのヴィマルにはどうしても必要なものだ。それに、窃盗の容疑で逮捕されることだってあるかもしれない。

ヴィマルはありのままを話した。「お客さんのものではありません。ミスター・パテルのものではありましたけど。ただ、今月の給料をまだもらっていません。こうなった以上、もらえるとは思えないし」ヴィマルは撃たれたときに持っていた紙袋から石の一つを取り出した。〈二月の鳥〉だ。

「そいつは何だね。キンバーライトか？」

「そうです」

ミスター・ヌーリはヴィマルから石を受け取った。ルーペを下ろして石を吟味する。

「キンバーライトを見るのは初めてだ」

世界に流通するダイヤモンドの大半は、キンバーライトという岩石に含まれた状態で採掘される。キンバーライトの名は、南アフリカ共和国のキンバリーという町にちなむ。このキンバリーで一八〇〇年代後半、のちに〝スター・オブ・サウス・アフリカ〟として知られることになる約八十四カラットのダイヤモンドの原石がキンバーライトのなかから発見され、世界初のダイヤモンド・ラッシュを巻き起こした。

しかしダイヤモンドの原石は通常、鉱山で取り出され、キンバーライトは廃棄される。したがって、ダイヤモンド流通の下流にいる人々は、自分が扱うダイヤモンドを生んだ母岩を目にすることはめったにない。

ルーペが跳ね上げられた。「これを買ってくれと」

「はい。お願いします」

「しかし、買ってどうしろと?」

ヴィマルは石をランプの光にかざした。「ほら、結晶がいくつも見えるでしょう。きっとダイヤモンドです。これを取り出せばいい。カットして、売ってください。なかのほうにもっと大きな原石もあるかもしれません。たとえばこれ」石の横に見えている輝く点を指さす。「数千ドルの価値があるかもしれませんよ」

ミスター・ヌーリは笑った。「ダイヤモンドをどうやってキンバーライトから取り出すか、知っているか」

「たいへんな作業だってことは知ってます」最初の工程で、キンバーライトは粉砕される。キンバーライトは割れるがダイヤモンドは割れない、適度な圧力を加えなくてはならない。次に、ダイヤモンドが含まれる岩のかけらをドラムにいれて水洗いし、フェロシリコン粉末処理する。長いプロセスだ。

「ああ、たいへんな作業だ。うちにはそのための機材がないし、持っている知り合いもいない。カナダに送るしかないだろう。しかし、こんな小さな石を引き受けてくれる鉱山はないだろうな。ふつうは一トン単位で処理している」

失意と絶望がヴィマルの胸を刺す。「でも――」

「ヴィマル、悪いな。百ドルなら貸してやれる」

ヴィマルはつかのま目を閉じ、肩を落とした。石を見つめ、手のなかで何度も転がした。小さな光がいくつも光を跳ね返す。ダイヤモンドの原石のきらめき。ミスター・ヌーリの言うとおりだろう。原石を取り出すプロセスは、大量にさばいて初めて利益が出るのだ。

「いいえ、借りるのはいやです。でもありがとう」ヴィマルは石をポケットに押しこんだ。

出て行こうとしたが、ミスター・ヌーリは同情のまなざしで引き止めた。「待ちなさい。これではどうかな。石をカットしてもらえないか。千ドル出す」

それだけでは新生活をスタートさせるにはおぼつかない。しかし一銭もないよりはましだ。「はい、お願いします。あまり時間がありませんけど」

「そう長くはかからんよ。人によってはかかるかもしれないが、きみならすぐに終わる。来なさい」

18

「死んだものと思ってたわ、ライム」

「誰が」

サックスは答えた。「マイキー・オブライエンとエマ・サンダーズ」

「それは誰だったか」

「グレーヴセンドのカップル」

「死んだのか」

サックスは二つの現場を捜索して帰ってきたところだった。クイーンズのワイントラウブの自宅、そしてブルックリンの傷害事件現場。「被害者って聞いたから」

「私が分署から聞いたのは、銃撃事件が発生したということだけだ。連絡をよこした警部は、被害者は二人いると言っていた。犯人は宝飾店から二人を尾行したと」

「違うわ、ウェディングプランナーの店舗からよ」

「そうか」

セリットーがサックスに気づいてうなずく。犯人の目撃情報を求めてグレーヴセンドで聞き込み中の制服警官と電話でやりとりを続けているセリットーは、片手に携帯電話を、もう一方にデニッシュを持っていた。デニッシュを二つに分け、最初の半分を食べ終えたところで、やはり誘惑に負けたらしく、残り半分をかじり始めた。

ライムは心理プロファイリングにまるで関心がない。対照的にサックスは、自称〝人間の警察官〟であり、犯人の心的メカニズムを理解すれば追跡に役立つと考えていた。ライムは完全に同意してはいないものの、サックスの考えを尊重している。それに、サックスの診断の背景に好奇心をそそられてもいた。

単に頭がおかしいのよ……

サックスは、襲撃されたカップルが逃げ出したときの様子をライムとクーパーに話した。二人とも手は縛られていたが、足は自由だった。マイキーが犯人を蹴り、二人は逃げた。犯人は発砲したが、弾はそれた。犯人が追ってきたときにはエマはすでに通りに飛び出して大声で助けを求めていた。未詳四七号は深追いせず、建物の裏口から逃走した。

「未詳四七号だというのは確かなんだな」ライムは尋ねた。

「ええ。その点は間違いないわ。未詳四七号とプロミサーは同一人物。エマの指を切り落とそうとする前に、パテルの店でカップルを殺害した理由を滔々《とうとう》としゃべったらしいから」

セリットーが通話を終えて顔を上げた。「グレーヴセンドの犯人には逃げられた。聞き込みは成果なしだ」

その思わしくないニュースに、ライムは肩をすくめた。それから、グレーヴセンドの犯人とプロミサーは同一人物であることが裏づけられたとセリットーに伝えた。

呼び鈴が鳴ってトムが玄関を開け、保険会社の損害調査員エドワード・アクロイドを案内してきた。アクロイドのベージュのコートを預かる。アクロイドがイギリス人であることから、ライムの頭のなかでそのコートは〝大外套《グレートコート》〟ということになっていたが、当のアクロイドはそのイギリス風の表現を使うのだろうか、かつて一度でも使ったことがあるだろうか。「紅茶をお持ちしましょうか」トムが尋ねた。

アクロイドは微笑み——イギリス人には紅茶というトムの思い込みに対してかもしれない——紅茶は断って、代わりにコーヒーを所望した。

「ふつうのコーヒー？　それとも、たとえばカプチーノ？」

アクロイドはカプチーノを選んだ。

トムはコートをフックにかけ、キッチンに引っこんだ。

「急に来てもらっちゃって、すみませんね」セリットーが言った。

「いやいや」

「ニュースは見ましたか。目撃者の一人が殺害されました。氏名はサウル・ワイントラウブ。射殺です」

「本当ですか」アクロイドは溜め息をついた。「亡くなる前に、何らかの証言は？」

サックスが答えた。「ほとんど何も。パテルのことはよく知らなかったという話くらいです。事情聴取のために迎えの車を行かせたんですが……」そのプランが完全な失敗に終わったことをサックスの陰鬱《いんうつ》な表情が物語っていた。

「容疑者はどうやってその男性を見つけたんでしょうね」アクロイドが尋ねる。

セリットーが言った。「パテルを拷問して名前を聞き出したんだろうと考えています。ただ、住所は聞き出せなかった。市内には大勢のサウル・ワイントラウブがいる。未詳は刑事のように聞き回って自宅を突き止めたんでしょう。実は、未詳が追っている目撃者はもう一人います。イニシャルは、おそらく〈ＶＬ〉。インド系の若い男性で、パテルのアシスタントか見習いと思われます。この男性を見つけるのを手伝っていただけないかと思ったんですがね。未詳より先に見つけないと危険だ」

サックスがクーパーに言った。「例の写真を」

「防犯カメラの映像から切り出した画像です。現場から逃げ出した直後のもの」

アクロイドは眉間に皺を寄せ、建物の搬出入口を映したぼやけた画像を丹念に見た。

「二十代初めからなかば。背は高くないようですね。百六十八センチ、百七十センチくらいかな。痩せ型。南アジア系」

「この目撃者の存在は」ライムは言った。「極秘に願いたい。知り合いに問い合わせるときも、イニシャルは伏せてくれ。パテルの見習いを知らないかというような訊きかたをしてもらえれば」

　アクロイドはうなずいた。「ええ、そのほうがいい。容疑者が私の知り合いに連絡しないともかぎりませんからね」

「もう一つお伝えしておきたいことが」サックスが言った。「ついさっき、犯人が別の婚約者カップルを襲いました。ブルックリンのグレーヴセンドで」

「え、また？」アクロイドは明らかに驚いた様子だった。「ワイントラウブを殺害したばかりなのに？　そのカップルは亡くなったんですか」

「いいえ。無事でした。軽傷ですんでいます」

「本当に？」アクロイドは険しい表情をしていた。「しかしまあ、無事ならよかった。もちろん、その二人のために。私たちのためにも。その二人から話は聞けましたか」

　ライムはサックスを見た。サックスが答えた。「そこから〝頭がおかしい〟という私の診断の話にもつながります。犯人の動機らしいものがわかりました。原石を盗んで売りさばくことが目的ではなさそう。救出《セーヴィング》のつもりみたい」

　アクロイドがうなずく。「貯蓄《セーヴィング》のつもりか。よく聞く話です。ダイヤモンドは手堅い投資先ですし、インフレに対する防衛策にもなる」

「いいえ、違うの。絶滅危惧種を救うというような意味です。婚約指輪メーカーの手からダイヤモンドを守ろうとしてるみたい。原石を盗んだのは、その純潔を守るため。被害者カップルによれば、ダイヤモンドをカットするのはレイプや殺人に近いとか、とりとめのない話をして聞かせたそうです」

単に頭がおかしいのよ……

トムが現れ、持ってきたカップをアクロイドに渡した。アクロイドは一口飲み、これはうまいと褒めた。それから首を振りながら言った。「ダイヤモンドを救う。〝大地の魂〟。歴史に残る迷言ですな。たしかに、ダイヤモンドを買いこむ奇人《ナッター》もいるにはいますが、目当てはその価値です。ダイヤモンドを買いこむ奇人もいるにはいますが、目当てはその価値です。核戦争や暴動が起きたとき、ダイヤモンドがあれば物々交換できるだろうと期待している。核で人類が滅亡しかけたとき、人がまずほしがるのが身を飾る宝石だとでも思っているのでしょうかね」

サックスが先を続けた。「それから、パテルを狙ったのも意図してのことだったようです。彼を指して、昨日殺した〝インド人〟と表現したらしいから。同胞を裏切ったと言っていたそうです」サックスは手帳をめくった。「ダイヤモンドは神聖なものだからとか何とか」

「古代インドでは神聖なものとされていて、ダイヤモンドをカットするのは大罪でした。しかしギリシャやローマの人々がダイヤモンドをカットして装飾品を作るようになると、インド人もすぐに真似をしました。よくある話でしょうが、ダイヤモンドのスピリチュアルな価値よりも、商売や虚栄心が優先されたわけです」アクロイドは思案顔をし……次に困惑顔をした。「原石がいまどこにあるか、ほのめかすようなことは？　どこに住んでいるかなど、自分について何か話していましたか」

「いいえ、何も。脅したり、意味不明のことをしゃべったりしただけみたい。でも、カップルが特徴をいくつか覚えていました。目の色は明るい青。外国風の訛があるのを隠そうとしているみたいなアメリカ英語。二人によると、文法は〝めちゃくちゃ〟。喫煙者。たばこのにおいがしたそうです。新しい銃を持っていました。少なくとも昨日とは違うもの。今度はリボルバー。マイキーは銃の知識があるそうなの。壁にめりこんでいた弾丸を掘り出してきたわ。つぶれてるけど、そこまでひどくない。まず間違いなく三八口径ね」

セリットーが言った。「ワイントラウブを殺害したあと、ジャケットは処分してるわけだろう。グロックもどこかのくず入れに放りこんだんじゃないか。雨水管かもしれんが」

「クイーンズの鑑識チームにほかの雨水管も調べてもらいましょう」サックスは鑑識本部に連絡した。

サックスとクーパーはグレーヴセンドの襲撃事件現場で見つかった証拠物件の分析に取りかかった。

指紋は検出されなかった。床はカーペット敷きだったため、静電プリンターで足跡を採取することはできなかった。クーパーは、未詳が発砲したとき立っていた位置に近い家具から採取した射撃残渣を分析した。サックスはほかに、マイキーやエマや最近の訪問者のものではなく、犯人に関連すると思われるものをいくつか集めていた。黒い綿繊維、調理済み牛挽肉の粒、金色の毛髪二本。毛髪と、犯人が近づいた物品の表面をなぞった綿棒は、ＤＮＡ型分析のために本部ラボに送られた。

プロミサーのメールの分析結果が届いた。発信元の追跡は不可能で、プリペイド携帯は現金で購入されていた。簡単な検索の結果、メールの最初の一文は、ウィキペディアに似た知識情報サイトからコピーされたものと判明した。

婚約の概念は、男が許嫁と契りを結ぶという拘束力のある約束に基づく。私にも約束《プロ》《ミス》がある。私はおまえを探している。あらゆる場所を探している。指輪を買い、美しい指にはめよ。私はおまえを見つけ出す。おまえは愛のために血を流すだろう。

プロミサー

出だしの一文は引用であるため、使われた語やフレーズから未詳に関する情報は得られない。しかし、未詳自身が書いたと思われる残りの部分からは、いくつか小さな手がかりが得られた。基本的にはサックスが聞き取ってきた情報と同じだ。英語はおそらく母語ではない。冠詞や修飾語句をほとんど使わないのは（たとえばbuy the ringと書くべきところをbuy ringとしている）、多くの外国語の特徴を示す。everywhereを二語に分けてevery whereと書いている点もやはり英語が母語でないことを裏づけているし、

I'mやI'llといった縮約形を使わずにI am、I willとしているのもそうだ。

全国犯罪情報センターをはじめ各種データベースを検索したが、未詳の言動の特徴に一致するデータは見つからなかった。

「プロミサーか」アクロイドがつぶやく。もっと平凡な事件を引き当てたかったと悔やんでいるような顔をしていた。空のコーヒーカップを置き、フックからコートを取って袖を通した。「謎の〈VL〉の正体を探ってみますよ。これまで事情を聴いた人物からは何の手がかりも得られていないのですね」

「ええ、まったく」セリットーが答えた。

アクロイドは帰っていった。ライムはメトロカードのこと、二日前、未詳四七号は地下鉄駅の真向かいにある建設現場にいたと思われることをサックスに伝えた。キャドマン・プラザ周辺の政府関連のビルに設置されている監視カメラを避けるために建設現場を突っ切ったのかもしれないし、さらに可能性の高い仮説として、たとえば犯罪組織にコネのある建設作業員とそこで会って、三八口径の銃を新しく手に入れたのかもしれない。

「その建設現場に行って調べてみる。日曜だけど、警備員くらいはいるだろうから」サックスはジャケットを取って玄関に向かった。

サックスが行ってしまったところで、セリットーに電話がかかってきて短いやりとりがあった。通話を終えて、セリットーは言った。「未詳が地下鉄に乗る直前の監視カメラの映像が見つかった。地下鉄駅から二ブロック先、ヒックス・ストリートとピエールポント・ストリートの交差点近くでタグ付けされた。工事用ヘルメットと反射素材のベストを着て、ただ歩いてる。一人きりだ。それしかわからない。しかし、これでその地点のタグがついた状態でシステムが把握した。今度どこかの監視カメラがとらえたら、アラートが届く」

ライムはうなずき、車椅子を操作して証拠物件一覧表の前に移動した。そこに並んだ情報は、ぼんやりとした方角を示して彼らを後押ししようとしている。だが、なかなか引かない熱のようにうっとうしい違和感は、いま問題なのは答えがなかなか見えてこないことではなさそうだと告げていた。そもそも彼らの質問が間違っているのではないか——そんな気がし始めていた。

そのとき、ライムの電話が着信音を鳴らしてメールを受信した。ライムは画面を確かめた。

「トム？」ライムは大声を出した。

「ここに——」

「バンで出かける用意をしてくれ」

「——います。バンですか」

「そうだ。バンで出かける用意をしてくれと言った」

セリットーがライムを見つめた。「手がかりを見つけたのか」

「いや。別件だ」

19

おっと。こいつは困ったな。

ヴィマル・ラホーリは、N&Bジュエリーの二階にあるミスター・ヌーリの事務室で、デスクをはさんでヌーリと向き合っていた。鼓動が速く、息遣いは浅くなった。

金が必要だ。しかし、ここでちょっとした問題が発生した。

ヴィマルはダイヤモンドに目を凝らした。ミスター・ヌーリが硬い紙を折って作った封筒を振って取り出したダイヤモンド、ミスター・ヌーリが金を払ってヴィマルにカットさせようとしているダイヤモンド。

「なかなかの石だろう、え？」ミスター・ヌーリがささやくように言った。

ヴィマルはうなずくことしかできなかった。跳ね上げ式のルーペを下ろし、グースネック・ランプの明るい光の下でダイヤモンドを吟味した。石を引っくり返す。また反対側から見る。

ダイヤモンドの原石はさまざまな形状で採掘される。大多数は八面体、ピラミッドを二つくっつけたような形状をしている。八面体なら、真ん中で二つに切り、それぞれのピラミッドをブルーティングする。つまり、別のダイヤモンドやレーザーを使って磨き、形を整えて、ラウンドブリリアントカットに仕上げる。これはもっとも一般的なカットで、世界中で何千万個もの石がこのカットを施されて指輪やイヤリング、ブローチ、ネックレスに仕立てられる。ラウンドブリリアントカットは五十七または五十八の面《ファセット》を持つ。史上もっとも高名なディアマンテールの一人、マルセル・トルコフスキーが百年前に考案したカットだ。トルコフスキーは、数学を応用してダイヤモンドの形状の理想的な比率を導き出した。

八面体ではない形状の原石もときおり採掘される。双晶《マクル》、立方体、四面体。複雑な形状、不規則な形状をしていることもある。こういった原石は〝ファンシー〟カット——ラウンドブリリアントカット以外のあらゆるカットを施される。マーキス、ハートシェイプ、クッション、ペアシェイプ、オーバル、エメラルド。そして最新流行中の、プリンセスカット。

ヴィマルがカットしようとしている原石は、細長く複雑な形をしていた。角の丸い長方形だ。原石はみなそうだが、これもやはり透明ではなく薄い乳白色をしている。ダイヤモンドは、カットと研磨を施して初めて透明になるのだ。それでも、原石の段階でかなり正確なグレーディングができる。ヴィマルが見たところ、カラーはほぼ無色透明のG、透明度《クラリティ》はＶＳ１（ごくわずかな内包物《ヴェリー・スライト・インクルージョン》があるが、裸眼では確認できない）だろう。

極上の石だ。

ヴィマルはミスター・ヌーリをちらりと見たあと、かたわらのコンピューター画面に目を向けた。そこには、この石をどうカットするともっとも効率がよいか、プロッティングソフトウェアによるシミュレーション画像が表示されていた。

原石は二つから三つに分割されるのが一般的で、長い歳月をかけて構築されたソフトウェアは、最適なカットや研磨のプランをきわめて正確にはじき出す。

この原石は七カラットと大きく、しかも珍しい形状をしているため、解析ソフトウェアは、四カ所で切って五つに分割し、それぞれをラウンドブリリアントカットに研磨するよう指示していた。原石にはすでに、その分割線が赤のマーカーで引かれていた。

「引き直してもかまわんぞ」ミスター・ヌーリがマーカーを差し出した。「な? きみの力を借りたいのは、だからだよ。ミスは許されない。たった一つでもミスがあれば、仕上がった石の価値は四分の一になってしまう。四分の一ではすまないかもしれない。この石を扱うのは私には無理だ。うちで働いている者には任せられない」

ヴィマルはまた目の高さまで原石を持ち上げ、ルーペを下ろした。「パッドを。濡らしたパッドをください」

ミスター・ヌーリは四角いガーゼを取った。アディーラが傷の治療に使ったガーゼと似たものだ。ヌーリはそれを水で湿らせてから差し出した。ヴィマルはパッドを使って赤い線を消してから、もう一度原石をよく観察した。

ミケランジェロは書いた──あらゆる石の内に彫像があり、彫刻家の仕事はそれを発見することである。ヴィマルはこれを信条にしていた。同じことは大理石や御影石だけでなく、ダイヤモンドにも当てはまる。

マーカーを手に取った。心臓はやかましいほど大きく打っていたが、ヴィマルの手は、いま線を描きこもうとしている石と同じようにどっしりと落ち着いていた。すばやく八本、線を引いた。

「これで」

ミスター・ヌーリは原石を見つめた。「これは何だ？」

「こうカットします」

「どういうことだ」

「これです」ヴィマルは線を指さした。

「何というカットだ？　見たことがない」

「分割はしません」

ミスター・ヌーリは笑った。「おいおい、ヴィマル」

「分割はしません」

ミスター・ヌーリは真顔に戻った。「この石は高かったんだ。利益を出すには五つに分割しないと」

「ブリリアントカット五つにしたら、ありきたりのブリリアントカット五つにしかなりません。そんなもの、世の中にいくらだってあります」

「いくらだってある、ね」ミスター・ヌーリは皮肉めいた調子で言った。

「この石は平行四辺形にしなくちゃだめです」

「平行四辺形だと？」

「菱形みたいな形です。二辺ずつが平行な」

「いや、平行四辺形が何かは知っているよ。大学で数学を勉強したからな。ダイヤモンドのカットとしてありえないと言っているだけだ。マーケットがない」

「こんな石には二度と巡り会えないかもしれません」ヴィマルは言った。

ミスター・ヌーリは肩をすくめた——だから？

「分割はしませんし、平行四辺形にしかカットしません」

「誰か別の者にやらせよう」

「ええ、そうしてください」

ヴィマルは原石を置いて立ち上がった。

ミスター・ヌーリの顔に悲しげな笑みが広がった。「私のプランどおりに分割するなら、二千ドル出そう」

「お断りします」

「二千五百ドル」

ヴィマルは向きを変えかけたが、振り返ってかがみ、ミスター・ヌーリの顔をのぞきこむようにした。そしてささやくような声で言った。「たまには勝負に出たらどうです？」

そして思った。自分の父親の前では臆病なくせに、ここではずいぶんと大胆だな。

「何だって？」ミスター・ヌーリが言った。

「あなたの仕事ぶりは知ってます。息子さんやこの店のほかのカッターの仕事ぶりも知ってる。みんなとても優秀です。あなたが作るダイヤモンドは顧客を喜ばせる――結婚したばかりのカップル、奥さんや旦那さん、両親、祖父母。あなたはみんなを幸福にしています。何度でも繰り返し幸福にできる――世の中に似たようなものがいくらでもあるラウンドブリリアントカットのダイヤモンドで。でもこの一度だけは、この原石にだけは、特別なことをしてみませんか」

「商売は商売だ、ヴィマル」

そう、結局はそこに落ち着くんだろう――ヴィマルは思った。「それなら僕は帰ります」

事務室の出口まであと一メートルというところで、背後からミスター・ヌーリが呼び止めた。「待て」

ヴィマルは振り向いた。

「これが、このカットが最適だと思うんだな」

「それがこの原石にふさわしいカットです。僕にはそれしか言えません」

ミスター・ヌーリは、ヴィマルの言葉を理解しかねているかのように首を振った。だがすぐに手を差し出した。

ヴィマルは言った。「さっきの額のまま――二千五百ドルで？」

ヌーリはうなずいた。

二人は握手を交わした。

それからヴィマルは尋ねた。「作業はどこで？」

20

「メールを受け取ったよ」リンカーン・ライムは言った。

ベッドに横たわった男性が顔を上げ、ほんの一瞬とはいえ輝くような笑みを浮かべた。

そこには驚きもあった。

「リンカーン。来てくれたんですか。わざわざ？　ちょっと……話がしたかっただけなんですが。電話でもらえればと」

「やあ、バリー」ライムは車椅子を進めてベッドに近づいた。

入り組んだ構造をしたベッドは、ミッドタウンのイーストサイドにある入り組んだ構造をした病院の奥の奥にある病室に置かれていた。病室を探し当てるのに少々時間を食った。壁や床に行き先ごとに色分けされた線が描かれていたが、大して役に立たなかった。

「トム」

「こんにちは」

バリー・セールズは、何度も洗濯を繰り返したシーツと毛布のあいだで微妙に姿勢を変えた。ケーブルで接続されたリモコンのボタンを押した。水圧式のベッドが彼の上半身を起こす。年齢は三十代後半。肌は青白く、茶色い髪は乏しくなりかけていた。視線は鋭いが、目は落ちくぼんでいた。

ライムは車椅子をさらに進めた。二人は挨拶代わりにうなずきあった。ライムがこの皮肉な状況につい苦笑を漏らすと、セールズもその意味を察したのだろう、笑みを浮かべた。握手はできない。ライムが動かせるのは右腕だけで、左手は使えないからだ。一方のセールズは、左手しかない。あやうくセールズの命を奪いかけた銃撃戦のあと、右手は失われた。

ライムは病室を見回した。こんなところには一日だっていられない。何年も前、事故に遭って以来、医療施設に来ると、苦しい思い出ばかりが蘇っていやな気持ちになった。まず順応が訪れ、次に蘇る記憶を相手に猛然と戦い、最後に冷静な受容が訪れた。それでも、できることなら病院には二度と来たくない。

だが、今回は来ないわけにはいかなかった。

セールズは、ライムがニューヨーク市警で鑑識の指揮を執っていた当時の部下だった。セールズは期待の星だった。ほかの鑑識員ならもう現場を開放するだろうに、セールズは何時間でも現場に残ってグリッド捜索を続けた。

彼が刑事課への異動を希望したと知って、ライムは失望した。それでもセールズのその後は気になっていた。セールズは若いうちから重大犯罪捜査課で頭角を現し、ニューヨーク市警を退職したあとは、郊外の警察機関に移って検挙率を一気に押し上げた。

ライムは言った。「バーはないのか」

「よしてくださいよ、リンカーン」セールズが言った。「変わらないな」

「思索は酔って。分析はしらふで」

「あいにく」セールズは言った。「今日は病院のソムリエが休みなんですよ」

「そんな奴は首だ、首」ライムはそう言ってからトムにうなずいた。トムがアイスティーのボトルを二つ取り出す。少なくともラベルにはアイスティーと書かれていた。なかの液体は、紅茶にしてはずいぶんと濃い黄金色をしている。そう、たとえるならシングルモルト・ウィスキーの琥珀《こはく》色だ。トムはボトルの片方をサイドボードに置き、一方の蓋を開けた。

「まあいいか」セールズが言った。「車を運転するわけじゃないし」そう言ったところで声がかすれた。涙を必死でこらえている。「すみません。みっともないところを見せちゃって」

「私にも覚えがある」ライムは言った。

トムは蓋を開けたボトルからグラス二つに中身を注ぎ、二人に渡した。それから部屋の隅に移動して携帯電話のメールのチェックを始めた。

二人がウィスキーを一口飲んだところで、フィリピン系のほがらかな看護師がバイタルの確認のために入ってきた。二人は素知らぬ顔でグラスを隠した。看護師は「見ーちゃった、見ーちゃった。それ、ちゃんと隠しておいてくださいよ」と言って微笑んだ。

セールズはまたウィスキーを口に含み、ボトルに視線を向けた。

「どうやって――？」

「じょうごを使った」ライムは答えた。

一瞬の沈黙、まばたき。それからセールズは笑った。

「わかっている。どうやって障害を乗り越えたのか、だろう」ライムは言った。

「そうです。どうやって乗り越えたか」

「私のクリーシェ嫌いは覚えているな」

「ええ、ええ、そうでしたね」

「しかし、クリーシェがぴったりはまる場面も現実にはある。たとえば今回だ。〝一度に一歩ずつ〟」第四頸椎《けいつい》を損傷して四肢麻痺になったライムは、セールズが経験しているのとはまったく違った種類の障害を負った。いくつかの神経繊維が偶然にもしぶとく生き延びたおかげで指一本だけは少し動かせたが、事故直後は首から下は完全に麻痺していた。セールズは右腕の肘のすぐ下から先を失ったが、ほかの機能に障害はない。

だが、おもしろいもので、悲劇を測る基準は人それぞれだ。バリー・セールズのものさしは、銃弾が肉を切り裂く以前の生活を基準として作られている。ライムの障害と自分を比べてはいない。

「周囲の助けもある」ライムはトムのほうに顎をしゃくった。トムは首をかしげた。感傷は無用だという意味だろう。

「いらだたしくて、扱いにくい人間ばかりだがな」

「いや、あなたがた二人は、まるで年老いた夫婦って感じじゃないですか」セールズは何度かタウンハウスを訪ねてきたことがあった。

「きみにはジョーンがいるだろう」

セールズは無表情なまま言った。「ジョーンと同じ部屋にいるだけでも耐えられません。見ないようにしているのがわかるから」そう言って、右手があったあたりにうなずく。「一度、冗談を言ってみたりもしましたよ。ちょっと手を貸してくれないかってね。ジョーンが泣いてしまって、たいへんでした」

「先のことを心配してもしかたがない。周囲の人間に頼れ。長い道のりだ。くそ、クリーシェ三連発ときた。私はどこか具合が悪いらしい」

セールズの涙は止まりかけていた。「この病院には優秀なカウンセラーがいますけど、退院したあとにかかれるカウンセラーを紹介していただけませんか」

ライムは言った。「私もカウンセリングを受けた。あまり役に立たなかったな。カウンセラーはみな……」ライムはトムに目を向けた。「何と言うのが適切かな」

「みな逃げ出した、でしょうね」

ライムは肩をすくめた。

「しかし、大部分の患者には利益がある。何人か紹介しよう」

「ありがとう」

しかし、降りかかった悲劇とどう折り合いをつけたのかという質問はうわべのもの、話のとっかかりにすぎないことをライムは察していた。セールズも結局はライムと同じ道、頸椎であれ何であれ重傷を負った患者の大部分と同じ道をたどることになるのだ。いつかの時点でセールズはこうつぶやくことになるだろう。「関係ない。これで生きていくしかないんだから」たとえばライムは最終的に、可能なかぎり自分の障害を無視することを選んだ。めそめそせず、資金集めを試みず、公共サービスの広告にも出ない。ポリティカル・コレクトネス？　知るか。自分の障害に言及するとき、ライムは〝かたわ〟だの〝不具〟だのといった差別的な語をあえて使う。ある人物から、ライムは「障害を乗り越えて活躍する」人々の輝かしいお手本だと誇らしげに言われたときは、刺し殺せそうな視線を向けた。ライムとしては、そんな用例が権威あるメリアム・ウェブスター英語辞典に採用されたりしないことを祈るのみだ。

セールズがライムにメッセージをよこしたのは、カウンセリングについて聞きたかったからではないだろう。まったく別の動機があるはずだ。

ようやくセールズはその話題を持ち出した。

「あれから何か聞いていますか」

セールズが言わんとしていることは明らかだった。

自分を撃った男のことを訊いている。

その男は逮捕され、現在は公判中の身だ。

セールズが言った。「捜査チームは本当のことを話してくれない。本部長もです。みな〝実刑間違いなしだ〟と言います。ただ、いかにも自信なさそうな口ぶりなんですよ」

周囲の人間は、ライムは――いまも昔も――不機嫌で気短かで、怠慢を許さず、場合によっては不愉快な人間になると評する。ただし、事実をごまかすことはない。

「残念だが、バリー、私の耳に入っている話からすると、楽観はできない」

銃撃戦とはえてしてそういうものだが、セールズが巻きこまれたのも、混乱のなか突発的に起きたものだった。アグレッシブな弁護団に検察側は押され気味になっている。しかも弁護団の資金は潤沢だ。

セールズはうなずいた。「相手と正面から対決したなら話は別かもしれません。でも、発砲した奴を私は見ていない。そいつの目を一度も見ていないんです。犯人が現場の近くをうろうろしてた、あの事件とそっくりですよ。もう何年も前、シンプソン銃撃事件。ほら、あの錯乱した男の事件」

　現場から、あるいはその近くからいつまでも離れずにいる容疑者というのはたまにいる。単なる好奇心から、あるいは捜査情報を得ようとして、現場付近にとどまる。セールズが持ち出したシンプソン事件の犯人は、被害者を殺害したあと、被害者宅の食肉用冷凍庫に隠れた。現場検証中に冷凍庫から出てきて、残っていた弾を撃ち尽くし、ライムの部下の鑑識員を凍りつかせた。弾はすべてはずれた。冷凍庫でじっくりと冷やされた犯人の深部体温がおそらく摂氏二十度程度まで下がっていたおかげだ。手がどうしようもなく震えていて、弾はあらゆるものに当たったが、鑑識員にだけは一発も当たらなかった。

　その一件を思い出して、二人の口もとがゆるんだ。ライムが話して聞かせると、トムも微笑んだ。

「ともかく、あいつを刑務所行きにしてもらいたいですよ」セールズは唇を舐めた。「姉のボニーが見舞いに来ましてね。そのとき、次はトルーディとジョージも連れてきてほしいと頼んだら、姉はもちろんと答えました。でも、本気じゃなかった。心のなかでは、こんなバリーおじさんを二人に見せたくなかったんでしょう。私は何を考えていたんだか。私だって、こんな姿を姪や甥に見せたくない。怖がらせるだけですから。スポーツの試合があっても、もう応援に行ってやれない。発表会にも行かれない」セールズはそう言って歯を食いしばった。

それから深呼吸をした。「疲れてしまいました。一眠りします」

「僕は先に行ってバンを回しておきます」トムは言い、セールズのメールアドレスをメモして、理学療法士や義肢専門の医師のリストを送ると約束した。

ライムはベッドに近づき、もう一つのグレンモーレンジィ印の〝アイスティー〟ボトルを毛布の下、セールズの左腕のそばに隠した。ひとこと声をかけようとしたが、セールズはすでに目を閉じて枕に頭を預けていた。こらえきれずにセールズの頰にあふれた涙を一瞬だけ見つめたあと、ライムは車椅子の向きを変え、病室をあとにした。

21

ヴィマルとデヴ・ヌーリは分厚いドアを抜けて工房の作業場に入っていった。

民族や宗教の関係で、大部分のダイヤモンド研磨職人にとって日曜は休日ではなく、N&Bジュエリーでも今日はふだんどおりの仕事日にすぎない。インド系四人と中国系一人の職人が、何台か並んだ研磨機《スカイフ》で作業をしている。みな黒っぽい色のスラックスに明るい色の半袖のシャツという服装だ。年齢は二十代後半から五十代までと幅広いが、全員が男性だった。ヴィマルが知っているニューヨークのダイヤモンドカッターのうち、女性は二人しかいない。こんな嘆かわしいフレーズをヴィマルもしじゅう耳にしている――ダイヤモンドを作るのは男の仕事、ダイヤモンドを着けるのは女の仕事。

職人の一人はミスター・ヌーリの息子のバッサムで、ヴィマルとはほぼ同年代だ。まるまる太ったバッサムがふと顔を上げ、ヴィマルに気づいて驚いた表情をした。そしてトングを置いて立ち上がった。

「ヴィマル！　ミスター・パテルのこと、聞いたよ！　何があったわけ」

「さんざんニュースで報じてるとおりのことだよ。強盗だ」

「で、おまえはここで何してる？」

ヴィマルはためらった。「お父さんに仕事を頼まれた」

バッサムは困惑顔をしたが、ミスター・ヌーリはいかめしい顔で顎をしゃくり、自分の作業に戻れと伝えた。バッサムはまたトングを手に取り、ルーペを下ろして研磨作業を再開した。

ヴィマルはうなずき、ミスター・ヌーリと一緒に空いた席に向かった。

事務室とは対照的に、作業場は清潔で整理整頓が行き届いている。設備も充実していた。全世界で流通するダイヤモンドの半分以上がカットされているインドのスーラトにある巨大な工場では、職人による手作業はもうほとんど見られなくなり、コンピューターによる無人化が進んでいる。ダイヤモンド加工の四つの工程のすべてを４Ｐマシンが自動で行う——プロッティング、カッティング／クリービング、ブルーティング、最後にファセッティングまたはブリリアンティアリング。ミスター・ヌーリの工房には4Pマシンが二機あった。いかにも工業用機械然とした、奥行き二メートル弱、高さと幅が一・五メートルほどの青い金属の箱だ。

言うまでもなく、平行四辺形にカットするためのソフトウェアはない。とはいえヴィマルにはコンピューターにカットさせるつもりはさらさらなかった。初めから最後まで手作業だけでいくつもりだ。

「じゃ、任せたぞ」ミスター・ヌーリは言ったが、その声はどこか不安げで、ひとり大西洋に舟で漕ぎ出そうとしている旧友に別れを告げるような目でダイヤモンドを一瞥した。ヴィマルは上《うわ》の空《そら》でうなずいた。ダイヤモンドの輪郭や、カットの目安として自分で引いた赤い線を確かめるのに没頭していた。

この原石を平行四辺形にするには、クリービングとカッティングを石目に沿って行い、ソーイングは石目に逆らって行うことになる。それに必要なツールはグリーンレーザーで、その装置はジョイスティックとマウスを使って操る。ヴィマルはハンマーやのみ、のこぎりといった昔ながらのツールの扱いに長けている一方で、レーザー装置の扱いにも慣れていた。ダイヤモンドのカッティングの歴史が始まって以来、ディアマンテールはどんな時代にも最新のテクノロジーを活用してきたというのが彼の持論だ。

大きなストローのような形をしたドップ棒の先端に、へらを使って接着剤を載せた。

ダイヤモンドを接着剤に押しつけて固定し、乾くまで待ってから、ドップ棒をレーザー装置に取り付ける。アクセス扉を閉じ、装置のスイッチを入れて、モニターの前に座った。モニターに石のクローズアップ映像が表示された。マウスボールコントローラーに手を置く。

ヴィマルはモニター上の十字線を動かして原石に引いた赤い線に合わせ、キーボードとマウスを操作しながら、おおまかに平行四辺形に整える作業を開始した。医療用のMRI装置に似た、しゅう、どんどんという音を立てながら、レーザー光が石をカットしていく。少し進んではいったん止める。およそ一時間後、部分的にカットされた原石を取り出し、汚れを取ってから、新しいドップ棒にさっきとは異なる角度で再セットした。ふたたびカット作業に入った。いったん手を止めて——顔の汗を払い、その手を拭ってから——また作業を再開する。もう一度、ドップ棒に固定し直す。三十分ほどで、第一段階のクリービングとカッティングが完了した。原石は平行四辺形になっていた。

原石をドップ棒からはずし、接着剤を取り除いてからルーペで確認した。よし。いい感じだ。

次はブリリアンティアリングだ。ダイヤモンドにファセットをつけていく。世のすべてのダイヤモンド研磨職人の、そしてヴィマルの仕事は、ダイヤモンドの輝きを決める三つの要素——ブリリアンス（石を正面から見たときの白色の光）、ファイア（石の内部で屈折反射して放たれる七色の光）、シンチレーション（石が動いたときに生じるきらめき）――を最大にすることだ。

ヴィマルは研磨台の前のスツールに腰を下ろした。一・二メートル四方の頑丈な台に、スカイフが鎮座している。鋳鉄の円盤が毎分三千回のスピードで水平に回転し、職人はそこにダイヤモンドを押しつけてファセットをつけていく。壁際のラックには、さまざまな種類のトングが並んでいる。このトングにダイヤモンドを固定して研磨するのだ。

ヴィマルはトングを一つ選び、石を固定した。父がいまも持っている古いＬＰレコードほどの大きさのスカイフのスイッチを入れる。ダイヤモンド粉を混ぜたオイルを円盤に垂らし、トングのパッド付きの二本足を台に置き、ダイヤモンドをほんの一秒か二秒スカイフに押しつけてから持ち上げ、研磨具合をルーペで確認したあと、同じ手順を繰り返す。ファセットが姿をゆっくりと現していく。最初はガードル、すなわち外周部分に、次にクラウンやパビリオン、すなわち上部と下部に。

熱せられたオイルのにおい――オリーブオイルだ――が立ち上って肌をくすぐる。この瞬間、世界に存在するものは手もとの石一つだけだ。アディーラも、弟のサニーも、母や父も、気の毒なミスター・ジャティン・パテルも存在しない。家のアトリエにある彫刻〈波〉や〈秘密〉も。

自分を探している殺人者のことも、意識から消えた。

彼の意識にあるのは、この原石と、そこから姿を現そうとしている魂だけだ。

回転するスカイフにほんの一瞬だけ石を当て、持ち上げ、ルーペで確認する……

何度も、何度も、何度も。

オイルがしたたり、回転盤がうなり、ごくごく微量の石がオイルの残滓《ざんし》に溶ける。ダイヤモンド加工の真髄は、もっと研磨したいという衝動に抗《あらが》い、適度なところでやめることにある。一時間が過ぎたのか、二十時間なのか、それともたった十分のことだったのか、時間の感覚は失われていたが、ある時点でヴィマルは、完成したと思った。スカイフのスイッチを切る。円盤の回転がゆっくりになって、やがて静寂が訪れた。背もたれに体を預け、息をついたところで、ぎくりとした。いつのまにか、四人の職人が席を離れてヴィマルの背後に立ち、原石が平行四辺形に研磨されていくのをじっと見守っていたらしい。彼の肩越しに彼の手もとをのぞきこんでいた。ヴィマルはそのことにまったく気づいていなかった。

アンディという名の一人が「いいかな」と言って手を差し出した。

ヴィマルはダイヤモンドをその掌に置いた。アンディはルーペを下ろしてしげしげと石を見た。「クラウンのファセットを一つ多くしたんだね。僕ならそんなこと思いつかないな。角度は？」

「七度」

アンディがほかの三人にダイヤモンドを回した。三人は笑いながらルーペでのぞいた。そろって驚き、恭《うやうや》しげな表情を浮かべているのがコメディのようでおかしかった。

「煮沸《ボイル》してみよう」別の誰かが言った。

ヴィマルは洗浄台に移動し、硫酸でボイルして、接着剤やオイル、ダイヤモンド粉末など、ダイヤモンドに付着した汚れを洗い落とした。

しばしばここで緊張の瞬間が訪れる。自分では完璧なカットができたつもりでいても、接着剤やオイルが欠点を隠していただけという場合もあるからだ。だが、ヴィマルはそれを心配したことはない。八年ほどダイヤモンドをカットしてきて、ミスをしたことがないわけではない。いくつもの原石をだいなしにしてきた（そしてミスター・パテルや父にわめき散らされた）。しかしクリービングやソーイング、ファセッティングに失敗したときはすぐにそうとわかる。今回はミスをしていない。完璧に近い仕上がりになっているはずだ。一番大きなインクルージョンは切り落とした部分にあった（残ったものは石の一番奥の位置にあって、どんなに熟練した目でも簡単には見つけられないだろう）。ファセットはくっきりと鮮明で、左右対称だ。ブリリアンスとファイア、シンチレーションのバランスも非の打ちどころがない。

洗浄の終わった石をピンセットでつまみ上げ、またルーペで確認した――今回はできばえを吟味するためではなく、単にその美しさに見とれるために。

ヴィマル・ラホーリは、石に魂を見いだし、それを解放した。

完成したダイヤモンドから放たれる七色と白色の光を目にした瞬間、ふいに悲しみに襲われた。これをミスター・パテルに見てもらいたくても、師匠はもういない。

そのとき、ミスター・ヌーリが作業場に入ってきた。職人二人がヌーリを呼びにいったらしい。灰色がかった肌をした太った親方はヴィマルに微笑みかけ、彼の手からピンセットを受け取った。ルーペを下ろしてしげしげと眺め回す。ヒンディー語らしき言葉で何かつぶやいたが、ヴィマルはヒンディー語がほとんどわからない。ヌーリの顔には感嘆の表情が浮かんでいた。

「キューレットを平らにしなかったんだな」パビリオン下部の尖った先端のことだ。欠けにより強い石にするためにここを平らに削ることも多い。しかしキューレット面が大きいと、ダイヤモンドは暗く見えてしまう（ヴィマルは、有名なダイヤモンド、コ・イ・ヌールは、一九世紀にヴィクトリア女王の夫アルバート公の命により再カットされたおかげで価値を失ったと考えている。再カットでキューレットが平らに削られた結果、せっかくの鮮やかな輝きが濁ってしまったからだ）。

「はい」

実用を無視した自分の判断を否定されるかと思った。

しかしミスター・ヌーリは感に堪えないというような声で言った。「すばらしい判断だな。この光を見なさい。美しい！　誰が買うことになるかわからんが、客が扱いに気をつければすむことだ。そのくらいは辛抱してもらうしかない」ヌーリは目を細めた。「クラウンのファセットは増やしたわけか」

「必要だと思ったので」

「そうだろう、そうだろう。いやはや、驚いたよ、ヴィマル。最高のできばえだ！」

しかしヴィマルは、賞賛の言葉に興味はなく、それを嚙み締める時間もなかった。急がなくてはならない。

「もう行きます。二千五百ドルの約束ですよね」

「いや」

ヴィマルは身をこわばらせた。

「三千にしよう」

二人とも笑顔になった。

それだけあればニューヨークからどこかへ行ける。節約すれば、仕事を探すあいだどうにか生活できるだろう。目立たない、雑用的な仕事がいい。アート系の学部のある大学で仕事を探そう。掃除係でもかまわない。学生食堂で働くのでもいい。歓喜に近い感情がわき上がって頰を染めたのは何年ぶりだろう。

ミスター・ヌーリはダイヤモンドを元の封筒に戻して胸ポケットにしまった。「金を持ってこよう」そう言い置いて作業場から事務室に向かった。

ヴィマルは手を洗おうと隅の洗面台に向かった。スカイフ研磨は汚れ仕事だ。ほかの職人たちの前を通ると、それぞれ感嘆や畏敬《いけい》の表情で彼を見つめていた。ヴィマルの気持ちは沈んだ。ダイヤモンド加工の世界と彼を強く結びつけるものごとは、どれもいやな後味を残す。手を洗い、ほかの職人が持ち場に戻るのを見届けてから、作業場を出て事務室に行った。

ミスター・ヌーリは現金を封筒に入れていた。それをヴィマルに差し出したところで、階段に面したドアが開き、二人の男が入ってきた。

ヴィマルは息をのんだ――どうして？　入ってきた二人のうち一人はディープロ・ラホーリ、ヴィマルの父だった。もう一人はバッサム・ヌーリだ。まるまる太った若者は目を伏せていた。

まさか、嘘だろ……

「パパ。いま……」

灰色の肌をしたずんぐり体型の父は、腹立たしげな顔で近づいてきた。

「ディープロ」ミスター・ヌーリは困惑した様子で眉をひそめた。

父は封筒を見つめた。「それは息子の金か」

「そうだが――」

父はヌーリの手から封筒をむしり取った。「私が預かっておく。息子はいま、冷静な判断ができる状態じゃない」それからきつい調子でヴィマルに言った。「帰るぞ。早くしなさい」

ミスター・ヌーリは、ヴィマルから聞かされた話に嘘があったことを察し、ヴィマルに言った。「お父さんは知らなかったんだな。きみは嘘をついたのか」

「すみません」

父はラックに近づき、そこにかけてあった息子のジャケットのポケットから財布を抜き取った。財布と現金の封筒は父のコートのポケットに吸いこまれた。

次の瞬間、裏切り者の正体が明らかになった。父は感謝のしるしにバッサムにうなずいた。礼金を約束して、ヴィマルを見かけたり、連絡を受けたりしたら自分に知らせてほしいと、業界の知人にひととおり声をかけていたのだろう。

ヴィマルははらわたが煮えくり返る思いでいた。わめき出したいのか、泣きたいのか、自分でもわからない。

冷ややかな視線をバッサムにねじこむ。バッサムは目をそらして小声で言った。「お父さんだろう。敬意を払えよ」

自分の首にいったいいくら懸かっていたのだろう。誰でもいいから殺してやりたい気分で、ヴィマルはふいに父のほうを向いた。父のほうが数センチだけ背が高いが、肩幅はヴィマルのほうが広いし、筋肉だってヴィマルのほうがたくましい。父を押し倒し、ポケットを探って自分の財布と現金を取り返し、事務室を飛び出していく自分の姿が目に浮かんだ。

だがそれは、ダイヤモンドの粉末のようにはかない空想にすぎない。

「帰るぞ」

ほかの選択肢はないと断じるような口調。

ヴィマルは力なく歩いて出口に向かった。背後から父の有無を言わさぬ声が追いかけてきた。「おまえのためを思ってしたことだ。そこはわかってもらいたいね」

22

アメリア・サックスは、未詳四七号がヘルメットと安全ベストをくず入れに捨て、マンハッタン方面の電車に乗ったことが判明したキャドマン・プラザ近くの地下鉄駅に来ていた。駅の入口が見える近隣の商店やレストランの聞き込みはすんでいる。一時間の努力は成果を生まなかった。ヘルメットとベストを処分した人物を記憶している人はいなかったが、想定内のことではある。

未詳四七号が何らかの関係を持っていると思われる建設現場は、またもやアパートやオフィスビルを世に送り出そうとしているわけではなかった。ハイテクエネルギー施設を造っているらしい。

サックスは建設現場の入口に近づいた。周囲に高さ二・五メートルほどの合板の壁がめぐらされている。サックスの前には二本の木の支柱で支えられた大きな看板があった。

ノースイースト・ジオ・インダストリーズ
大地が生むクリーンなエネルギーを

あなたに　そして子供たちに

その下に小さな看板がもう一つある。オフホワイトの背景に緑色の筆記体の文字が並んでいた。まるで植物の蔓《つる》で綴《つづ》られているかのようだ。葉と草むらのイラストがひとわ目立ち、〝エコ〟のにおいをぷんぷんさせていた。文面によると、地球はそれ自体が巨大な太陽熱吸収体であり、表面は冷えたり熱くなったりしても、地中は太陽エネルギーを蓄えて一定の温度を保っている。そのエネルギーはビルの冷暖房に利用可能だ。現在ここで建設中の地中熱エネルギー施設の目的はまさしくそれであり、周辺の数百棟の建物にエネルギーを供給することを目指している。採熱シャフトを地中深く伸ばしてその内部に液体を循環させる。地表に戻ってきた液体は熱交換器を経由し、冷房の排熱源や暖房の熱源として利用される。

いってみれば、環境保護を意識した住宅で採用されているヒートポンプの巨大バージョンであると看板には書かれていた。

冷暖房に使用する化石燃料を減らす……なかなかいいアイデアだとサックスは思った。だが、世の全員がそう考えているわけではないらしい。三十人ほどの人々が歩道に集まり、掘削工事に抗議するポスターを掲げていた。灰色の縮れ毛の――顎髭も同じ見た目だ――痩せた長身の男が抗議団体のリーダーのようだ。ポスターや人々が襟に留めているピンからするに、団体名は〈ワン・アース〉。この人たちは何に反対しているのだろう。地中熱エネルギーは、ほかにも数え切れないほどある環境に優しいエネルギーの一つにすぎないように思える。ところが、抗議団体のポスターのなかには、水圧破砕による地下水の汚染にまで言及しているものもあった。

痩せた男は、鋼鉄の桁を積んだトレーラーの前に進み出ると、腕組みをして行く手をふさいだ。団体のほかのメンバーが歓声を上げる。トレーラーの運転手がそこをどいてくれとクラクションを鳴らすたびに、団体から冷やかしの声と拍手が上がった。

これはパトロール警官の仕事だ。だが、あいにく近隣に警察官の姿はない。サックスは通りに歩み出た。「ちょっとすみません」市警のバッジを掲げる。「歩道に戻っていただけますか」

「いやだと言ったら？　逮捕でもしますか」

できることなら逮捕はしたくない。サックスは違反切符を携帯していないから、最寄りの分署に行く時間まで取られてしまう。しかし、ほかに答えようがなかった。「ええ、逮捕しますよ」

「連中から金をもらってるんだな。市は奴らと癒着してるってわけだ」男は建設現場に顎をしゃくった。

「こんなことで刑務所に行きたくはないでしょう。歩道に戻ってください」

男はそれ以上は抗議せずに歩道に戻った。初めからちょっとしたいやがらせ程度の意図しかなかったのだろう。

「身分証明書を何か見せていただけますか」

男は素直に従った。エゼキエル・シャピロ。住所はマンハッタン北部だった。サックスは身分証を返した。「交通の妨害はやめてください。そのジャケットの汚れも、自宅の修繕でついただけだといいんですが」

実際にはスプレー塗料と見えた。看板や建設現場を囲う壁に、落書きを消した跡があることにサックスは気づいていた。

「こいつらは何もかもめちゃくちゃにしようとしてる」男は血走った目を建設現場に向けた。「何もかもだ」それから仲間のところに戻っていった。仲間たちは、敵軍を一人で打ち破った勇者を迎えるように彼をハグした。

まもなく母なる地球はサックスの思考から旅立っていき、サックスは仕事にかかった。近くに駐めておいたトリノのトランクから、証拠品をまとめて入れるための赤いキャンバス地の小さな袋を取ると、未詳の姿が街頭監視カメラにとらえられた地下鉄駅入口に向かった。周囲を見回し、未詳がたどった道筋を思い出してヘルメットとベストを捨てたくず入れを見つけた。空っぽではなかった――ニューヨーク市内のくず入れに〝空っぽ〟という言葉が当てはまる瞬間はない――が、ごみの量はさほどではなく、ヘルメットとベストが入っていないことはのぞいただけで確認できた。

次に、建設現場から出るときに通ったであろうゲートに目をとめた。大きな金網のパネルゲートは開いていた。今日は日曜だが、作業員が何人かでもいてくれるといい。サックスは、引き締まった体つきと鋭い目をした警備員に市警のバッジを掲げた。民間警備会社の制服を着た警備員は、優雅な休暇から戻ってきたばかりなのだろう、こんがりと日に焼けていた。サックスが現場監督と話がしたいと伝えると、警備員は無線機を口もとに持ち上げ、市警の刑事が会いに来ていると現場監督に連絡した。

雑音混じりの応答が聞こえた。「えーと、ちょっと待ってくれ。すぐ行くってその男性に伝えてもらえるか」

「え？」

「女性」

「女性です。女性の刑事」警備員は困ったような目をサックスに向けた。

「ああ。女性か。すぐ行く」

サックスは現場を見回した。広さは一万平方メートル強といったところか。市内で目にする建設現場とは少し様子が違っていた。赤黒い色の鉄骨で組まれたやぐらが高層ビルのようにいくつもそびえている。ビルの建設現場というより、サックスが想像する石油の採掘場に近い。高さ二メートルほどの板囲いがめぐらされた幅六メートル、奥行き十五メートルほどの大きさの掘削サイトがいくつもある。掲げられた札には、〈エリア1〉から〈エリア12〉までの番号が振られていた。その一部に四階建てくらいの高さのやぐらが建っている。同じように緑色の板囲いがあるサイトがほかにもいくつか見えたが、閉鎖されているようだ。もしかしたら掘削作業が完了しているのかもしれない。

作業員の姿はあまり多くなかったが、騒音はすさまじかった。掘削マシンに動力を供給するディーゼルエンジンのやかましい作動音、動き回りながら巨大な瓦礫《がれき》をすくっては大きな音を立ててダンプカーの荷台に落とすブルドーザーの音。

すぐに行くとの言葉どおり、現場監督は時を置かずにやってきた。がっしりした体格の男性で、カーハート社の薄茶色のオーバーオールの上にオレンジ色の安全ベストを着ている。色つきのしゃれたデザインの眼鏡をかけ、そのつるに鮮やかな赤い色をした耳栓のコードが引っかけてあった。頭のてっぺんに載せた黄色いヘルメットは前方に突き出していた。

自己紹介と握手のあと、アルバート・ショールという現場監督はゲート越しに抗議団体のほうをちらりと見た。「で、今回は何です?」重機の音に負けない大声で訊く。

「はい?」

「どんな苦情ですか」

サックスは質問の代わりに眉を吊り上げた。

ショールが言った。「どうせまた苦情が行ったんでしょう」用心深い声だった。灰色のレンズの奥の目も警戒を浮かべていた。

「いえ、それで来たわけではありません。苦情を出す人がいるんですか」

「ああ。すみません。連中のお気に入りの手なんですよ。九一一に電話して——もちろん、公衆電話や使い捨て携帯からです——うちの作業員がマリファナを売ってるのを見たとか、下半身を露出したとか言うわけです。うちの者が寄ってたかってハトをいたぶって殺したって通報もあったらしいですがね、まあ、さすがにそれは誰も相手にしませんでした」

「〝連中〟というのは？　いま、〝連中のお気に入りの手〟とおっしゃいましたよね」

「抗議団体ですよ。〈ワン・アース〉とかいう団体。うちの会社に対する嫌がらせです」

サックスは言った。「シャピロという人。ええ、さっき会いました」

現場監督は溜め息をついた。「エゼキエルですね。今度はいったい何をしでかしたんです？」

「輸送トラックの通行を邪魔しました」

「ああ、それは連中の得意の戦術です。落書きも。あとは火災報知器を鳴らすとか。くず入れに放火したりまでしますからね。実害はありませんでしたが、消防車が集まってきて大渋滞になりました」

シャピロは少し離れたところにいたが、ひどくいきり立っている様子は見て取れた。全身から圧力と熱を発散している。頭をぐっと持ち上げ、両腕を振り回しながら、抗議の賛同者と一緒に声を上げているが、何と言っているのかは聞き取れない。

「何に抗議してるのかしら」サックスは言った。「水圧破砕？　ポスターを見ましたけど」

ショールの顔を嫌悪の表情がよぎった。「意味不明ですよ。ここで造ってるのは、深度の浅いクローズドループ式の地中熱ヒートポンプです。地中から何かを吸い上げようってわけじゃない。液体はパイプのなかを循環します。システムの外に出ることはありません。破裂する確率なんて、ゴキブリのケツ程度です。何に抗議したいのか、あの連中は自分でもさっぱりわかっていないんじゃないかと思いたくなりますよ。何でもいいから抗議したいだけなんでしょう。今日は日曜か、暇だな、そうだ、木をハグしてから、一生懸命働いてる労働者の邪魔でもしにいくかっていう程度の乗りなんです」

ゴキブリのケツ……？

「いや、そんな話はともかく、あの連中が嘘っぱちの苦情を入れたんじゃないなら、どんなご用でしょうか、刑事さん」

サックスはまず、ショールが金曜日に出勤していたかどうかを尋ねた。未詳四七号がここで会った相手がショールだという可能性がわずかでもあるなら、捜査情報は一片たりとも明かせない。しかしその日、ショールは休みだったという。木曜と金曜が彼の〝週末〟だ。

「そこまで偉くありませんからね」ショールは自嘲気味に言った。「だからこうして日曜に出勤してるわけです。安息日にね。やれやれ」

サックスは、事件の詳細には立ち入らずに、ある殺人事件の容疑者が金曜の午後、この建設現場から出てきたと思われることを説明した。

「うちの者が殺人？　そんな」

「いえ、作業員が犯人ということはないと思います。容疑者はこの現場から出て地下鉄駅に向かう途中でヘルメットと安全ベストを持ったままだったことを思い出したらしく、来た道を戻って捨ててから、電車に乗ったようですから」

「たしかに、この業界の人間なら、ヘルメットを捨てたりしませんからね。ベストはともかく、ヘルメットは捨てない。で、そいつはここで何を？」

サックスは二種類の仮説を話した。キャドマン・プラザ沿いに建ち並ぶ政府関連ビルの監視カメラを避けるために、近道としてここを通り抜けた。あるいは、たとえば武器を買うためにこの現場で誰かと会っていた。

近道の可能性はないだろうというのがショールの意見だった。現場に出入りするゲートは二カ所しかない。さっきサックスが入ってきたゲートと、半ブロックほど先のトラック専用のゲートだ。「原則として入ったときと同じゲートから出ることになります」

二つめの仮説についてはこう言った。「採用前の健康診断を徹底してます。麻薬とか、酒とか。しかしまあ、ニューヨーク市内の建設現場ですからね。なかには犯罪組織にコネがあったり、銃を密売していたりする者もいるかもしれません。とはいえ、金属探知機は役に立たない。みんな毎日、十数キロ分の工具をかついで通ってくるわけですから」

サックスは現場を見渡した。「防犯カメラは設置されていますか」

「あるのは資材置き場と工具小屋くらいです。泥棒が入りそうな場所だけ。しかも二つともこことは反対側にあります。その犯人がこのゲートから出たなら、まず映っていないでしょう。さて、どうします、刑事さん」

「作業員に質問して回ってもかまいませんか。金曜日に容疑者を目撃した人がいないか。容疑者のだいたいの特徴はわかっています」

「ええ、かまいませんよ。なんならお手伝いしましょう。刑事ごっこだ。弟がボストンの警察にいるんですよ。サウスベイ署に」

「ぜひお願いします」

「じゃ、まずは装備だな。おい、レジー」ショールはちょうど通りかかった作業員を呼び止めた。「ヘルメットとベストを用意してやってくれないか、こちらのお嬢さん――」そこで一瞬口ごもり、すぐに言い直した。「えーと、こちらの刑事さんに。安全ベストは少しもファッショナブルじゃないが、規則は規則ですから」

サックスはオレンジ色のベストを着け、髪をポニーテールに結ってからヘルメットをかぶった。自撮りしてライムと母に送信したくなった。

が、思い直した――そんな場合じゃない。

「身分証も何もないのに、どうやって警備員のチェックを通過したのかしら」

ショールは肩をすくめた。「意外に簡単なことだと思いますね。ベストとヘルメットを着けて、ほかの作業員にまぎれて入っちまえば、警備員は気づかないでしょう。そういうリスクはあまり心配していませんから。こういう現場が警戒してるのは、作業時間外に来て、ブルドーザーやら、一万ドル分の銅のパイプやらを積んで出ていくトラックやトレーラーです。ところで、さっき〝お嬢さん〟なんて言ってしまってすみません」

「そのくらい慣れてますから」サックスはMTAの監視カメラがとらえた未詳の画像を証拠品袋から取り出してショールに渡した。といっても、そこから何がわかるというわけでもない。黒っぽいジャケット、黒っぽいスラックス、黒っぽいニット帽。白人男性、中肉、身長およそ百八十センチと文字で補足がある。

「刑事さん、こいつは何をしでかしたんです？」

いっさいの情報を漏らせない場合もあれば、相手は味方だと直観できる場合もある。

「昨日、ミッドタウンの宝飾店で、店主と客を二人――カップルを殺害した容疑者です」

「え、あの事件？　プロミサーでしたっけ？　驚いたな。あれはひどい事件だ。あんなに若いのに。結婚が決まってこれからだっただろうに……殺すなんて」

「その事件です」

「うちの作業員の誰かから銃を買ったと？」

「それを確かめたいんです」

そろって現場を回り、日曜も働く作業員の手を止めさせて話を聴いた。男性作業員たち――女性もちらほらいた――は積極的に話に応じ、不自然に目をそらす者もいなかった。常識の範囲を超えて視線をそらすようなら、彼または彼女こそ未詳四七号が会いに来た人物だろう。

三十分ほどかかって現場に出ているほぼ全員に話を聴いたが、手がかりは得られなかった。今日出勤していなかった作業員には、自分かロナルド・プラスキーが明日にでもまた来て事情を聴くしかなさそうだ。明日まで待たなくてはならないと思うと焦りを感じた。未詳四七号はいまも〈VL〉を探しているだろうし、ダイヤモンドで薬指を飾るという許しがたい罪を犯した獲物を付け狙っていることだろう。

しかし、あきらめかけたところで突破口が開いた。長身のアフリカ系アメリカ人の作業員が、サックスが説明を始めてすぐにうなずき始めた。

「金曜日のそのくらいの時間に見かけましたよ。本社の人だろうと思ってました。ヘルメットとベストは着けてましたけど、作業着じゃなくて黒いジャケット姿だったから」

名前を確認すると、アントワン・ギブズと名乗った。

ショールが補足した。「本社の管理職者ならたまに現場に来ますが、たいがいスーツじゃない服装をしてます」

ギブズが言った。「その人ですけど、誰かと話してました。作業員の誰かじゃないかな――安全靴を履いて、作業着を着てたから。話をして、現場を見回してから、7のほうに歩いていきました。その時点で怪しいわけですが、そのときはあまり深く考えなかったな」

「7というと?」サックスは訊き返した。

ギブズは、高さ二メートル弱の緑色の板に囲まれた掘削サイトの一つを指し示した。

その区画にやぐらはなかった。入口ゲートの札にはこうあった。

エリア7
掘削　3／8〜3／10
Uチューブ　4／3
グラウチング　4／4

そちらに一緒に歩き出しながら、サックスは長身のギブズに尋ねた。「その不審人物の顔は見ましたか」

「いや、はっきりとは。すみません。さっき見せてもらった写真の人物と背の高さや体格はかなり似てましたけど、顔は見てません」

板囲いは傷やへこみだらけだった。

「このなかには入れますか。誰もいない場所で取引をしようとしたのかも」

ギブズが言った。「ええ、鍵があれば。持ってる作業員は大勢いますよ」

「ここの奥には何が」サックスは板囲いに顎をしゃくった。

ショールが答えた。「ボアホールと泥ピットですね」サックスに通じていないことに気づいて、付け加えた。「地中熱ヒートポンプは、地表から液体を数十メートル、数百メートルの地中に送りこんで循環させます」

「ええ、表の看板の説明を読みました」

「あれは広報が書いたものですが、まあ、おおざっぱな仕組みはわかってもらえると思います。まず最初に岩盤にボアホールを掘ります。この現場だと、深さ百五十メートルから百八十メートルくらいかな。次にそこにパイプを挿入します。さっきちらっと話したように、高密度ポリエチレン製の太いホース――通称〝Uチューブ〟の両端を接続してクローズドループを作り、液体を循環させるわけです。地中熱ヒートポンプは、パイプが地盤と接していないと意味がありませんから、パイプを挿入したあと、熱伝導性グラウトをボアホールに流しこんで隙間を埋めます。このエリア7にはボアホールが二十あります。掘削作業は完了していますが、パイプ挿入は二週間後――四月三日の予定です。それまでは閉鎖してあります」

サックスはショールに言った。「とすると、金曜日はこのエリアでは何の作業も行われていなかったから、内密の話をしようと思えばできたわけですね。なかに入らせていただけますか」

ショールがギブズに尋ねた。「泥ピットは?」

「まださらってません」

ショールはサックスに向き直った。「足もとに気をつけてください。掘削作業では、ドリルの先に水を送りこんで、上がってきた泥や掘りくずを泥ピットに排出します。ピットは最終的には空にして、泥水や掘りくずを廃棄エリアに移しますが、エリア7の泥ピットはまだ泥水がたまった状態なんです。反吐《へど》が出そうな代物ですよ」

ショールはベルトから鍵を取ってゲートを開けた。サックスは「ここで待っていてください」と言い置いてなかに入った。

サックスはうなずいたものの、表情はいぶかしげだった。

ショールはうなずいたものの、表情はいぶかしげだった。


サックスは説明を加えた。「容疑者たちが立っていたと思われる場所に物的証拠があるかもしれませんから」

「ああ、そうかそうか、鑑識の関係ですね。あの手のドラマは欠かさず見てます。妻と一緒に。大ファンです。殺人事件の現場にいたチョウを捕まえて調べると、翅《はね》に犯人の姿が写真みたいに残っていたりするんでしょう。あれにはびっくりしたな。そういう経験、ありますか？」

「いいえ、一度も」いまの話は忘れずにライムに報告しなくては。

サックスは手袋をはめ、靴に輪ゴムをかけた。未詳の靴の跡と区別しやすくするためだが、見ていたショールは、いったいどんなハイテク鑑識ツールかと首をかしげたに違いない。

チョウの翅に……

なかに入ったとたん、この現場は役に立ちそうにないとわかった。役に立たない以上、だ。そう考えてサックスは口もとをゆるめた。ライムが大喜びで憎まれ口を叩きそうな語法上の誤り。たとえば〝二つとないユニークなもの〟。

ここは役に立たない以下とでも言うべきか。

鑑識の観点からの問題は、エリア内の地面は砂利や小石だらけだということだった。足跡が残らない。つまり、未詳と作業員の二人が、たとえ本当にここに来たとしても、どこに立ったか見分けようがない。

それでも、理屈で考えて二人が立ったかもしれない場所――ゲートの近く――の砂利を手袋をはめた手ですくい、ビニールの証拠品袋に収めた。

エリア7の中央に泥ピットが見えた。細い谷のように、こちらの端から向こうの端まで延びている。幅は五メートルほどで、両側に石敷きの細い通路が走っていた。ピットには、ショールが話していたとおりのものがたまっていた。濃い茶色と灰色の堆肥《たいひ》のような泥水。表面に浮いた油や化学薬品が玉虫色に光っている。真ん中あたりに黄色い尺杖が差してあった。それを確かめると、ピットの深さは二メートルほどのようだ。湿った土とディーゼル燃料が混ざった強烈な臭いがしていた。

反吐が出そうな代物ですよ。

直径三十センチほどの地中熱シャフトが十二本、泥ピットから突き出していた。上端はポリ袋で覆われている。ピットの片側に小さな据え置き型のセメントミキサーのような機械があった。Uチューブを挿入したあと、グラウトを流しこむための装置だろう。

ピットを渡る手段は、シャフトとシャフトのあいだに橋のように渡された厚板しかない。しかも危なっかしい。板の幅は三十センチもなく、長さは五メートル半ほどあるため、ばねのように上下に大きく揺れそうだ。

未詳は板のどれかを渡って向こう側に行ったのだろうか。板囲いの奥側のちょうど目の高さに小さな窓が切ってある。ピットを渡ってあそこに行けば、誰にも見られずに外に出られるタイミングかどうか、様子をうかがえるだろう。あの窓の下の土のサンプルを採取しておいて損はなさそうだ。

サックスは危なっかしい板の橋を凝視した。

首を振る。簡単なこともある。簡単にはいかないこともある。

一人微笑んでから思った。簡単だったことなんて、一度でもあった？

サックスは板の橋に足を踏み出した。慎重に進む。片足を前に。次にもう一方を前に。幅の狭い橋ははずむように上下に動いた。橋を渡り終え、窓の真下の砂利や土を採取したあと、橋を渡り始めた。

ちょうど真ん中あたりまで戻ったところで、世界が一変した。

周囲の地面が激しく揺れ、地鳴りのような低い音が聞こえた。いったい何だ？　やぐらが倒れたとか、建設中の建物が崩壊したとか？　それとも近所に飛行機でも墜落したのか？

背後からショールの声が聞こえた。さっき話していたときよりずっと高い声だった。

「うわ、何だ？」

車の盗難防止アラーム、人々の悲鳴。サックスはどうにかまっすぐ立っていようと踏ん張った。板は上下に激しくしなっている。ピットに落ちそうになって、すばやくしゃがんだ。その拍子に痛むほうの膝を——よりひどく痛むほうの膝を板に強打した。熱い痛みが顎まで駆け抜けた。サックスの体重で板が沈んだ。だが次の瞬間、水泳プールの飛びこみ板のように跳ね上がって、サックスを宙に投げ上げた。腕を振り回しながら、サックスは泥に向かって落ちていった。泥にぶつかる寸前、必死の思いで上を向こうとした。顔を空に向け、泥の上に落ちたあとも息ができる姿勢を取ろうとした。

しかしその作戦は失敗し、サックスは、茶色と灰色が混じった糊のような泥に顔から先に突っこんだ。泥は彼女の体をじわじわとのみこみ始めた。

23

「いまの、感じた？ ちょっと揺れたような気がしたけど」ルース・フィリップスは買ってきた食料品を戸棚に片づける手を止め、大きな声で夫に訊いた。

返事はない。

いつものことだ。夫の聴力に問題があるわけではない。それよりも建築上の問題だ。夫婦はブルックリンハイツの片隅にこぢんまりと建つ平屋住宅にいた。この家はいわゆる列車式の造りになっている。何十年も前に引っ越してきたとき知ったのだが、アメリカ南部ではよく見るものらしい。列車式と呼ばれるのは、玄関から家の長辺に沿って一本の廊下が延びており、その片側にリビングルームや寝室三つ、ダイニングルーム、キッチンが並んでいるからだ。古い映画で見る、通路の片側に客室が並んだ列車に似ている。新しい列車はもうそんな造りにはなっていないだろうが、もしかしたら古いものがまだどこかを走っているかもしれない。ルースが唯一見たことのあるそのタイプの列車は、オイスターベイに住む長女に会いに行くとき乗ったロングアイランド鉄道の車両だ。

夫のアーニーは、二十メートル近く離れた部屋、細い廊下に面したリビングルームにいる。

列車の先頭と最後尾。

グリーンジャイアント印の豆の缶詰を袋から取り出してカウンターに置き、同じ質問をさっきより大きな声で繰り返した。

「え、何だって？」夫の大声が返ってきた。

同じ質問をもう一度。「いまの感じた？　ちょっと揺れた《シャダー》ような気がしたけど」

「夕飯《サパー》？　食べるよ、今日は何だ？」

ずんぐりした体つきのルースは黄色いカーディガンの前をかき合わせ、勝手口を開けてポーチに出た。車の事故？　飛行機でも墜ちた？　あの年の九月十一日、ルースとアーニーはブルックリンのプロムナードにいて、二機めの飛行機が衝突するのをイースト川越しに目撃した。

家のなかに戻り、廊下の途中まで行った。夫はまだテレビの前に座っていた。夫婦は二人とも六十代初めで、退職後の夢が具体的に見えてくる年代に近づいていた。アーニーはキャンピングカーに気持ちがかたむいている。ルースは湖畔に家がほしいと思っていた。できれば、次女夫婦の住まいに近いウィスコンシン州。次女夫婦の幼い子供たちは、アーニーのつまらない冗談に笑ったり、楽しげなうめき声を漏らしたりする。ちなみに、アーニーは朝から晩までつまらない冗談ばかり言っていた。ついさっきの揺れはテロを思い起こさせ、ルースはまたこう思った——そろそろ引越について真剣に考えたほうがよさそう。

「夕飯じゃないわ。揺れたわよねって話。何かがぶつかったみたいに。事故でもあったのかしらね。何も感じなかった？」

「ああ、たしかに何か感じたよ。工事か何かだろう」

「日曜に？」

さっき揺れを感じたとき、ガラスは震え、窓ががたがた鳴った。足の裏に細かな揺れが伝わってきた。食料品店から帰り、買い物の袋を運びこんですぐ、ルースは靴から室内履きに履き替えていた。

「どうかな」テレビのチャンネルは野球中継に合っている。アーニーは野球好きだった。

アーニーが続けた。「ところで、話が出たついでだから訊くが、今日の夕飯は何かな」

「まだ決めてない」

「そうか。料理をしてるのかと思ったから」

「もう？　してないわよ」

ルースはキッチンに戻った。ルースの収納方法は合理的だ。最初に冷凍ものをしまう。次に、精肉や魚介、黴菌《ばいきん》が暮らしやすそうな——というのはアーニーの表現だ——ミルクなどの生鮮食品。その次が果物と野菜。次に箱ものと保存食品。にこやかな緑色の巨人《グリーンジャイアント》を片づけるのは最後だ。

「オーブンで何か焼いてるのか？」アーニーが廊下に出てきて言った。ふつうの音量で会話ができるようにだろう、ルースを追いかけてきていた。「得意のパイかな。ルバーブのパイが夢に出てきた」

「何も焼いてないけど」

「そうか」アーニーはキッチンの隣のダイニングルームに入った。彼の目は、結婚四十三年になる花嫁ではなく、ガスオーブンに注がれていた。その顔に浮かんだ不思議そうな表情を見て、ルースは眉を寄せた。「どうかした、アーニー？」

「オーブンの火をつけたんじゃないのか」

ルースは手でオーブンを指し示した。ノーという答えのつもりだった。

「ガスの臭いがした。それで、オーブンをつけたんだと思った。バーナーに火がつくまで少し時間がかかってガスが漏れたのかなと」

「違うわ、でも……」ルースのことばはそこで途切れた。ルースの鼻も、腐った卵のようなガスの臭いをとらえたからだ。

「道路工事か何かして、ガス本管にうっかり穴を開けちゃったのかもしれないわね。さっきの揺れはそれだったのかも。ガスの臭い、だんだん強くなってない？」

「ああ、そのようだ」

年齢なりにくたびれたアーニーの顔の、高く秀でた額《ひたい》に深い皺が刻まれた。薄くなりかけた巻き毛を手でかき上げ、玄関に行って外の様子をうかがった。そして大声でルースに言った。「トラックは見えないな。事故が起きた様子もない」それから、近所の何軒かの住人が外にでてきょろきょろしていると付け加えた。

やはり自動車事故かもしれない。プロパンガスの輸送トラックが衝突に巻きこまれたとか。でも待って——天然ガスと違って、プロパンガスには臭いがついていないはずだ。夏にバーベキューをするのが一家の楽しみの一つだから、ルースもそのことを知っていた。

地下室の入口の前に立ち、ドアを開けた。同じ臭いがした。ただし、十倍も強烈だった。「アーニー！　ちょっと来て！」

アーニーは飛んできた。開きっぱなしのドアに気づいて鼻を動かす。「すごい臭いだな」

地下室をのぞきこみ、電灯のスイッチに手を伸ばしかけた。ルースが「だめ！」と叫びかけたちょうどそのとき、アーニーは手を止めた。オーブンの隣に常備している消火器を見やる。七年も前のものだ。

ルースは言った。「外に出たほうがいいわ。いますぐ出たほうがいい」

「通報しよう。通報しないと。ガス漏れ専用の電話番号がなかったか。どこに問い合わせればわかる？」アーニーは壁掛けの電話に手を伸ばした。

「ガス会社に電話する気？」ルースはあきれて言った。「そんなのいいから！　外に出てから九一一に通報しましょうよ」ルースはバッグを取りに行こうとした。「早く！　急いで外に出なくちゃ！」

「いや、しかし――」

その瞬間、地下室の入口から炎と煙が噴き出してアーニーをのみこんだ。アーニーは両腕を上げて顔をかばったが、体ごと反対側の壁まで飛ばされて床に落ち、苦痛の悲鳴を漏らした。

たいへん！　ルースは夫の名を叫びながら、戸口から竜巻のように噴き出す炎をかいくぐり、夫に近づこうとした。

そのとき、ルースは唐突に背後から突き飛ばされた。そのまま床に膝をついた。それと同時に、キッチンの床のルースがいる側の半分が一メートルほどがくんと下がった――爆発の衝撃で床下の小梁が吹き飛んだらしい。二人の周囲で煙と炎と塵が渦を巻いた。ルースからアーニーの姿が確認できた――脇を下にして横たわり、服についた火を消そうと懸命に叩いている。アーニーはルースよりも高い位置にいた。床が落ちなかったところにいるのだ。床の段差の隙間から濃い真っ黒な煙が噴き出し、炎の舌が伸びていた。火花が怒った蜂のように飛び回っている。

ルースは傾いた床に足を踏ん張ってどうにか立ち上がると、周囲のあちこちに視線をめぐらせた。勝手口からは逃げられない。床が沈んだ分、勝手口ははるか上になって手が届きそうになく、しかも地下室から這い上ってくる炎に襲われている。

玄関だ。表玄関から逃げるしかない。しかしそれにはまず、アーニーが横たわっている側の床によじ登らなくてはならない。

「アーニー！　アーニー！」ルースは叫んだ。「玄関！　玄関から逃げて！」しかしその声はごうごうと逆巻《さかま》く炎にかき消された。炎がこれほどやかましいものとは想像したこともなかった。

炎の鞭《むち》をかわしながら、段差を上ってアーニーに近づこうとした。アーニーは苦しげに咳きこみ、痛みに身をよじらせている。それでも、火のついた服は脱いだようだ。

アーニーがいる高さの床板のへりに手をかけ、体を引き上げようとした。「玄関。玄関から――」

しかしその瞬間、ルースがいる側の床が完全に崩れ、ルースは地下室に投げ出された。コンクリートの床にぼろ人形のように放り出された。木の板やキッチンテーブル、レシピ本、豆の缶詰が、頭に、腕に、肩に次々と降ってきた。

周囲のあらゆるものが燃えていた。収納箱、アーニーの雑誌、クリスマスのデコレーション、娘たちの古着、家具。アーニーの作業台に並んだ可燃物の缶や瓶を炎が舐めていた。洗浄剤、シンナー、テレピン油、アルコール。いつ爆発してもおかしくない。

ルース・フィリップスは覚悟した。自分はここで死ぬのだ。

クレアとサミーの顔が思い浮かんだ。孫たちの顔も。むろん、アーニーも。生涯の恋人。あのときも、いまも、これからも。

また一つ小梁が折れて床に落ちた。ルースは腰をかがめてよけた。あやうく頭を直撃されるところだった。

煙を吸って咳きこむ。身をよじり、針のように鋭い火花や熱の拳をいなす。

そのときふいに思った。いやだ。

こんな風に死にたくない。苦しんで死ぬなんてごめんだ。炎に焼かれて死ぬなんて。

沸き立つような煙の霧を透かして、周囲を見回す。階段は跡形もなく消えていたが、

地下室の隅、崩れずに残るキッチンの床が岩棚のように突き出している真下、アーニーが横たわっている床の真下に、ルースの母のものだった古い鏡台がある。ルースは這うようにしてそれに近づき、よじ登った。頭上の床に手をかけて体を引き上げるだけの筋力はない。それでも、足がすべらないようスリッパを蹴り捨てると、脚をめいっぱい高く上げて鏡台の鏡のてっぺんに足をかけた。太ももの筋肉が引き攣《つ》って、いまにもちぎ

れそうになった。

痛みなんか無視だ。

炎が勢いを増す。テレピン油の缶が破裂し、そこから広がった松脂《まつやに》のにおいのする炎と煙の渦がすぐそこまで迫ってきた。ルースは顔をそむけた。足首や腕に炎の舌を感じた。しかし服に火がつくことはなかった。

炎は、シンナーが入った四リットル容器を舐めていた。

いまだ。いましかない。これが最後のチャンスだ。

頭上の硬材の板の割れた端をしっかりとつかみ、鏡を思いきり蹴って、ぎこちないながらも全力を振り絞り、キッチンの床に這い上ってアーニーの隣に転がった。

「ルース！」アーニーがにじり寄ってきた。ボクサーショーツ一枚しか着けていない。髪は焦げて半分なくなっている。眉もだ。顔から首、胸、右腕をやけどしていたが、動けないほどではない。

「外！　外に出なくちゃ！　玄関から！」

家に残されたわずかな空気を求めて姿勢を低くし、二人は廊下を歩き出したが、玄関までの半分も進めなかった。濃い煙のせいでいままで見えていなかったリビングルームや玄関のアルコーブも、やはり火の海に変わっていた。寝室の窓もだめだ。どの部屋も炎に包まれていた。

「ガレージ」ルースは叫んだ。それが最後の希望だ。

支え合いながら煙をかき分けて進む。熱と炎に追い返されそうになりながらも――後戻りすれば、どこにも出口のないせまい廊下で焼かれて死ぬことになる――ガレージのドアにたどりついた。ルースは金属のドアノブに手を伸ばしたが、すぐに引っこめた。

「これ熱いわよ」

一瞬の間があって、二人とも笑い出した。ややたがのはずれた笑い声だった。熱いに決まっている。この家の何もかもが炎にあぶられているのだから。

ルースはもう一度ノブを握り、ひねってドアを押し開けた。二人は腰をかがめた。しかしガレージは燃えていなかった。幅木の隙間から煙と刺激臭が流れこんでいるだけだった。二人はガレージに入った。刺激臭に目を刺されて前がよく見えない。だがガレージは小さく、しかも車を駐めるためではなく収納庫として使っているだけだったおかげで、積み上げられた箱や古びた調理家電、スポーツ用品のあいだにできた通路を手探りすれば、進むべき方向はわかるはずだ。

咳きこみ、とめどなくあふれてくる涙を拭いながら、二人はガレージの表側へと少しずつ進んだ。めまいがして、ルースは一度転んだ。思わず息をのむと、床の近くの空気はきれいだった。もう一つ大きく息を吸いこんでから、アーニーの手を借りて立ち上がった。

互いに腕を回して助け合いながら、二人はついにガレージの出入口にたどりついた。また笑い声を上げて――今度のは純然たる安堵の笑い声だった――ルースはガレージの自動扉を開けるボタンを押した。

24

「呼吸を繰り返してください、サックス刑事」

サックスは市の救急隊員にうなずき、指示に従おうとした。ゆっくり。大丈夫、大丈夫……吸って、吐いて。発作のような咳がまたもぶり返した。

ちっとも大丈夫ではない。

咳きこみ、唾を吐く。

もう一度。落ち着いてゆっくり……肺の動き、胸の動きに意識を集中する。今度は大丈夫、コントロールできている。息を吸って。吐いて。ゆっくり。

それでいい。コントロールできている。

咳はもう出なかった。今度こそ大丈夫だ。

「その調子、サックス刑事」救急隊員が言った。黒い巻き毛にモカコーヒー色の肌をした、陽気な男性だった。

「ええ、もう大丈夫そう」サックスはしゃがれた声で応じた。

次の瞬間、嘔吐した。

何度も。何度も。何度も。

救急車の後部の乗り口に座り、体を二つ折りにして、いやな臭いのする泥のスープの奔流を吐き出した。

大部分は肺ではなく胃袋のほうに入ったようだ。

最後に空嘔吐《えず》きが二、三度出たあと、吐き気は治まった。

救急隊員が差し出した水のボトルを受け取った。口をすすいだあと、顔にも水をかけた。首から上がどんなことになっているか、自分では想像もつかない。服は脱いで、車のトランクに箱ごといつも積んであるタイベックのオーバーオールに替えていた。髪の毛がずっしりと重く、十五キロくらいありそうに思える。いつも短めに切りそろえている爪の先は、ゴス風に黒い三日月型に染まっていた。

隣にグロックが置いてある。サックスは何よりも先に銃を分解して簡単な掃除をした。銃身の内側も、ホッペのクリーニング液を染みこませた布を通して拭った。危うく完全に詰まるところだった。

「何と何が入ってたのかしら」サックスは尋ねた。「私が飲みこんじゃったもの」

質問を向けた相手は、ノースイースト・ジオ・インダストリーズの現場監督アルバート・ショールだった。救急車の横に立った彼は、サックスの身に降りかかった災難にいまも戸惑った顔をしていた。

「泥のことですか。水と土、粘土。あとは、ドリルを動かすディーゼル燃料も少し。一番毒性が強いものでもその程度です」

たしかに、灯油のような味が舌に残っていた。ちょっとした不良少女だったころのことを思い出した。カマロのガソリンタンクが空っぽになりかけていて、お金はないがサイフォンホースならあり、しかも賭博屋の集金係やマフィアを気取った小物ギャングがキャデラックを駐めている場所を知っていたころのこと。

また激しい咳が出た。水を少し飲む。今度もまた吐いた。サックスは何がきらいといって、嘔吐する以上のことはなかった。

肝心なのは、信用ならない板の橋に打ちつけた膝はどうやら無事だということだ。そう自分に言い聞かせた。こうして動けるし、長年しつこくつきまとってきた関節痛の痛みも――ほとんど――感じない。

嘔吐してにじんだ涙をまばたきで払ったところで、ショールの作業着に泥がまだらについていることに気づいた。

「引き上げてくれたんですね」

「私とギブズで。ほら、あのとき話をしていた作業員です」

「いまもここに?」

「いや、奥さんに電話すると言ってどこかに行きました。無事かどうか確かめたいからと」

無事かどうか——？

「あなたにお金を払わなくちゃ」

ショールは目をしばたたかせてうなずいたが、何を言われているのか不思議に思っているのは明らかだった。

「泥パックの料金。スパでやってもらうと、百ドルは取られるって話だから」

ショールは笑った。

サックスも笑った。そして意思の力をかき集め、泣きたい衝動と闘った。

ジョークを言ったのは、ショールのためではなかった。どろどろしたものにはまって動けない恐怖、息ができない恐怖の記憶を払いのけるためだった。

恐怖は傷のように心に残っていた。深い傷だった。抵抗一つできないまま、底へ、底へ、底へと引きずりこまれる恐怖。危うく生き埋めになるところだった。泥であろうと乾いた土であろうと同じだ。動きを封じられることそのものが、サックスにとって地獄だった。

またしても体が震えた。忘れたはずの遠い昔の記憶が蘇った。子供のころ、現実の世界で起きた奇妙としかいいようのない出来事を集めた本を読んだ。タイトルはたしか『事実は小説より奇なり』だった。そのなかに、何かの理由で棺を掘り返してみたところ、蓋の内側に爪でひっかいた跡が見つかったという話があった。二日間、眠れなかった。ようやく眠れるようになっても、シーツや毛布にもぐりこむことはできなかった。

「サックス刑事。大丈夫ですか」

忍び寄ってきたパニック発作をかろうじて押さえつけた。さっき咳をこらえたのと同じように。だが、危ないところだった。

「ええ、もう大丈夫です」

深呼吸、深呼吸――自分にそう言い聞かせた。

大丈夫。ほら、もう大丈夫よ。

ライムに連絡したい。いや、したくない。それより、時速三百キロで車を飛ばしたかった。愛車トリノのエンジンが焼きついてしまうかもしれないが。いや、それより家に帰ってベッドで体を丸めていたい。

凍ったように動けない――手も、足も、腕も、腹も首も、濡れたスライムの墓にとらわれてまったく動かせない。

身震いが出た。忘れなさいってば。

救急隊員が言った。「サックス刑事、心拍数が……」

サックスの指に装着されたクリップは、救急車につねに積まれている大型医療機械の一つに接続されていた。

息をして、息をして、息をして……

「安定しました」

「ありがとう」サックスはクリップをはずして救急隊員に渡した。「もう大丈夫そうだから」

救急隊員は探るような目でサックスを見た。それからうなずいた。

このときになって、サックスは初めて気づいた。ノースイースト・ジオ・インダストリーズの作業員が何カ所かに集まって話をしている。みな不安げな顔をしていた。彼らの関心事がサックスの〝臨死体験〟ではないのは明らかだった。

そういえば、さっきショールが奇妙なことを言っていた——事情を聴いていた作業員ギブズは、妻の安否を心配して電話をかけにいった。

何かおかしい。

遠くで十数台分のサイレンも聞こえていた。救急車のサイレン、警察車両のサイレン。地面が揺れたことを思い出す。あのとき最初に頭に浮かんだのは、テロ攻撃だった。ツインタワーの崩壊と似た惨事が繰り返されたかと思った。

「何があったの？」サックスはささやくような声でつぶやいた。控えめな音量だったのは、不安のせいでもあったが、喉がまだ痛くて大きな声が出せないからでもあった。

ショールでも救急隊員でもない誰かの声が聞こえた。「驚くなかれ——地震ですよ」

痩せ型の男性が近づいてきた。肌は青白く、年齢は四十歳くらい。グレーのスラックスに白いシャツ、青いウィンドブレーカーを着た上から、工事現場では不可欠のオレンジ色のベスト。ペイズリー柄のネクタイは、シャツの上から二番めと三番めのボタンのあいだに押しこまれていた。機械の歯車に引きこまれないようにだろう。丸い眼鏡をかけていた。

科学者っぽい見た目だとサックスは思った。

それも当然だった。本当に科学者だった。

ショールが男性をサックスに紹介した。ニューヨーク州環境保全省の鉱物資源局に所属する調査官ドン・マクエリス。エンジニア兼地質学者で、本人の説明によれば、鉱物資源局が許可を出した掘削工事を監督するのが仕事だという。ノースイーストの地中熱プロジェクトの掘削坑は深さ百五十メートルを超えるため、鉱物資源局の管理下に置かれる。それより浅い場合は水資源局の管轄になる。

「地震?」

「そうです」

サックスは以前見たテレビ番組を思い出した。違う、新聞記事だったかもしれない。ニューヨーク周辺で過去に何度か地震が起きた記録がある。

「何か大きな被害は?」

マクエリスが答える。「火事が少なくとも一件。第一世界諸国での地震の最大の危険はそれです。耐震性がさほど高くない建物でも、倒壊することはあまりありません。しかしガス管が破損することはあります。で、火事が起きる。一九〇六年のサンフランシスコ地震でも、街を壊滅させた被害の大部分は、建物の倒壊ではなく火災によるものでした」

「立ち上がってもいい？」サックスは救急隊員に言った。

救急隊員は不思議そうにサックスを見た。「ええ、どうぞ」

止めてくれると思ったのに。

「立ち上がります」

立ち上がる。少し頭がくらくらしたものの、難なくできた。一瞬ふらついたのは、髪にこびりついた泥が重たいせいだ。

「地震の規模は？」

「大したことはありません。マグニチュード3・9——リヒター・スケールで」いかにも科学者らしい知識の豊富さと場の空気を読む能力の乏しさを武器に、マクエリスは几帳面に説明した。アメリカ人が馴染んでいるリヒター・スケールは、実は地震の規模を測るものさしとしては時代遅れになっていること。近年は小規模な地震の分類にのみ使われていること。「マグニチュード5を超える地震の規模は、モーメント・マグニチュードという指標値で表します」

サックスはそれ以上の詳しい説明を求めなかった。マクエリスが喜んで話し出すのが目に見えていたからだ。

しかし、促されるまでもなくマクエリスは続けた。「北東部で起きる地震の規模はだいたいこの程度です。ニューヨーク周辺の断層は、たとえばカリフォルニアあたりの断層ほど活発ではありませんし、さほど明瞭でもない。メキシコやイタリア、アフガニスタンと比べても同じです。これはありがたいことです。地震はめったに起きないということですから。一方で、万が一大きな地震が発生した場合、この地域の地質の特性から、被害はより拡大しやすいし、地震波も遠くまで伝わります。しかも現存の建物は大地震に耐えられない。いまのサンフランシスコは街全体の耐震性が高くなっています。でも、ニューヨークは――？　ここでモーメント・マグニチュード6の地震が発生したら――地震の規模としてはかわいいものです――死者は一万人に達するだろうし、その倍の人々が瓦礫の下敷きになりかねません。倒壊の危険のある建物が密集していれば、その地域全体を立入禁止にするしかなくなります」

瓦礫の下敷き……

ふたたび忍び寄ろうとしたパニックを、サックスは払いのけた――かろうじて。

「震源はどこだったんでしょう」サックスは尋ねた。

「すぐ近くです」マクエリスは答えた。「ひじょうに近い」

ショールはエリア7のほうを凝視していた。ゲートは開けっぱなしになっている。ポリ袋をかぶせた地中熱シャフトが見えた。ショールは重苦しい表情をしていた。抗議団体が水圧破砕を中止せよと訴えていたことをサックスは思い出した。もしかしたらショールは、さっき話していたこととは裏腹に、掘削が原因で地震が起きたのだろうかと考えているのかもしれない。

あるいは、地震が地中熱プロジェクトを攻撃する材料になるのではと心配しているのだろうか。

サックスは救急隊員が差し出した水のボトルを受け取り、微笑んで礼を伝えると、顔を上に向けて空を見つめた。それから水で髪をすすいだ。救急隊員がさらに四本手渡してくれ、それを全部使ってようやく、髪にこびりついた泥はあらかた取れた。だいぶ気持ちが軽くなった——泥とパニックという両方の意味で。

この状態なら大丈夫だろう。サックスはリンカーン・ライムに電話をかけた。

「聞いた？」

「何をだ？」

「地震の話」

「どこの？」

その返事は充分に質問の答えになっていた。

「ニューヨーク市。三十分くらい前」

「本当か。へえ」心ここにあらずの調子だった。「建設現場では何か見つかったか」

「たぶん。もうじき戻る。家に寄ってから」

「家に？　なぜ」

「さっぱりしたいから」

「そんな必要はない。誰も気にしやしない。まっすぐ帰ってきてくれ」

サックスはつかのま黙りこんだ。ライムはきっと、この間《ま》はどういう意味だろうと首をひねったに違いない。「急いで戻るから」

サックスはライムが抗議する前に電話を切った。

25

ヴィマルが子供のころに使っていた小さな寝室──現在の寝室でもある──は、クイーンズの慎ましい住宅街ジャクソンハイツに建つ慎ましい家の二階にある。周辺の多くはインド系の住人だ。

煉瓦造りの二階建ての一軒家についている前庭と裏庭はささやかなもので、サッカーの試合などはとうていできない。足さばきの練習程度がせいいっぱいだ。

生まれてからずっと、この息苦しいほど窮屈な部屋で暮らしてきた。いまは一人で使えているのがせめてもの救いだ。子供のころは何年か弟のサニーと一緒だったが、ダダ──〝おじいちゃん〟──が亡くなって、サニーはダダのものだった部屋に移った。

デヴ・ヌーリの店から帰宅したあと、ヴィマルはタオルを湿らせてざっと体を拭った。シャワーを浴びると、アディーラがあれほど丁寧に絆創膏を貼ってくれた傷に障るのではないかと心配だったからだ。脇腹をよくよく観察して、アディーラは万全の手当てをしてくれたとわかった。あれきり出血はなく、いまのところ感染症もない。寝室に戻り、片手で脚や胸を拭いながら、もう一方の手でサムスンのテレビのリモコンを操作し、ニュース番組をやっている局を探した。

　殺人事件は主要ニュースの一つではあったが、トップニュースではなかった。最初に報道されたのは、ブルックリンを震源としてニューヨーク市全体を揺らした地震だった。

　ミスター・パテルと婚約者カップルが殺害された事件に話題が移り、ニュースキャスターは〝大胆な〟強盗事件について新たに詳細が判明したと言ったが、ほとんど誰もいないオフィスビルに入り、丸腰の市民を三人殺害して逃げるだけの犯行に、〝大胆〟と形容されるほどの度胸が要るものなのか、ヴィマルは疑問に思った。

　痩せた腰にタオルを巻いてテレビ画面に見入った。そして次に流れたニュースに愕然とした。

　サウル・ワイントラウブも殺された。ミスター・パテルがときおり石の分析や鑑定を頼んでいた取引先だ。警察は、四人の殺害に何らかの関連があると見て捜査中だという。

　ヴィマルは狼狽《ろうばい》してつかのま目を閉じ、ベッドに力なく腰を下ろした。

　とすると、犯人は――〝プロミサー〟――は、ミスター・ワイントラウブが土曜の午前中に何かを目撃し、自分に不利な証言をしかねないと恐れたわけだ。たしかに、ミスター・パテルは、土日のいずれかにワイントラウブと会う約束をしていた。

　しかし犯人はミスター・ワイントラウブの住所をどうやって調べたのだろう。

土曜の午後のニュース番組で流れていた、警察の記者会見を思い出した。市警のスポークスパーソンは、事件について情報があれば、即座に警察に連絡してほしいと呼びかけていた。

ヴィマルはその行間を読んでこう解釈した。

死にたくなければ警察に保護を求めることだ……

自分はどのくらい危険なのだろう。

いま考えてもそう危険だとは思えない。ミスター・パテルとは最低限の関わりしかなかった。給与は現金でもらっていたし、身元がわかるような私物は店にいっさい置いていない。ダイヤモンド地区の人々に訊いて回ったところで無駄だろう。昔と違い、西四七丁目五八番地の埃にまみれた古ビルで営業しているダイヤモンド商は数えるほどしかいない。カッターが一、二軒、宝飾店が二軒あるだけだ。あのビルには、それをいったらダイヤモンド地区全体にも、ヴィマルがどこの誰だか知っている人はいないはずだ。人づきあいはほとんどせず、その日の仕事が終わったら自宅のアトリエにまっすぐ帰っていた。ヴィマルのことを知っているかもしれないダイヤモンド業界の人々の大部分は、マンハッタンのダイヤモンド地区から何キロもの距離とイースト川に隔てられたジャクソンハイツに住んでいる。ソーホー地区やノーホー地区の画廊で働いている知り合い、パーソンズ・スクール・オブ・デザインやブルックリンのプラット・インスティテュートといった——ヴィマルも行けるものなら行きたかった——アート系の大学に通っている知り合いはいないこともないが、親しい間柄ではない。

ダイヤモンド業界で一番親しい友人は、同年代のダイヤモンド加工職人、キルタン・ボーシだ。よく一緒にランチをとったり、飲みに出かけたりしている。ときには、アディーラや、キルタンの駆け出しモデルのガールフレンドとダブルデートすることもあった。キルタンはあるダイヤモンドカッターの下で働いているが、店舗は四七丁目からだいぶ離れたファッション地区にある。経営者がインド系であることは店の名前からはわからない。それをいったら、宝飾店であることさえわからない。

どれだけ必死に捜そうと、ヴィマルを見つけ出すのはまず不可能だろう。

ヴィマルはタオルを置き、下着とジーンズ、Tシャツ、スウェットシャツを身に着け、ナイキのスニーカーを履いた。

テレビの画面はふたたび地震のニュースに戻っていた。キャスターや解説者が話している内容は聞き取れなかった。二人の男性が議論しているようだ。テロップを見ると、市内で行われている掘削工事が地震を引き起こしたのではないかと指摘している環境保護団体があるらしい。

テレビを消した。自分の問題だけでいまは手いっぱいだ。

悲観的な気分で一階に下りた。リビングルームをのぞくと、サニー――年下だが、ヴィマルより背は高い――がテレビ画面から顔を上げ、ゲームを一時停止した。「よう、兄貴」

声の調子やとぼけた笑みはいつもどおりだが、十八歳の弟の目は気遣わしげだった。サニーはハンター・カレッジの一年生で、本人は卒業したらメディカル・スクールに進むつもりでいる。最終的にはテック系に進むだろう——進むべきだ——とヴィマルは思っているが、その意見は自分の胸にしまってあった。

「どうなの、兄貴。大丈夫なの」

「まあね」

サニーはおずおずと立ち上がった。兄を抱き締めるべきか迷っているかのようだった。ヴィマルは、気まずい瞬間が訪れる前に、その疑問に答えてさっさとソファに腰を下ろした——弟の手からコントローラーを奪い取り、プレイ途中のゲームを再開した。

「おい、何すんだよ」サニーは笑った——わざとらしいくらい大笑いした。

「おまえ、まだレベル7？」

「始めてまだ十分だからな。兄貴じゃ一日かかったって7までいかないだろ」

「木曜に8まで上げたぞ。四時間で」

「よこせよ」

ヴィマルはコントローラーを遠ざけ、サニーが奪い返そうと手を伸ばす。気の抜けた奪い合いをしばらく続けたあと、ヴィマルはコントローラーを弟に返し、もう一つを取って、二人一緒にプレイした。敵の異星人を倒し、宇宙船を破壊する。気づくと、サニーがヴィマルをしげしげと見ていた。

「何だよ、気持ち悪いな」

「何が」

「じろじろ見るなって」

ゲームのなかのサニーのキャラクターが敵にやられて消えた。それに気づかない様子でサニーは尋ねた。「どんなだった？」

「何が」

「銃で脅されたんだろ」

ヴィマルは訂正した。「脅されたんじゃない。撃たれたんだよ」

「マジ？」

「マジだよ。こう、店に入っていったら、犯人がいた。どかん！　でかい音だった。すごい音だったよ。テレビなんかで見るのとは違う。びっくりするくらいでかいんだ」

そのとき、背後から別の声が割りこんだ。「怪我をしているのか？」父だった。廊下に立っていたらしく、リビングルームに入ってきた。

兄弟の会話を隠れて聞いていたのだろうか。廊下にいる理由は盗み聞きくらいしか考えられない。ヴィマルは父から目をそらした。「何でもないよ。とくに意味はない。ほら、話のなりゆきってやつだから」

「ニュースでは撃たれた者がいるとは言っていなかったぞ」

「誰も撃たれてないからだよ。こいつを驚かせてやろうと思っただけ」そう言ってサニーに顎をしゃくった。

「それだけじゃないだろう」父はいかめしい声で言った。

「弾は僕が持ってた石に当たった。飛び散った破片が僕に当たった。それだけだよ」

父が声を張り上げた。「ディヴィヤ！　来てくれ。早く！」

華奢《きゃしゃ》な体つきをして穏やかな話しかたをする四十三歳の母がリビングの入口に現れ、愛情のこもった視線を息子二人に向けたが、夫の表情に気づいて顔を曇らせた。

「どうしたの？」

「強盗事件でヴィマルが怪我をしたらしい。犯人に撃たれたそうだ。いままで黙っていた」

「本当なの？　ニュースでは何も言ってなかったわよ」母は額に皺を寄せ、ヴィマルにまっすぐ近づいた。

「撃たれたけど、弾は僕には当たらなかった。そう話してたところ。石の破片が当たっただけだ。怪我なんてほどのものじゃない」

「あらたいへん。見せてちょうだい」

「血が出たりはしてない。ちょっと痣になってるだけ」

「いいから母さんに見せなさい。ほら、いますぐ」父の声に怒りが忍びこんだ。

「どこ？」母はヴィマルの肩にそっと手を置いた。

「脇。でも、大したことないって」ああ、どうして弟によけいなことを言ってしまったのだろう。

「病院には行った？」

「行ってない。何でもないんだ。ほんとだよ」

「うるさい！」父がきつい調子で言った。「いいから母さんに見せなさい！」

ヴィマルは唇を引き結び、母のほうを向いた。父と弟には背中しか見えないようにした。クイーンズのマウントサイナイ病院で小児ガン病棟の看護師として働いている母は、床に膝をついてヴィマルのスウェットシャツとTシャツの裾をたくし上げた。どす黒い色をした痣、バタフライ絆創膏、そして皮膚に残ったベタジンの染みを目にした瞬間、母は驚いたように軽く目をみはったが、父や弟からは母の表情は見えない。母はキンバーライトの破片が刺さった傷を丹念に見た。救急病院かどこかの医師が手当てをしたことを察したのだろう。母はアディーラの存在を知らないが、治療を受けたことをヴィマルが隠そうとしているのは、ヒンドゥー教徒ではない友人に助けを求めたからだと見当がついたはずだ（イスラム教徒と体の関係があって、その相手に助けを求めたとまでは、さすがの母も想像さえしていないだろうが）。

母が顔を上げた。二人の視線がぶつかった。母はヴィマルのシャツの裾を引き下ろした。

「これくらいなら大丈夫。軽い痣がいくつかできてる程度だから。それだけ。さて、夕飯の支度ができたわよ。食事にしましょう」

26

ラホーリ一家は、週のうち三日は伝統的なインド料理を食べ、それ以外の日は西洋風の料理を食べる。母が何曜日にどちらの料理をテーブルに並べるか、とくに決まっているわけではないが、父がボウリングに出かけた日——地元のチームに所属していて、なかなかの腕前だ——は、ミートローフやスパゲティ、ピザといった西洋料理を息子たちの前に並べた。ときにはスープとサラダとサンドイッチということもある。この日のメニューはローストチキンと、芯ごと蒸してバターをまぶしたとうもろこし、クリームで煮てナツメグを散らしたほうれん草だった。インドの伝統への目配せとしてナンが添えてあったが、いまどき、ナンはインド料理にかぎらず、徒歩圏にあるフード・バザーやホール・フーズといったスーパーマーケットや韓国系のデリの定番になっている。ナンが嫌いな者などいったいどこにいる?

母は料理上手で、とくにスパイスの効かせかたがうまい。ヴィマルは家の食事が大好きだった。

しかしこの日は、当然のことながら、食欲が湧かなかった。

食事などする気になれない。ただし、それ以上にしたくないことがもう一つあった。強盗殺人事件の話をすることだ。幸い、父もその方針を採用したようだった。母がミスター・パテルの妹や子供たち、葬儀や追悼式の話題を持ち出すと、父は手を振って黙らせた。ヴィマルの目には、父の手の震えがひどくなっているように見えた。

母さんはなんて我慢強いのだろう――これまで幾度となくそう考えてきた。仕事で身についたものなのだろうか。ガンと闘う子供たちを相手にする仕事だ。両親を相手にするときも同じだろうが、忍耐と強さ、心の安定が必要だろうし、同時に思いやりも発揮しなくてはならない。しかも朝から晩までそういった態度を求められる。医師は気まぐれに患者と接するだけだ。しかし看護師はいつでも病棟にいる。

食卓の話題は脈絡なく移り変わった。父はサニーに生物学の授業のことを尋ねた。ヴィマルには、どうやって平行四辺形にカットしたのかと何度か尋ねた。なぜ平行四辺形にしようと思ったのか。トングにどんな微調整を施したか。

ヴィマルは返事をはぐらかした。よく覚えていないと答えた。それは決して嘘ではなかった。疲れきっている。それにこの二日の恐怖から、心も頭もすり切れかけていた。数分おきにミスター・パテルの足が脳裏に閃いた。軽く開いて店の天井を指していた二つの爪先。父の話題はサッカーのプレミアリーグやUEFAチャンピオンズリーグに移った。ボウリングのトーナメントのあと、仲間とラーガに繰り出し、キングフィッシャー・ビールを飲みながら世間話をしているかのようだった。レアル・マドリードの試合は接戦で、見ているこっちがどきどきしたよと息子たちに話して聞かせた。話は別の試合に移り、マンチェスター・ユナイテッドのストライカーが足をひねった、きっと足首が折れただろうと言った。この話題には、なぜか父のウィンクのおまけがついた。

それから母に、明日、テーラーに寄ってシャツを引き取ってきてくれないかと言った。そして今夜の料理は抜群にうまいねと率直に褒めた。塩が足りない気もするが、かまわないと付け加えた。塩辛くて作り直しになるより、食卓で加えるほうが賢い。そして妻の聡明さに満足したように微笑んだ。

ヴィマルは溜め息をついた。父は気づかなかった。

食事がすみ、母が皿を下げると、父はめずらしく相好を崩し、耳を疑うようなことを言い出した。「スクラブルでもやるか？　な、スクラブル、やりたいだろう？」

ヴィマルは黙って父を見つめた。

「何だ」父が訊く。

「その……ゲームをしたい気分じゃないな」

「どうして」

「ヴィマル」サニーが言った。父が加勢してもらいたがっているのを察知したからだろう。サニーはときおり、侵略軍の第二波のようにふるまうことがある。

「今夜はやめとく」

父はゆっくりとうなずいた。「なら、おまえは何がしたい」

父の目を見て、ヴィマルは悟った——今日しかない。疲れている。怪我もしている。彼の将来を懸けたプランは、ミスター・パテルの店に持っていった石のように粉々に吹き飛ばされてしまった。

「下のアトリエにいるよ」語尾がわずかに持ち上がって、おずおずとした問いかけになった。

父は重々しくうなずいた。「私も行こう」

「その前に厚手のセーターを取ってくる」ヴィマルは立ち上がって二階に行った。セーターを持ってキッチンを通り、地下室のドアを開ける。急階段を下りてアトリエに入った。

ベンチに座り、緊張しながら——吐き気さえ感じた——父を待った。未完成の彫刻の一つをぼんやりと眺める。最近は御影石やネフライト、タイガーズアイ、空色のラピスラズリを使った作品に取り組んでいた。アトリエの片隅に、平行四辺形のダイヤモンドを加工するのに使ったものと似たスカイフがある。壁にはさまざまな種類のトングが並んでいた。父も昔は、独創性には欠けているが才能のあるカッターだった。ダイヤモンド地区の工房を退職してからも自宅のこの地下室で仕事を請《う》け負っていたが、ついにダイヤモンド加工の仕事を完全に辞めてしまい、それを境にヴィマルがここを彫刻のアトリエに使うようになった。

目が覚めているあいだはずっとこのアトリエにこもっていたいくらいだ。

もともとは祖父母の住まいとして造られた部屋だ。バスルームのほかに小さなキッチンもついていて、ガスレンジとミニ冷蔵庫が据えつけられている。もとはリビングルームだった一室にある作業台の上には、道具類や石の入った箱が整然と並んでいた。四分の三インチのD型エアー工具、大小のハンマー、丸のみ、ブッシュハンマー、線のみ。電動丸鋸用のダイヤモンド刃ひとそろい。平行四辺形のダイヤモンドを加工したとき、レーザーカッターを選んでいなければ、こういったダイヤモンド刃の電動丸鋸を使っていただろう。気持ちを落ち着けようと、気に入りの二キロのハンマーを手に取り、ヘッド部分のへこみや傷を指でなぞった。

片側の壁に、ラホーリ家に伝わる品々が入った箱が積んである。苦難の末にカシミールを逃れてインドのスーラトへ移り、そこからアメリカへ、今度は平穏に移り住んだ父方の家族のものだ。

彫刻の作業中に休憩を取るとき、ヴィマルはよく箱をのぞいて、そこに詰まったラホーリ家の歴史を眺める。父はたぶん、息子に一家の伝統に対する愛着を抱かせるために、わざとここに置いているのだろう。そうやって促される必要はなかった。ヴィマルはよく、スーラトのダイヤモンド工場での祖父の姿を写した写真に夢中で見入る。汗臭く、薄汚れて暗い作業場には、ダダのほかに六十人から七十人くらいの従業員がいて、一台のスカイフを四人が囲み、トングを手に背を丸めている。写真のダダはまだ二十代で、レンズに向かって微笑んでいる。カメラマンのほうを見ている二十人くらいの職人のほとんどは、退屈な作業をわざわざ写真に収めようとする者がいることに戸惑っているような顔をしていた。

ダダはやがてスーラトでも有数のカッターになり、ニューヨークでも成功できるのではないかと考えた。それまでに貯めたルピーをはたき、妻と幼いディープ、ディープロの兄弟三人と姉妹二人を連れてアメリカに渡った。アメリカに来てからは苦労の連続だった。スーラトのダイヤモンド業界を牛耳《ぎゅうじ》っていたのはインド人だったが、ニューヨークの業界を仕切っているのはユダヤ人だった。

それでも、ラホーリ一家は、そしてほかのヒンドゥー系のカッターたちも、少しずつ業界に食いこんでいった。

父に言われて、ヴィマルは四五丁目に面した薄暗くかび臭いビルの最上階にあった工房に行き、祖父のすぐ隣に座って、トングを握り、見ていると眠たくなるような回転を続ける旋盤に、ダイヤモンドをそっと押し当てる祖父の作業を何時間も眺めた。

自分は石を別のものに造り替えるために生まれてきたと確信したのは、祖父の働く姿を見ているときだった。

ただし、それは父が考えている未来とは微妙に違っていた。

孫息子はダイヤモンド加工の世界を離れて彫刻家になりたがっていると知ったら、ダダは何と言うだろう。祖父はさほど気にしなかったのではないかという気がする。祖父だって自分の未来のために賭けをしたのだから——家族を連れ、自分たちを歓迎しないかもしれない異国に移り住むという破天荒な行動に出た。

ヴィマルの母方の祖先の写真はほとんどない。女の歴史を残しておくつもりが父にないからというわけではなく(まあ、それも一部にはあるかもしれない)、母方の家族は五世代前からアメリカに住んでいて、しかもカシミールとはまるきり事情の違うニューデリー——インドの事実上の首都で、首都圏の人口は四千万人を超える——の出身だからだ。母は文化的には完全にアメリカ人だった。祖先の歴史は、まるで持ち寄り料理のようだ。異人種間の結婚もあれば、離婚もあり、同性カップルもいた。そのすべてが凝縮された結果、母はヒンドゥー文化に忠節を尽くすというより深い理解を抱き、控えめでありつつ、だからといって何から何まで夫に従うというわけではない妻の役割を受け入れている。

ヴィマルは作業台の上のライトをつけた。製作中の作品をよく吟味する。ベネズエラ産のオフホワイトのどっしりとした大理石を彫ったシンプルな作品だ——いまにも最高点に達して砕けようとしている波。このところ、石ではない物質の質感や動きを石で表現する試みに熱心に取り組んでいた。たとえば木、蒸気、毛髪、そしてこの作品のように、水。ヴィマルが水を彫りたいのは、ミケランジェロは横たわるポセイドンを彫ったとき、波の表現で手を抜いたからだ。大彫刻家に一泡吹かせてやれたらいい。

しかし、そう考えることこそ人間の傲慢の好例ではないか。だから神の怒りが下ったのだ。

おいおい、よせよ。ヴィマルは天井を見上げた。ともかく目の前の問題を片づけよう。心臓は早鐘のようだ。緊張から、膝が上下に動いていた。無意識にブレスレットをいじった。それを着けたままだったことに初めて気づいて愕然とした。父に見られただろうか。ブレスレットをはずしてポケットにしまった。

階段を下りてくる足音が聞こえ、ついに〝腹を割って話す〟時が来たとわかった。ダダはよく、口論のことをそう婉曲《えんきょく》に表現した。食事のあと、父とヴィマルのあいだでやりとりされた表情は、男同士の話は無理だとしても、父と息子の話は可能……どころか、遅すぎたくらいだという事実を明確にした。

父がアトリエに入ってきて、スツールに座った。ヴィマルはハンマーを置いた。

父はさっそく本題に入った。「何か言いたいことがあるんだろう」

「僕たち、その話題をずっと避けてるよね」

パパが癇癪《かんしゃく》を起こすせいで、自分と違う意見を絶対に許さないせいで――そう心のなかで言い足したが、もちろん、口には出さなかった。

「話題？」

「そうだよ、パパ。いいかげんにちゃんと向き合わないと」

「〝向き合う〟とはどういう意味だ」

父は二歳のときからアメリカで暮らしている。インド系のメディアもチェックするが、毎日、アメリカの新聞二紙の一面から最終面までくまなく目を通し、テレビのニュースも見る。意味がわからないはずがない。

震える手をさっと振って、父は言った。「話しなさい。もうこんな時間だ。おまえの弟の宿題を見てやらなくてはならない。どんな話なのか、さっさと言いなさい」

他人に責任を押しつけるようなその言いかたがヴィマルの神経を逆なでした。そこで早口に言った。「わかったよ、言うよ。僕は炭素の塊を――女の胸の谷間でぶらぶら揺れるだけの炭素の塊を加工して一生を終わるなんていやなんだ」

露骨な言葉遣いを即座に後悔した。雷を落とされるのではないかと怖くなった。ところが父は、驚いたことに、微笑んだ。「いやか？　なぜ」

「わくわくしないから。心が動かないから」

父は下唇を突き出した。「今日の平行四辺形のカット。あんなみごとなカット、ヌーリは初めて見ただろう。私だってこれまで見たことがない。さっき石の写真を送ってきたよ」

ああ、どうしてカットの仕事を引き受けてしまったんだろう。

今日、一番ひどい裏切り行為をしたのは、ヴィマルを売ったバッサムではない。ヴィマル自身だ。銀貨三十枚と引き換えにイエスを裏切ったユダのように、現金と引き換えにカットを引き受けたことで、ヴィマルは誰にも真似のできない独創性を持ったすばらしいディアマンテールであるという父の言い分を証明してしまったのだから。

僕は僕自身のユダだ。ヴィマルは歯を食いしばった。やっぱり、ダイヤモンドはすべてをぶち壊しにする。

父がたたみかける。「あれもおまえの心を動かさなかったのか」

「たしかに、技術的にはやりがいがあったよ。カットするのは楽しかった。技術的な意味でね。でも、うまく言えないけど、情熱みたいなものは感じなかった」

「いやいや、感じていたはずだぞ、ヴィマル」

「パパがどう思っていようと、僕はジュエリーに一生を捧げたくなんかない。それだけの話なんだよ」父に対してこれほど大胆にものを言ったことは一度もなかった。

父はまた別の彫刻を見つめた。幾何学的な図形が微妙に形を変えながらいくつも連なっている作品だ。ヴィマルは〈テレフォン〉と呼んでいた。いわゆる伝言ゲームからの連想だ。何人もの参加者が同じフレーズを次の人に伝えているはずなのに、やがて最初のメッセージとは似ても似つかぬものに変わっていく。大理石を使ったその作品は、ソーホー地区のフィールド画廊が主催したコンペで一等をもらった。誰もが褒めるのに、実際に買おうとする人はいなかったことをいやでも思い出す。値段は千ドルだった。今日のカットでもらった報酬の三分の一にすぎない。

父が続けた。「よくわからないな、ヴィマル」そう言って〈波〉に顎をしゃくる。「おまえは芸術家だ。どうやら才能に恵まれている。石というものを理解している。誰もが理解できるわけではない。とても貴重な才能だ。しかし、宝飾の世界でも――」

「金は稼げる？」父の話をさえぎるようなことをした自分に驚いた。

「――誰も見たことがないものを生み出すことはできる」ヴィマルは言った。「ジュエリーの世界には新しいことをする余地なんかもうないよ。どうせただの飾りじゃないか。薄っぺらだ」

その言葉は、父を、祖父を、そしてラホーリ家の親戚の大勢を侮辱するものだった。しかし父は聞き流した。

「おまえの……計画。家を飛び出すつもりだったんだろう。遠くに行って、いったい何をする？」

ヴィマルは頭に血が上っていた。いつもならとぼけるところだが、この日はそうしなかった。「カリフォルニアに行く。美術系の大学院に行く」ヴィマルは十七歳でカレッジに入学し、人よりも早く卒業していた。勉強は、彫刻と同じで、彼に向いている。

「カリフォルニアのどこだ？」

「UCLA。それかサンフランシスコ州立大学」

「どうしてカリフォルニアなんだ」

答えるまでもなく、二人とも理由を知っていた――四千キロの距離だ。ヴィマルはこう答えた。「芸術系に強い大学だから。彫刻科の評価が高いから」

「働かなくてはならんだろう。向こうは物価が高いぞ」

「働くつもりだよ。何か仕事を探す。自分の学費は自分で稼ぐ」

父は、未完成の彫刻をまた眺めた。

「いい出来だ」

本気で褒めているのだろうか。父の目の表情からはわからなかった。本気なのかもしれない。だが一方で、指輪やペンダントを見せられた客の反応と同じということも考えられる。夫やボーイフレンドは、顔を輝かせてほれぼれと見る。では、連れの女性、贈り物を受け取ることになる張本人は？　口もとに笑みを浮かべてこうささやくだろう。「まあ、すてき」しかし彼女の目は別の本心を明かす。もっとすごいものをもらえると思ってたのに。もっと派手なもの。誰もが目をみはるようなもの。

あるいは、たいがいの場合、彼女が言いたいのはこれだ——もっと大きな石がよかったのに。

「聞きなさい、ヴィマル。ずっと前から考えていた計画なんだろう。それはわかる」父は溜め息をついた。「それに、私はおまえの話に耳を貸そうとしなかった。それもわかっている。今回のミスター・パテルの恐ろしい事件がきっかけで、私の物事の見かたも変わった。よく考えて理解したい。だから、おまえもあと何日かは家にいなさい。そのあいだに犯人は捕まるだろう。それを待って、そう、腹を割って話をしようじゃないか。おまえの将来の希望をもっと詳しく聞かせてくれ。何か解決策が見つかるはずだ。かならず見つかる。かならず見つけよう」

父からこれほど理性的な言葉を聞くのは初めてだ。今回の事件で父も心底震え上がっているのだろう。ヴィマルの目に涙があふれかけた。泣きたい気持ちを抑えつけ、父を抱き締めた。「そうだね、パパ」

父は〈波〉に向かってうなずいた。「本物の水のように見えるな。いったいどうすればああなるのか」父はアトリエを出てドアを閉めた。

ヴィマルは自分の作品を見やった。手袋とゴーグルを着け、グラインダーのスイッチを入れると、石を水に変える喜びに満ちた作業を再開した。

27

アンリ・アヴェロンのドレスは完璧だった。

美しい。息をのむほど美しかった。

ジュディス・モーガン――まもなくジュディス・ウィーランになる――は、正しい選択だったかどうか、ずっと不安でいた。アッパー・マディソン・アヴェニューに面したこのブライダル・ブティックには、優に五十種類を超えるウェディングドレスが展示されていて、ドレス選びには時間がかかった。ショーンの意見を聞くわけにはいかない。新郎は、花嫁が祭壇に向かって通路を歩き出すその瞬間まで、ウェディングドレスを見ない伝統があるからだ。ジュディスの母は、品物の質を測るには値段を見るのが一番というタイプで、娘のドレスを選ばせたら一家を破産させかねない。そんなことをされてはたまらない。

ブロンドのジュディスは、サテンのゴージャスなドレスを着た自分の姿を鏡でもう一度確かめた。微笑んだりはしなかったが、言葉では言い表せない喜びで胸がいっぱいになった。ゆっくりと向きを変えて後ろ姿を可能なかぎり確認してから、正面に向き直った。体重を六キロ減らすという目標はクリアした。その甲斐あってドレスは、曲線を描くべきところは曲線を描き、体の線にぴたりと沿うべきところは沿ったうえで、優雅なドレープと充分なゆとりを残している。

スカラップカットの裾、ほどほどの長さのトレーン（姉のあきれるほど長かったトレーンの半分）、水面のようにちらちらときらめく生地、肩まわりに施されたチュール。このドレスにして正解だった。

「最高にお似合いですよ、ジュディス」フランクが言った。もちろん、彼の目的は三千ドルのドレスを買わせることにあるのはわかっている。それでも本心から言ってくれているとわかった。

ジュディスは彼を抱き締めた。今回が最後の試着だ。本番までまだ二週間あるが、数日後に勤務する広告代理店のクライアントのところに泊まりがけで出張する予定が入っていて、戻ってきてからも、招待客二百五十七名の結婚式の準備にかける時間はほとんど取れそうにない。〝ウェディングドレスを買う〟という項目を片づけられるのは、このタイミングしかない。

そしていま、その項目に完了済みのチェックがついた。

「みなさんはいついらっしゃれそうですか」フランクが尋ねる。

ブライズメイドのことだ。おそろいの青緑色のドレス、おそろいの靴、おそろいのストッキング、おそろいのコサージュの打ち合わせ。フランクがいてくれなかったら、どうなっていたことやら。

「数日中に。リタから予約の電話が来ると思います」

「シャンパンを用意しておきましょう」

「あなたって最高」ジュディスは言い、彼に投げキスをした。

午後七時。そろそろ閉店時刻だ。一時間前にジュディスが来たとき、店は込み合っていた。結婚を間近に控えた若い専門職の女性たち、一世一代の晴れ舞台に着るドレスを選んだりあつらえたりしたくても、平日は忙しく、土曜日と日曜日しか時間を割けない女性たちでいっぱいだった。しかしいまはジュディスとフランク、そして奥にいる裁縫師の三人だけになっている。

フランクが差し伸べた手を取り、ジュディスは最後のピン打ちのために立っていた台から下りた。

その間際に、もう一度だけ鏡を見た。そのとき、自分の姿ではなく、にぎやかなマディソン・アヴェニューに面したウィンドウを何気なく見た。いつものように大勢の人が行き交っていた。レストランに向かう人々、ショッピングと観劇、映画鑑賞、早めのディナーといった休日を終えて帰途につく人々。

しかし、ジュディスの注意をとらえたのは、ショーウィンドウをのぞきこんでいる一人の男性だった。

顔はほとんど見えない。空はだいぶ暗くなり、車のヘッドライトや店のすぐ前の街灯が逆光になって、男性のシルエットだけを浮かび上がらせていた。

不思議な取り合わせだ。黒っぽいジャケットにニット帽という服装の男性が、ウェディングドレスが並んだウィンドウをのぞきこんでいる。

男性はまもなく通り過ぎた。もしかしたら結婚が決まった娘がいて、ジョンなのかキースなのかロバートなのか、娘の婚約者が男らしくプロポーズしたあとの出費続きを嘆きながら、こういうものにもまた金を取られるのだなとどんよりした気持ちでドレスを眺めていたのかもしれない。

数分後、ジュディスは着替えを終えて試着室を出た。太っていたころから穿いているジーンズの腰回りのゆとりがうれしい。Tシャツ。トナカイの柄のセーター。今日はそういう気分だった。ジュディス・モーガン（姓はもうじきウィーラン）は、はしゃいでいるといっても言いすぎではない。ストールを首に巻き、黒いコットンのジャケットを着て、しなやかな革の手袋をはめた。

店の照明を消して回っているフランクにおやすみと声をかける。

外に出て、自宅アパートのある北に向かって歩き出した。ドレスのことを考える。ハネムーンのことも。行き先はバハマの豪華リゾート、アトランティスだ。

波の音を聞きながら愛を交わす——まだ経験したことがない。コンク貝のフリッターを食べるのも初めてだ。バハマの名物料理であることは知っている。ジュディスはどんなときも万全の予習を欠かさない。

角のデリに立ち寄り、ピノ・グリージョを一瓶《ひとびん》買い、サラダバーでプラスチック容器にレタスやトマトやトッピング《fixens》を盛りつけた（ほかの客がスペリングの間違い〔正しくはfixin'sまたはfixins、fixings〕にぶつぶつ言っているのを見かけたことがあるが、ジュディスはこう思った——意味がわかれば綴りなんてどうでもよくない？　それに、あなたは韓国語を一つの間違いもなく話せるわけ？）。

また通りに出て、アパートに向かって歩く。ここは高級住宅街として名高いアッパー・イーストサイドではあるが、この界隈にもドナルド・トランプが関心を持たなそうな一角がいくらでもある。ジュディスが住んでいるブラウンストーンの建物は、四階建てなのにエレベーターがなく、今日明日にでも高圧洗浄をして塗料を塗り直す必要がある。

エントランスのロックを解除してロビーに入ろうとしたちょうどそのとき、背後からあわただしい足音が近づいてきた。黒っぽい服装の男、フランクの店の前にいたあの男

――いまはスキーマスクで顔を隠している――に建物のなかに押しこまれた。

ジュディスは悲鳴を上げたが、男の手に口をふさがれた。男はジュディスを歩かせ、階段の下の小さな空間に連れこんだ。ジュディスや三階の住人が自転車置き場に使っている空間だった。男は自転車を脇に払うと、ジュディスの肩を押して床に座らせた。肩からバッグを、手からデリの袋をむしり取る。

ジュディスは茫然と拳銃を見つめた。

「やめて……」声が震えた。

「声を出すな」

男はどうやら、人の声や足音が聞こえないかと耳を澄ましているらしかった。建物は静まり返っている。聞こえるのは、ジュディスの心臓の鼓動と、ぎこちなく重たい息遣いだけだ。

男は銃を後ろポケットに戻すと、さっき倒した自転車を起こし、壁に立てかけた。誰かがエントランスのドア越しにのぞいたとき、自転車が倒れていれば何かおかしいと感づかれるからだろう。廊下にはみ出していたジュディスの脚を蹴って――ただしそっと――階段の陰になってエントランスから見えないようにした。それからすぐ目の前にしゃがんだ。

「目当ては何？　お願いだから……ほしいものは何でもあげるから言って」

「手袋」男が吐き捨てるように言った。

「手袋がほしいのね」

男はあざけるように笑った。それから腹立たしげに言った。「手袋なんかほしいわけがないだろう。手袋、はずせって言ってんだよ」

ジュディスは言われたとおりにした。男が彼女の左手に目をやった瞬間、右手を握って男の顎に叩きつけた。「クソ野郎！」もう一度パンチを食らわせた。今度は股間を狙ったが、ほんのわずかにはずれた。

男はまばたきをした。痛みにというより、驚いたらしい。青い瞳は愉快そうだった。

ジュディスはまた拳を振りかぶったが、男のパンチのほうが早かった。顎を殴られ、頭を壁にしたたかに打ちつけた。視界が暗くぼやけたが、すぐにまた焦点が戻った。

「いけない子だな、恋するめんどり」男はしゃがんだまま顔を近づけ、ジュディスの髪をつかんで引き寄せた。たばこの煙とたまねぎの臭いがした。それと、浴びるようにつけたらしいアフターシェーブ。それと酒。ジュディスは必死に吐き気をこらえた。が、吐けば男のやる気をそぐことになるのではと思いついて、吐いてやろうとした。

男はまた髪をつかんでジュディスを激しく揺すった。そして小声でささやいた。「よせ。やめておけ。いいな？」

ジュディスはうなずいた。男の目は、きっと自分の胸をじろじろ見ているだろうと思ったが、そうではなかった。左手にしか興味がないらしい。正確には、左手の薬指一本だけだ。

この男が欲しいものがわかった。自分が狙われた理由もわかった。当然だ。アッパー・イーストサイドの高級ブライダル店の客。婚約中に違いない。その指には大きな石のついた指輪がはまっているだろう。

たしかに、ジュディスの指には大きな石のついた指輪がある。

ショーンはハーパー・スタンリーの外信部に勤務している。お父さんは一流ヘッジファンド、マーシュ&ロイヤルの創業者、お母さんはウォール街の法律事務所ローガン・シャープ&タウンのパートナーだ。

ジュディスの指を飾っている指輪は、四万二千ドルもしたものだ。主役の石は、五カラットあるブリリアントカットのダイヤモンド。その両脇に一カラットのマーキスカットの粒。

「欲しいなら奪ってみなさいよ」ジュディスはかすれた声で言った。

男の目がさっと動いてジュディスの目を見た。「何、奪えって？　おまえの処女か？　ふん、冗談だろう。おまえからはふしだらな臭いがぷんぷんする。フィアンセの前に、何人の男とやった？」

ジュディスは目をしばたたいた。「そんな――」

「フィアンセは知ってんのか？」男は眉をひそめた。「それとも、バッグを奪えって？　クレジットカードか？　ふむ。それもいいな」それから驚いたような顔を作って続けた。

「おい、まさか、指輪のことを言ってんのか？　そのみっともねえ指にはまった、その指輪のことか？　フィアンセはこんな手でもいいと思ってんのかな。奴の名前、何だ？」

ジュディスは泣いていた。「何も話さないから」

ナイフ――スライドして刃を出すタイプのカッターナイフ――が現れた。ジュディスは叫び声を上げたが、男がナイフをこれ見よがしに振りかざし、ジュディスは悲鳴をのみこんだ。

男はエントランスのドアを見た。また耳を澄ます。ほかの住人の反応はない。実際、今夜この建物の部屋の三分の二は無人だ。カップルの一組は休暇旅行に出かけている。ゲイの男性はこの週末、友達とニューヨーク郊外のハンプトンズの保養地に行っていた。二部屋には借り手がいない。

キズラウスキー夫妻は今夜も在宅だろう。テイクアウトの中華料理を食べながら、きっと『ゲーム・オブ・スローンズ』を一気見している。助けに来てくれるとは期待できない。

ジュディスはカッターナイフを見つめた。

ショーンの名前は絶対に教えちゃだめ、と自分に言い聞かせた。相手がショーンでは、この男に勝ち目なんてまるでないだろうけれど、とも思った。ショーンは週に五日、ジムで体を鍛えている。

しかし男はジュディスの恋愛遍歴に関心を失ったらしい。魅入られたように指輪を凝視していた。ジュディスには抵抗できないものすごい力で彼女の手をつかみ、自分の顔の前に引き寄せた。

「何カラットだって連中言ってた？　四・五くらいか」

ジュディスの体が恐怖に震えた。この男はいったい何がしたいのだろう。

「何カラットだって？」男が低い声で脅すように繰り返した。

「五カラット」

男は首を振った。「連中は何カラット分を殺した？」

ジュディスは眉根を寄せた。

「おまえの指をこのくずで飾るために、原石の何カラット分を切り落とした？」

「え……何の話かわからない。お金ならあげるから。たくさんあげる。一万ドル。一万ドル、欲しいでしょ？　もらったことが誰にもわからないお金よ」

男は聞いてさえいない。「ダイヤモンドを切り刻んで、幸せか？」

「お願いだからやめて」

「静かにしな、めんどり。何だその顔、みっともねえな。泣いてんじゃねえよ」男はジュディスを押しのけた。「レイプされたダイヤモンドをカレシに買ってもらったときも泣いたか？　涙一つ出なかった。そうだろ？」

この男は狂気にとらわれているのだ……ああ――ジュディスはふいに理解した。この男はプロミサーだ。そう悟って心が沈んだ。婚約中のカップルに憎悪を向ける男。土曜日にダイヤモンド地区で婚約者カップルを殺害した犯人だ。そのあと二度も人を襲った。いまならその理由がわかる。何やら病的な理由で、この男はダイヤモンドを守ろうとしている。

その瞬間、怒りを抑えきれなくなった。ジュディスはつぶやいた。「頭、どうかしてるんじゃない」

彼女の髪をつかむ男の手に力がこもり、頭皮から痛みが広がった。男はナイフの刃を彼女の首筋に当てた。ジュディスの体から力が抜けた。涙をこらえきれなくなった。目を閉じ、小さな声で祈りの言葉をつぶやいた。祈りが思考を埋め尽くした。男は顔を近づけ、額と額を押しつけるようにして言った。「恋するめんどり……誓いの言葉のあの部分は俺も嫌いじゃねえんだぜ。〝死が二人を分かつまで〟」

男はナイフを彼女の喉に押し当てた。

ああ、ママ……

男はそこでふと動きを止めた。きつい臭いをさせた口から小さな笑いが漏れた。ナイフが下ろされる。「もっとおもしろいこと、思いついた。喉を切るよりいい……そうだよ、このほうがずっとおもしろい。おまえはそのダイヤモンドをクソ扱いしたな。よし、そいつをのみこめ。クソはクソになるのがふさわしい」

「え?」ジュディスはかすれた声で訊いた。

男が険悪な顔をした。「その指輪を口に入れろ。のみこめ」

「そんな、できない」

「なら死ぬんだな」男はまた肩をすくめた。ナイフが喉もとに持ち上がる。

「やめて！ わかった。のみこむ。やるってば！」

ジュディスは指輪をはずしてじっと見つめた。のみこんだらどうなるだろう。喉に詰まって窒息するだろうか。食道まで入ったら、鋭い角で繊細な組織が切れる？ 自分の血に溺れて死ぬことになるのだろうか。

「のむか、ナイフで喉を切られるか」男は楽しげに言った。「俺はどっちだっていいんだぜ。おまえが選びな。早くしろ」

震える手で指輪を口もとまで持ち上げた。石は巨大に思えた。

ナイフが喉に押し当てられた。

「わかった。わかった」

何も考えないようにして、指輪を口に入れた。吐きそうになって、指輪はあやうく口から転げ落ちそうになったが、喉の奥に押し戻し、思いきってのみこんだ。

筋肉を使って指輪を奥へ奥へと送りこむ。胸、首、頭に痛みの波が襲いかかった。涙があふれた。指輪は気道の入口を過ぎ――呼吸はまだできる――食道に入ったところで詰まった。脇の二石のダイヤモンドの鋭い角が食道の内側を切り裂いた。血があふれ出す。血の味がした。一部が気道や肺に入った。激しい咳が出て、唇から血のしぶきが飛んだ。

悲鳴はかすれていた。

男は愉快そうに眺めていた。「苦しそうだな、めんどり。これでわかったろう。ダイヤモンドを痛めつけると、ダイヤモンドがおまえを痛い目に遭わせる」

ジュディス・モーガンは激痛にのたうち回った。溺れる感覚があった——自分の血で溺れる感覚が。両手で喉をつかみ、指輪を上に送って吐き出そうとした。だが指輪はどちらにも動かなかった。痛みがいっそう増しただけだった。何か考えがあるわけでもなく、ただ無意識のうちにふらつきながら立ち上がると、バッグに飛びつこうとした。男がバッグを遠ざけた。なかに入っていた携帯電話を取り出してタイル床に叩きつけた。画面が割れた。男は一つ笑い声を上げると、のんびりとした足取りで廊下を行き、エントランスから出ていった。

絞り出すような咳をし、胸からこめかみまで締めつける激痛に悶絶しながら、ジュディス・モーガンはふらふらと廊下を進み、階段を上って、二階のキズラウスキー夫妻の部屋に向かった。

二人が留守でないことを祈った。テレビの前のあの不格好なソファに座っていますように。テイクアウトの中華料理を食べながら、何話分もたまりまくったラニスター家とスターク家の波瀾万丈の物語を夢中で追っていますように。

28

またも事件が発生した。

午後八時、ライムはアッパー・イーストサイドの第一九分署の刑事から電話で報告を受けていた。

「そのとおりです、警部」刑事はライムに言った。「ニュースで報じられているのと同一の犯人です。被害者は無事でした。命に別状はありません。ただ——信じられない話ですが——婚約指輪をのめと強要されたようで、いま手術中です」

「現場は保存できているな？」

「はい、警部。クイーンズの鑑識にも連絡してありますが、こちらの捜査本部からも人を派遣するだろうと思いましたので」

「派遣するつもりだ。クイーンズの鑑識員には現場の外で待機するよう伝えてくれ。番地は？」

ライムは番地を記憶に書きつけた。「聞き込みは」

「半径五ブロックは完了し、いまも範囲を広げて続けています。これまでのところ情報はありません。被害者からも、白人男性、目の色は青、スキーマスクをかぶり、カッターナイフと銃を所持していたということしか聞けていません。正確には、こちらの問いかけにうなずいて答えてもらったんですが。訛はありましたが、どこの訛かはわからないそうです。本人から聞き出せたのはそれだけです。病院に運ばれる前にほんの数分、話をしただけなので」

ライムは礼を言い、電話をいったん切ってから、ロナルド・プラスキーにかけた。

「リンカーン？」

「新たな現場ができた。アッパー・イーストサイドだ」

「さっき無線で流れてた事件ですね。例の犯人ですか」

「そのようだ」

「被害者は無事と聞きました」

「生きてはいる。無事かどうかは知らん」角の鋭い宝飾品をのみこんだら何が起きる？

ライムは現場の番地をプラスキーに伝えた。「鑑識のバンが向かっている。グリッド捜索はきみが担当しろ。見つけたものを持って大急ぎでここに戻ってくれ。現場にはパトロールの者と第一九分署の刑事が張りついているはずだ。被害者の搬送先を聞いて、事情聴取を頼む。ああ、そうだ、ペンとメモ用紙を持っていくのを忘れるな。話せないそうだから」

「え？……話せない？」

「急げ、ルーキー」

二人は電話を切った。

タウンハウスの呼び鈴が鳴って、トムが玄関を開けた。まもなく保険会社の損害調査員エドワード・アクロイドを案内してきた。アクロイドは、ライムとクーパーに向かって、まるで初対面のように堅苦しい会釈をした。

トムがアクロイドの大外套《グレートコート》を預かった——いや違うな、とライムは思い、頭のなかの呼び名を変更した。あれはレインコート《マッキントッシュ》だ。

「またカプチーノをお持ちしましょうか」トムが尋ねる。

「うれしいね、いただくよ」

「いや、だめだ」ライムはすばやく割りこんだ。「シングルモルトがいい」

「ほう……では、お言葉に甘えようかな。コーヒーはまたの楽しみに取っておきましょう」

トムが二つのグラスに悲しいほど少量のウィスキーを注いだ。ライムとアクロイドは二人とも水をほんの一滴だけグラスに加えた。

「グレンモーレンジィですな」アクロイドは一口含むなり銘柄を言い当てた。しかも、第二音節を強調して正しく発音した。まるでコマーシャルのようにグラスを目の高さに持ち上げて琥珀色の液体を透かし見る。「ハイランド・ウィスキー。ご存じでしたか。ローランド産とハイランド産のウィスキーには味の違いがあるんですよ。といっても、微妙な違いでしてね、私には区別がつきません。しかし、蒸留所の数はローランド地方よりハイランド地方のほうがずっと多い。なぜだかご存じですか」

「いや」

「ピートが違うとか、蒸留のプロセスがどうとかという理由ではなく、スコットランドの蒸留所はイングランドの物品税から逃れようと北へ北へと上ったからです。少なくとも、私が聞いた話ではね」

ライムはその雑学的知識を頭の片隅にしまいこみ、アクロイドに向かってグラスを掲げてから、スモーキーなウィスキーを一口のんだ。

アクロイドはライムの近くの籐《とう》椅子の一つを選び、定規を入れたようないつもの姿勢で座った。

ライムは起きたばかりの事件のことを話した。

「また事件ですか？　婚約指輪をのみこませた？　なんとひどいことを。その女性は無事ですか」

「まだわからない」

「カットされた石を買ったことに対する報復？　いやいや、その男はまったくどうかしているな」アクロイドは途方に暮れたような顔をした。それから言った。「あれからいくつか情報を手に入れました。アムステルダムの知り合いから連絡がありましてね。覚えていらっしゃいますか」

非通知の番号から、原石を売りたいという電話を受けたブローカーのことだろう。ライムはうなずいた。

「十五カラット分の石を持っているというニューヨークの売り手から、ウィレムにまた連絡があったそうです。怪しい人間ではなさそうですね。エルサレム出身のダイヤモンドのブローカーでした。ニューヨークに来ていて、個人使用の電話の通話分を使いたくなかったので、空港でプリペイド携帯を購入したんだそうです。というわけで、この線は行き止まりです。それとは別に、私も何人ものディアマンテールに問い合わせましたが、グレース‐カボット社の原石を売りたいとほのめかした人物がいるとか、もぐりのカッターに大きな原石を加工させているという噂を聞いたとか、そういった話はいっさいないようです。馬鹿げた話ではありますが、犯人は、自分はダイヤモンドの守護者だと本気で信じているんでしょう。加工して宝飾品にされるという悲惨な運命からダイヤモンドを救っていると。

しかし、期待できそうな情報が一つ見つかりました。一時間ほど前にディーラーやほかの知り合いにパテルの見習いのことを尋ねたんですよ。すると、ブルックリンに住んでいるあるディーラーから、興味深い話を聞きました。今日、私ではない別の人間から電話があって、パテルの店の従業員か見習いを知らないかと訊かれたそうなんです。イニシャルは〈ＶＬ〉。そのディーラーは心当たりがなかったので、そのまま電話を切った」

ライムはスコッチのグラスを下ろしてアクロイドを見た。「その人物は、むろん、名乗らなかったのだろうね」
「ええ。そして当然のことながら、非通知の番号からだった。ただ、肝心なのはここからです。そのディーラーはロシア系でしてね、電話をかけてきた男の訛に聞き覚えがあった。その男もロシア人ではないかと。ロシア生まれであることはまず間違いなく、英語もロシアで教えられたのだろうと言うんです。語順や言葉の選びかたが独特なのでわかるとか。おそらくモスクワかその周辺で育った人物で、アメリカに来たのは最近ではないかと言っていました。その男は〝区《ボロー》〟という語を知らず、ブルックリン区やクイーンズ区がニューヨーク市の一部であることを知らず、マンハッタン島だけがニューヨーク市だと思っているらしい」
「ふむ、それは有用な情報だ」ライムは言った。その情報をどう活用すべきか。すぐに最善の使いかたを思いついて、メールを打ち、送信した。

すぐに返信が届いた。電話で話そうと提案し、時刻が指定されていた。

ライムは〝了解《K》〟と送信したあと、クーパーに指示した。「メル。エドワードの情報を一覧表に書いてくれ」

クーパーはホワイトボードの前に立ち、未詳四七号に関する新情報を書き加えた。

電話の着信音が鳴り、アクロイドが自分のｉＰｈｏｎｅの画面を見つめて眉を寄せた。それから返信をタイプした。もう一往復やりとりがあった。アクロイドの眉間の皺が深くなる。考えこむような表情でどこか遠くに視線をさまよわせた。

ライムの視線に気づいて、アクロイドは微笑んだ。「この事件のことではありません。他愛もない話です。ロンドンにいたころ、クロスワードパズルのチームに属して大会に出ていたんですよ。クロスワードパズルの経験は？」

パズルなど時間の無駄としか思えなかったが、ライムはただ「ない」とだけ答えた。

アクロイドはライムに近づき、iPhoneの画面をライムに向けた。見ると、おなじみの枠が表示されていた。一部のマスは埋まっていた。

「夫と私は……」そこまで言って一瞬ためらったあと、アクロイドは続けた。「夫はオクスフォード大学で教えていましてね。彼と、私と、ケンブリッジの教授二人でチームを作っています。〈オクスブリッジ・フォー〉と称して。いや本当に、他愛もない話ですよ。しかしテレンスは——夫の名です——パズルは脳の老化を防ぐと考えているんです。義父が筋金入りのマニアでした。一日に一つ解いていたんです——たいがい〝ノンクロ〟に挑んでいました。黒いマスがないために、単語がどこから始まってどこで終わるかわからない難しいパターンのパズルです。テレンスは、義父の頭が死ぬ当日まではっきりしていたのはパズルのおかげだと考えています」

「いまも競技中ということかね」ライムはiPhoneにうなずいた。

「いやいや、私がイギリスに戻るまで、トーナメント出場はおあずけですから。大会は、条件を満たした会場を用意して行われます。チェスの試合と同じようなものですね。監視員がつくんです。辞書やインターネットを使ったいかさまに目を光らせるんですよ。過去には疑惑の試合がいくつもあって、大論争を引き起こしました」アクロイドは画面を見つめた。「私たちの連絡の一手段になっているんです。試合ではたいがい、暗号クロスワードを解きます。ご存じですか」

「よくは知らない」

つまり、初耳だ。

「もっぱらイギリスで作成されているもので、イギリスの新聞にははるか昔から掲載されています。パズルの作成者――暗号クロスワードの場合は〝セッター〟と呼びます――は、神話の人物のような存在です。みな一語の短い通名を使っていましてね。スコーピオンとか、ネスターとか。ちなみにこの二人はかなり名の知れたセッターです。もっとも有名なセッター、暗号クロスワードのルールを定めた人物はデリック・サマーセット・マクナットで、通名はヒメネスでした。

仕組みを説明しましょう――あなたもきっとお好きだと思いますよ、リンカーン。暗号クロスワードには、通常の枠を使いますが、カギがパズルになっていて、まずそれを解かなくては解が得られません。たとえば〝ジョージ三世の妻〟というようなストレートなカギとはわけが違います。優秀なセッターは、おそろしく複雑でありながら、拍子抜けするほど単純なカギを作ります」

ふだんは表情に乏しいアクロイドの顔が、情熱を映して輝いていた。

「カギそのものがパズルになっていると言いましたね。解の定義のほかに、挑戦者を正しい方角に導く語やフレーズが含まれているわけです。たとえば、どのような種類のパズルであるかを示すヒント。綴り換え《アナグラム》なのか、別の語が隠されているのか、あるいは倒語や同音異義語なのか」アクロイドは笑い声を漏らした。「こう説明してもぴんときませんよね。例題を出しましょう。何年か前の『ガーディアン』紙に載った古典的問題です。セッターはシェッド。文字で書きましょう。耳で聞くより、答えを見つけやすいですから」

アクロイドはこう書いた。

Very sad unfinished story about rising smoke (8)
（立ち上る煙についてのひじょうに悲しい未完の物語）

「これがクロスワード枠の〝タテ15〟のカギです。いいですね？　よろしい。では解読に挑戦しましょう。まず、何を探す問題なのか。カギに〝(8)〟とあります。解は八文字の単語だということです。そして、カギの初めの二語が解の定義になっています。というわけで、〝タテ15〟には〝ひじょうに悲しい〟を意味する8文字の単語が当てはまります」

ライムは苛立ちを忘れ、いつしかアクロイドの話に取りこまれていた。メル・クーパーも椅子の向きを変えて聞いている。

アクロイドが続けた。「カギの次の語、〝unfinished〟は、その次の語を修飾しています。〝unfinished story〟。暗号クロスワードでは、絶対に文字どおり受け取ってはいけません。セッターが〝story〟と書いていたら、まず間違いなく別の語を指しています。たとえば〝story〟の類語ですね」アクロイドはまた微笑んだ。「私は解を知っていますから、思考プロセスを少し省いて先に進みましょう。ここでは〝story〟の類語〝tale〟を選びます。〝unfinished〟――終わらない――は、最後の一文字が欠けていることを示しています。そうすると、〝tale〟からｅを取って〝T-A-L〟になります。カギの〝very sad〟が示しているのは、この三文字だということになります。ここまではよろしいですか」

「ああ」ライムは言った。彼の頭脳はすでにカギの残りの部分を解き明かそうとフル回転を始めていた。

クーパーが自信なげに言った。「とりあえず先を」

「カギの最後の部分を見ましょう。〝rising smoke〟です。この意味は無数に考えられます。これもまた試行錯誤が必要ですが、私はすでに解を知っているので、この部分は〝cigar〟を意味することにしましょう。このカギはタテ15――つまり上から下――ですから、〝rising〟という下から上という方向を表す語は、その次の語がさかさまに綴られることを示します。〝cigar〟は〝ragic〟になるわけです。というわけで、解のほかの部分の文字は〝R-A-G-I-C〟であるとわかりました。最後に――」

ライムは言った。「カギにある〝about《アバウト》〟は、カギの答えの一方の文字列を二つに分割し、もう一方を囲めという指示だな」

クーパーが言った。「はいはい、あんたがそう言うならきっとそうなんだろ」

アクロイドが微笑んだ。「いやいや、当たっていますよ。すばらしいですね、リンカーン。なぜそう考えました？」

「説明するまでもない。〝T-A-L〟を分ける。Tを〝R-A-G-I-C〟の前に、A-Lを後ろにつける。解は〝tragical〟――〝悲劇的な〟だ」

「おめでとう！」アクロイドが満面の笑みを作った。「本当に今回が初めてですか」

「そうだ」

アクロイドが言う。「時間の無駄遣いだという人もいます」

ライムは苦笑いを嚙み殺した。

「同意しかねる意見です。エニグマはご存じですか」

クーパーが答えた。「知ってますよ。アラン・チューリング率いるブレッチリー・パーク（第二次大戦中、イギリスの暗号解読センターが置かれていた地所）の数学者チームが解読した暗号」

どこかで聞いたことのある話だったが、現在捜査中の事件または将来の捜査の役に立ちそうなものでないかぎり、どんな情報もライムの脳を素通りする。

ライムがまるで反応せずにいることに気づいたのだろう。クーパーが補足した。「第二次世界大戦中にナチスが使ってた暗号とその装置だよ。連合国側がドイツ軍の通信を解読できなかったせいで、何万って数の兵士や市民が死んだんだ」

アクロイドが言った。「一九四二年一月、『デイリー・テレグラフ』紙が暗号クロスワードの早解きコンテストを開催しました。きわめて複雑なパズルを十二分以内に解くというものでした。その結果が公表されて、当時の陸軍省の目を引きました。陸軍省は優秀な成績を収めたコンテスト出場者をブレッチリー・パークに集め、彼らがやがてエニグマを解読しました」アクロイドは続けた。「暗号クロスワードのどこがおもしろいかというと、嘘をつくと同時に、まったく正直でもあるところです。誤導がすべてということですよ。さて、もう一題いきますか」

「いいね」ライムは言った。

アクロイドがカギを書いた。

Location in Romania rich in oil (4)
（ルーマニアのなかの石油が豊富な場所）

クーパーは科学機器に向き直った。「俺は数独《スードク》でいいや」

ライムはしばしカギを見つめた。「場所を表す四文字の語か」

ルーマニアに関する知識はないに等しい。「ルーマニアには無数の街や地方や公園があるだろう。そのなかで石油が豊富な場所か。油井ではないのかもしれないな。原油を輸出している港とか。石油業界に対する融資を専門にしている銀行とか」ライムは首を振った。

「さっきお話ししたように」アクロイドが言った。「暗号クロスワードでは、見たとおりのものが解である場合も少なくありません。挑戦者が見ていないだけで」

次の瞬間、見えた。ライムは思わず笑った。「わかったぞ。答えはルーマニアのなかにあるが、ルーマニアという国にあるわけではない。〝Romania〟という語のなかにある。解はオマーンだ。〝r-O-M-A-N-i-a〟。中東の石油産出国のオマーン」

「さすがですね、リンカーン」

ライムは気をよくした。

そのとき、玄関を映したモニターに動きがあった。サックスが玄関前の階段を上ってきて、バッグからカギを取り出そうとしている。目的はまだわからないとはいえ、未詳四七号が作業員の誰かと会ったと思しき建設現場から帰ってきたのだ。

娯楽の時間はここまでだ。

29

ライムは居間に現れたアメリア・サックスを注意深く観察した。

髪が湿っている——シャワーを浴びたのだろう。今夜は曇り空だが、雨は降っていない。

さっぱりしたいから……

どこか遠くを見るような目をしていた。親指の爪で別の指をいじっていたかと思うと、その指の爪で今度は親指をいじる。爪の際に血がにじんでいた。

サックスがアクロイドに気づいて小さく会釈をする。アクロイドはいつもの控えめな笑みを返した。

ライムはサックスに言った。「また一つ起きた。聞いたか」

サックスが早口に訊き返す。「また地震？」

「え？　いや、事件だ」

「プロミサー？」

ライムはうなずいた。それにしても、何を気にしてあんなにそわそわしているのか。

動転しているといってもよさそうだ。だいたい、現場から帰ってくるのになぜこんなに時間がかかった？

そう思ったものの、口には出さなかった。「被害者の命は別状ない。指輪をのみこめと強要された」

「ひどい。大丈夫なの？」

「わからん。ロナルドがいま、グリッド捜索と情報収集をしている。手術の完了を待って、被害者からも話を聴く。ついさっき、第一九分署の刑事と電話で話をした。その刑事が被害者にいくつか質問をしたそうだが、有用な手がかりはなさそうだった。きみが聞いた話の繰り返しだ。ダイヤモンドの守護者を気取っている。近隣で目撃者は見つからなかった。聞き込みは続行中だ」

ライムはエドワード・アクロイドに視線を向けた。それを受けて、アクロイドが自分の持ってきた情報をサックスに伝えた。アムステルダムのディーラーの手がかりは行き詰まったが、未詳四七号はおそらくロシア育ちで、ニューヨークには最近来たばかりらしい。

サックスは考えをめぐらせながら言った。「グレーヴセンドの若いカップルの証言によれば、犯人は訛を隠そうとしてるみたいだった。ロシア人なのね。手がかりになるかしら」

「この件については私に考えがある」ライムは応じた。これに関しては少し前にメールを送ってある。

サックスは顔をしかめた。「目撃者を消すことにここまで執着する犯人は初めてだわ。

パテルの見習いについて、あれから何かわかった？」

「ロナルドが調べているが、手がかりらしい手がかりはない。エドワードの伝手《つて》と同じで、みな一様にだんまりを決めこんでいる。サイバー犯罪対策課がいま、パテルの通話記録を当たっている。パテルと〈ＶＬ〉が定期的に電話で話していたことを祈ろう」ライムは視線をサックスに向けて言った。「ところで、建設現場では何があった？」

サックスが目をしばたたく。「あったって、何が？」

「未詳四七号は建設現場で何をしていた？」

「ああ、そのこと」サックスは、未詳四七号は近道のつもりで建設現場を通り抜けたわけではなかったようだと説明した。建設現場が面した通りには政府関連のビルが並び、たくさんの監視カメラが設置されているのは事実だが、現場の出入口は二カ所しかなく、近道をしたと考えるには無理がある。

それから地中熱ヒートポンプ建設工事の現場監督から聞き取った話を伝えた。未詳はたしかに建設現場に来て、いまのところ素性は不明な人物と何らかの理由で会っていたらしいことはわかったが、人相特徴に関してはいまわかっている以上の新しい情報はない。「現場は条件が悪くて――砂利敷きだし、かなり汚染されてる。でもこれを採取してきた」砂利や土のサンプルが入った小さな袋を二つ、メル・クーパーに差し出す。

「おそらく未詳が立った場所だと思うけれど、確証はない」

クーパーは袋を受け取り、さっそく内容物の分析にかかった。

サックスの目はまだ遠くをさまよっている。物腰もどこかぎこちない。髪をいじったかと思うと、右手の人差し指の爪をまたもや親指に食いこませた。それは昔からの癖だった。そういった自傷行為をやめようという努力は本人もしている。だが、ときおりそれどころではなくなる場面があった。アメリア・サックスは、さまざまな意味で、危険と隣り合わせの人生を生きている。

サックスが膝に手をやって顔をしかめたことにライムは気づいた。

「どうした？」ライムは尋ねた。

「転んだの。それだけ。心配しないで」

心配するなというほうが無理だ。何があったにせよ、サックスは大きな衝撃を受けている。今度は咳きこんだ。それから咳払いを一つ。ライムは大丈夫なのかと詰め寄りたくなったが、サックスはライムと同じくらい、そう確かめられるのを嫌っている。

ライムは言った。「未詳四七号がリボルバーを購入したことを示す手がかりは見つかったか」

「いいえ。といっても、私の捜索は完全じゃないの。このあとも聞き込みを続けなくちゃ」サックスはクーパーに言った。「銃といえば――線条痕鑑定の結果は？」

クーパーは、グレーヴセンドの事件現場で採取された弾丸は三八口径スペシャル弾だったと話した。それを発射した銃はおそらく、スミス＆ウェッソンM36かコルト・ディテクティヴ。いずれも短銃身のリボルバーの代名詞的な拳銃だ。装弾数は五。命中精度はさほど高くなく、反動が大きくて射手には負担だ。しかし至近距離ではどんな銃より威力を発揮する。

クーパーが付け加えた。「クイーンズの鑑識本部から報告があった。サウル・ワイントラウブ宅周辺の雨水管やごみ収集器を捜索したが、グロックはもちろん、ほかの証拠もいっさい見つからなかった」

サックスは肩をすくめた。「明日、建設現場にもう一度行ってほかの作業員にも話を聴いてみるつもりでいるけど、一つ問題があるの。建設現場で調査官に会ったのよ。鉱物資源局の人。その調査官によると、ニューヨーク市は地中熱ヒートポンプ工事が地震の原因ではないと確認できるまで、作業を一時中断する予定でいるとか」

アクロイドが言った。「ほう、地中熱ヒートポンプの建設現場だったんですね」

「ええ」

「深さは？」

「百五十メートルだか百八十メートルだか」

「なるほど、その深さならありえますね。私どもの会社では以前、水圧破砕や高圧水ジェット掘削の損害保険を取り扱っていました。そういった工法が地震を引き起こしたり、ビルや住宅に損害を与えたりした事例は現実に存在します。しかし、ある時点で取り扱いを中止しました。あまりにも損失が大きかったもので。地中熱ヒートポンプ建設が地震を引き起こした事例も聞いたことがあります。ある事例では、ガス管の損傷が原因で火災が起き、学校が全焼した。別の事例では作業員が二人生き埋めになったそうです」

サックスがまた人差し指の爪を親指の爪の際に食いこませた。ぐっさりと深く。皮膚がピンク色に染まった。それを見て、地中熱ヒートポンプ建設現場で何があったか、ライムにも察しがついた。

サックスが続けた。「ノースイースト社は工事の中断に抗議してるけど、その問題が解決するまで、作業員は現場に出てこない。それぞれの自宅を訪ねて事情聴取をするしかないということ」

「何人だ？」

「ざっと九十人。ロンには伝えてある。いまパトロール組を集めてくれてるはず。面倒が増えちゃったけど、ほかにどうしようもないわよね」

コンピューターの画面に見入っていたクーパーが顔を上げた。「建設現場のサンプルの分析結果が出たよ、アメリア。パテルとワイントラウブの現場と同じ鉱物の痕跡が含まれてる。つまり、未詳は間違いなくそこにいたってことだ。ただ、新しいものはディーゼル燃料くらいしかない。あとは泥か。現場は泥だらけ？」

一瞬の間。「そうね。かなり」

「それだけだ」

玄関の呼び鈴が鳴って、トムがロナルド・プラスキーを居間に案内してきた。プラスキーは捜査チームの面々にうなずいたあと、エドワード・アクロイドに自己紹介した。二人が顔を合わせるのは初めてだ。それからプラスキーは、アッパー・イーストサイドのジュディス・モーガン襲撃現場で採取した証拠が入った袋をメル・クーパーに渡した。クーパーが仕事にかかり、プラスキーはプロミサーが起こした最新の事件の詳細を説明した。二十六歳のジュディス・モーガンは、ウェディングドレスの最終調整のためにブライダル・ブティックに行った。店の前にいた男がアパートまで尾行し、一階の階段下の暗がりに彼女を押しこんだ。

「美しい石を切り刻んで指輪にするなんてどうのこうのって、延々としゃべっていたそうです。犯人は彼女を殺すか、左手の薬指を切り落とすかしようとしているみたいだったのに、途中で急に気が変わったらしく、ダイヤモンドをクソ扱いしたんだから、本当にクソにしてやろうじゃないかというようなことを言ったそうです」

サックスが尋ねた。「犯人はほかに何か話さなかったの？　住んでる場所とか、仕事の内容とか」

「いいえ、何も。ただ、アフターシェーブローションのにおいがしたそうです。あとは酒、ものすごく不快なたばこの煙。それからたまねぎのにおいも。目の色は青です」

サックスは言った。「前の二つの事件と同じね」

「あと、外国人風でしたが、どこの訛なのかよくわからなかったと話してました」

ライムはプラスキーに、未詳はほぼ間違いなくロシア育ちで、ニューヨークには最近来たばかりであることを話した。

「被害者は、銃はリボルバーだったと思うと証言しました——いろんな銃の写真を見てもらいました。カッターナイフは、灰色の金属製のもの。被害者の証言はそんなところです」

サックスが新たな情報を一覧表に書きこんだ。

クーパーが科学機器からこちらに向き直り、ジュディス・モーガン襲撃現場の証拠物件の分析結果を報告した。「手がかりはわずかだ。靴の跡はたくさんありすぎて、未詳の靴に関して新しい情報は得られなかった。黒い綿の繊維——これはたぶんスキーマスクだね。微細証拠にも特徴がなくて、あの地域の典型的なものばかりだ。ただ、今回はキンバーライトは検出されなかった」

サックスが籐椅子に腰を下ろした。人差し指で膝を叩いている。店頭でメロンの品定めをしているような手つきだった。目はテレビの画面を見つめている。ニュース番組を放映中だった。音声は消してあるが、テロップが独特のぎこちない英語で報道内容を伝えていた。

地震のニュースだった。

サックスが表情を曇らせ、つぶやいた。「気の毒に」

ライムはテレビに注意を向けた。ニュースキャスターは、地震の揺れでガス管が破損したのが原因と見られる火災が二件発生し、二人の死亡が確認されたと報じていた。

ブルックリン在住の六十代の夫婦、アーニー・フィリップスとルース・フィリップス。炎に包まれた家屋から脱出し、付属しているガレージに逃れたが、自動扉の電力供給が断たれていたため開けることができなかった。煙と負傷のため、手動で扉を開ける体力は残っていなかった。

まもなく画面が三つに分割され、それぞれに男性ニュースキャスターとゲスト二人が映った。ゲストの一人は紺色のスーツに白いシャツ、赤いネクタイの中年男性で、肉づきがよく、黒い髪はきちんと刈りこまれていた。地中熱ヒートポンプを建設中のノースイースト・ジオ・インダストリーズ社CEOデニス・ドゥワイヤーだった。

もう一人は清潔感に欠けた印象の五十代なかばの男性で、そわそわと落ち着きがない。青いワークシャツの袖がまくり上げてあった。灰色の髪と顎鬚はぼさぼさだ。名前はエゼキエル・シャピロ。画面に表示された肩書きによれば、環境保護団体〈ワン・アース〉代表だ。

「今日、建設現場で会った人だわ」サックスが言った。「この団体の人たちが作業員に嫌がらせをしてたの。シャピロは――」サックスはアクロイドに向き直った。「昨日、イギリス風の言いかたをしてましたよね。頭がおかしい人のこと」

「奇人《ナッター》」

「シャピロはまさにそれ」

　画面の二人は、口角泡を飛ばす議論を始めた。目を血走らせ、大げさな身振りで話すシャピロは、今日起きた地震の原因は地中熱ヒートポンプ建設現場の掘削作業だと決めつけ、建設中に引き起こされる地震によってガス管が破損したり、ビルが倒壊したりする危険があるだけでなく、完成後も地下水の汚染をはじめとした環境上のリスクがあると訴えた。そして掘削を中断させたニューヨーク市を賞賛する一方で、そもそも建設プロジェクトを承認した市長と市議会を批判した。

　ドゥワイヤーは、シャピロよりずっと落ち着いた態度で、掘削作業が地震を引き起こすことは考えられないと話し、中断の命令は大きな間違いであると断じた。地震学の観点から見て、ニューヨーク市一帯の地盤はアメリカ国内のほかの地域、たとえばカリフォルニア州と比べてはるかに安定している。地下水が汚染されるリスクがあると考えているのであれば、それはシャピロの勉強不足にすぎない。なぜなら、地中熱ヒートポンプは自己完結したシステムであり、たとえパイプに亀裂が入ったとしても、内部を循環している液体が漏れ出すだけだ。この主張に対してシャピロは、地中熱ヒートポンプ技術の安全性はまだ確認されていないと反論した。

　ここでニュースキャスターが新たなゲストを招き入れて、火に油を注いだ。三人めは、ドゥワイヤーよりさらにぴしりとした印象のビジネスマンだった。C・ハンソン・コリアー、ニューヨーク一帯に電力を供給しているアルゴンクイン・コンソリデーテッド電力会社のCEOだ。ふつうに考えれば、地中熱ヒートポンプに反対の立場を取っているとしてもおかしくない。ノースイースト・ジオ社とアルゴンクイン社はライバル関係にあるように思える。ところが意外なことに、コリアーは賛成派だった。ノースイースト・ジオ社のブルックリン・プロジェクトのような浅層地中熱を利用したシステムは、火山地帯で地熱貯留層まで掘削する蒸気発電よりはるかに安全性が高いと話した。「大地が与えてくれるありとあらゆる形状のエネルギーを最大限活用しなくてはなりません」

議論がますます辛辣《しんらつ》になり、ライムが興味を失いかけたころ、画面はブルックリンのノースイースト・ジオ社の建設現場に切り替わり、緑色の板塀で囲まれた長方形の区画がいくつも並んでいる様子が映し出された。あそこにシャフトが埋設されているのだろう。

サックスはテレビを一瞥して立ち上がった。「そろそろ帰るわね。母の様子も確かめたいし」

サックスの母ローズ・サックスは心臓手術を受けたばかりだが、経過は順調そのものだ。ライムがそう断言できるのは、冗談好きではつらつとしたローズとほんの数時間前に話をしたからだ。娘の交際相手が身体に障害を持っていることに初めのうちこそいい顔をしなかったが、その抵抗感も何年か前には薄れ、いまではローズとライムは仲のよい友人のような関係を維持している。ローズ以上の義母はそういないだろう。

だが、サックスが帰る理由はそれだけではないはずだ。母の顔を見にブルックリンの実家に立ち寄るのは本当かもしれないが、その前にきっと車で少し遠出するだろう。愛車のトリノに乗り、郊外の安全な道を見つけて、時速百二十キロや百四十キロでかっ飛ばすのだ。

それは犯罪の現場でこびりついてしまったものを振り払うための行為だ。シャワーでは洗い流せなかったもの――建設現場で経験したに違いない、胃の腑を握りつぶされるような恐怖。

サックスの気分転換に役立つものがあるとすれば、四速から二速へシフトダウンしてヘアピンカーブに入り、車を横滑りさせながらカーブを回って直線に抜け、悲鳴を上げるエンジンを駆り立てるようにしてスピードメーターの針を三桁に叩きこむことだ。サックスはリスクを負っても挑戦するタイプの人間だ。ライムはそのことを知っているし、無条件にそれを受け入れてもいる。だが、スピードは気分転換の手段にすぎず、治療薬ではない。

「サックス？」ライムは呼び止めた――ふだんはめったに使わない、特別の意味をこめた声のトーンで。サックスにはその意味が通じるはずだ。今日、建設現場で何が起きたのか話してくれという誘いであるとわかるだろう。アドバイスを押しつける気はない。慰めの言葉さえ口にしないかもしれない。話すきっかけをサックスに差し出したい、それだけの気持ちだった。

しかし、誘いははねつけられた。

アメリア・サックスはこう言っただけだった。「おやすみ。また明日」しかも全員に向けて。

プラスキーとクーパーも引き上げていった。アクロイドもレインコートに袖を通した。しかし、すぐには出ていかずにためらった。

アクロイドは穏やかな声で言った。「余計なお世話かもしれません。しかし彼女のあの様子……大丈夫でしょうか」

「大丈夫ではないだろうな」ライムは言った。「いろいろと事情があってね」ライムは額に皺を寄せた。「まあ、誰にでも事情はあるものだろうが。アメリアは何かに縛られるのを嫌う。自由でなくてはいられないんだ。生き埋めになりかけたか、どこかに閉じこめられたかしたのだろうと思う。銃撃戦や追跡劇ではないだろうし、スナイパーに狙われたというのでもないだろう。そういうことではない。アメリアはそういったスリルを生き甲斐にしているようなものだから。しかし、せまいところに閉じこめられたり、身動きを封じられたり、動けなくなったり。彼女にとってはそれが地獄だ」

「目の表情に表われていました。よほど恐ろしい経験だったんでしょうな」

「私もそう思う」

「遅かれ早かれ、あなたには打ち明けてくれるのでは」

「いや、どうかな。私たちはその点で似た者同士だからわかる」珍しく自分について詳しく明かしていることに気づいて、ライムは一人微笑んだ。「磁石のようなものだ。反対の極が引き合う。たいがいのことでは、私たちは正反対だ。だが、内心を隠すという点に関してだけは、私たちは同じ極だ」

アクロイドは笑った。「いかにも科学者らしい話ですな、心の問題を電気極性で説明するとは……さて、もし私でお役に立てそうなことがありましたら、いつでもご一報ください」

「ありがとう、エドワード」

アクロイドはうなずき、タウンハウスを辞去した。まもなくトムが来て言った。「あなたは寝る時間ですよ、リンカーン。もうこんな時間です」

体力の消耗や疲労は、四肢麻痺患者の健康に悪影響を及ぼしかねない。ストレスが原因で血圧が急上昇する場合があるからだ。

それでも、今夜のうちにすませておきたいことがもう一つあった。

「五分だけ」ライムはトムに言った。トムが反論しかけたのを見て、ライムは言った。「バリー・セールズの件だ」

トムはうなずいた。「いいでしょう。寝室の支度をしています」

ライムは音声認識機能を使ってセールズに電話をかけた。セールズはあのあと退院して自宅に戻っていた。電話に出た妻のジョーンと短いやりとりがあったあと、セールズに替わった。すぐに他愛ない話に花を咲かせた。第三者が見たら、控えめにいっても仰天するだろうなとライムは思った。彼がこれほどおしゃべりになることはめったにない。

ふだんは無口というわけではないが、無駄話に時間を割くことはなかった。しかしこの夜は、無駄話こそが目的だった。話題は多岐にわたった。セールズは、トムから推薦された理学療法士にさっそく連絡してみたと言った。まだ実際に会ってはいないが、面談の結果をあとでかならず報告するとライムに約束した。

ライムは気が進まないながらもこう報告した——心当たりに問い合わせてみたが、セールズを銃撃したとされる男の公判は、進行が遅れているようだ。弁護団の狡猾《こうかつ》な論理、実務上の問題、証人いじめのような尋問。

電話を切ったあと、ライムは証拠物件一覧表の前に移動し、そこに並んだ暗号めいた項目を頭に叩きこんだ。それがすむと、車椅子の向きを変えてエレベーターに乗り、先に二階に行っているトムを追った。ベッドに入ったら、眠るつもりになってから実際に眠気に屈するまでのあいだの時間を利用して、今回の事件にまつわる、からまり合ってほぐれない糸のような謎に取り組もう。

ふいに、暗号クロスワードパズルについてアクロイドが言っていたことを思い出し、一人微笑んだ。それは未詳四七号の事件の手がかりを象徴するようなせりふだった。

嘘をつくと同時に、まったく正直でもある……

30

息子のアトリエからやかましい音——荒削りした石を磨いている研磨機の作動音——が聞こえていることを確かめ、ディープロ・ラホーリは足音を忍ばせて階段を下りた。

地下にあるアトリエに続く廊下でいったん立ち止まる。

もう夜遅い。ベッドに入る時間だ。しかしヴィマルが研磨を切り上げる気配はない。二人の話し合いは、いくらか前向きな雰囲気で終わった。だがヴィマルはいま、父に対する怒りを石に向けている。研磨機のうなりは、父親に対する抗議のメッセージだ。

なんと愚かなことか。彫刻を勉強したいだと？　時間の無駄だ。才能の無駄遣いでもある。単なる趣味ならまだいい。彫刻の腕を磨けば、ダイヤモンド加工のスキルも上がるだろう。ビデオゲームや女の子とのデートに明け暮れるよりよほどましだ。だがディープロは、ヴィマルが芸術の道へ進みたがっていることを知っていた。何を寝ぼけたことを。アートだけで食っていける職業芸術家の割合は、きっと一パーセント程度だろう。そんなことで、どうやってインド系の女を妻に迎えられる？　インド系の女というのは、結婚したら夫に養ってもらえると期待している。家族を養う稼ぎのある男にしか敬意を抱かない。

彫刻に生涯を捧げたいなどという夢みたいな話はおくとして、それより心配なのは、それより耐えがたいのは、息子の態度は父親が――ラホーリ家が――ダイヤモンド加工業界で歩んできた歴史を侮辱し、頭から否定しているということだ。それは許しがたい罪だった。一家の伝統を継ぐべき者はヴィマル一人しかいないのだから。弟のサニーには継ぐ気がありそうだが、あいにくスカイフを扱う才能がまるでない。見ているこちらが恥ずかしくなるくらい不器用だ。あの子には母親のあとを追って医療系の仕事に就かせるのがいいだろう（ただし、ディヴィヤとは違い、看護師ではなく医師にする）。だが、それは母方の家族の伝統だ。ディープロには、彼の跡を継ぐ息子が必要だった。

アトリエの入口に向けて廊下を進む。研磨機の音がやんで、ディープロは足を止めた。

今夜の作業はおしまいか？

違ったらしい。やかましい音がふたたび聞こえ始めた。つまり、ヴィマルにはこちらの気配が伝わっていないということだ。ディープロは震える手でポケットから鍵を取り出し、やや手間取りながらもアトリエのドアに鍵をかけた。セキュリティバーもセットした。ドアノブのすぐ上のくぼみと床の同じようなくぼみに、四十五度の角度でつっかい棒のようにバーを渡す。そしてこれにも鍵をかけた。バーは厚さ二センチ近くある鍛鋼製で、メーカーの広告によれば、摂氏二千度の切断炎でもなければ切断できない（正確を期するなら、ダイヤモンド刃を取り付けたフレキシブルディスクソーなら切断できるだろう、とディープロは心のなかで付け加えた）。

　これでヴィマルはここから出られない。ドアはびくともせず、窓から抜け出すのも無理だ。昔はダイヤモンド加工の作業場だったから、低い位置にある窓には頑丈な鉄格子がはまっている。

　ある種の〝妥協〟に同意し、息子を楽にしてやる計略を実行してのけた自分が得意になった。ここに閉じこめられるかもしれないとわずかでも疑っていたなら、ヴィマルはそもそもアトリエには足を踏み入れていなかっただろう。反抗的な息子のことだ、金も身分証もなかろうとお構いなしにまっすぐ玄関から飛び出し、そのまま二度と帰ってこなかったに違いない。

　カリフォルニアに行きたいだ？　ロデオ・ドライブあたりの高級ブティックで何十億分ものダイヤモンドを売り上げていること以外、自慢できるものなど何一つない州ではないか。

　ディープロは鍵をポケットにしまった。

　ヴィマルときたら、まったく手のかかる子供だ。二一世紀を代表するディアマンテールの一人になれたかもしれないのに……だって、あの平行四辺形のカットを見たら！　天才だ。あれこそ天才のなせるわざだ。

　ディープロ・ラホーリに具体的な計画があるわけではなかった。まずはこれから一月《ひとつき》か二月《ふたつき》、ヴィマルをうちに、地下室のアトリエに閉じこめておこうという考えがあるにすぎない。そのあいだに殺人事件の犯人は捕まるだろうし、息子の目も覚めるだろう。強盗事件に遭遇し、銃で撃たれ、師と仰《あお》ぐ人物が死んでいるのを目撃した。息子が冷静さを失っているのは、情緒が不安定になっているのは、そのせいだろう。そうだ、そのせいで一時的に正気を失っているのだ。あの子はどうも異教徒の女に弱いようだが、アトリエに一月も閉じこめておけば、それも治まるだろう。

罪悪感がちくりと胸を刺した。それでも、自分は決して鬼のような人間ではないと自分に言い聞かせた。息子にしたことが冷酷なことであるわけがない。あの子をこんなに深く愛しているのだから。アトリエのクローゼットに寝袋があるから快適に眠れるだろうし、食料品のスナックも、水もソフトドリンクも豊富にある。息子は酒を飲むかもしれないと思って、ライトビールも何本か置いておいた。テレビもある。インターネット設備と電話はない。いま以上に不安定になって、友人に連絡して助けを求めないともかぎらないからだ。ひょっとしたら、誘拐されたといって警察に通報しようとするかもしれない。

ディープロの行為のせいで、息子との関係はぎくしゃくするだろう。それでも、父親が自分のためを思ってしたことなのだと、息子も遅かれ早かれ納得するはずだ。感謝する気にさえなるかもしれない。ただ、ディープロが望んでいるのは感謝ではなかった。自分が正しかったと認めてもらうことでもない。これこそ自分が歩むべき人生だと気づき、それを受け入れてくれればそれでいい。

ディープロはドアを固定しているバーをつかんで揺すってみた。バーは一ミリたりとも動かなかった。

これでいい。ディープロの心は、数日ぶりにいくぶんか晴れやかさを取り戻した。ここ数日の出来事は神経にひどくこたえた。なぜ自分がこんな思いをしなくてはならないのか。

階段を上る。

ディープロ・ラホーリはスクラブルをしたい気分だった。妻や、もう一人の息子――すなおなほうの息子――なら、きっとつきあってくれるだろう。

第三部　ソーイング

三月十五日　月曜日

31

さて、俺の獲物《クーリツァ》はどこだ？
俺のニワトリ、どこ行った？
仕事ばかり、飽きないか？　腹は減らないか、カレー、食いたくないか？　エビのヴィンダルーにバスマティライス。みんなが大好きなライタ（野菜をヨーグルトなどで和えてスパイスを散らした料理）。どうだ、腹、減ってきただろ？

ウラジーミル・ロストフが待っている若い男は、結婚指輪と婚約指輪を専門に扱う宝飾店に勤めている。そろそろ昼食の時間帯だ。小僧め、さっさと昼休みにして出てこいって。結婚間近の恋人たちとの時間は楽しかった。なかでも、指輪をのみこませた一件は痛快だった！　しかし仕事をおろそかにはできない。いますぐ〈ＶＬ〉を見つけ出して、喉をかき切ってやらなくてはならない。

ロストフがいま、脂じみたアイリッシュバーにいるのはそのためだ。スツールに尻を載せ、バーボンを飲みながら、通りの真向かいの建物を見張っていた。

頼むぜ、俺のクーリツァ……ウラジーミルの忍耐、そろそろ尽きるぞ、尽きて困るのは俺じゃない、おまえのほうだ。愛用のナイフはポケットのなかで存在を声高に訴えている。カミソリのように鋭い刃が寂しがっている。

ペルシア人の、いや違う、イラン人のカモ《クーリッア》、ナシムは彼の期待に応え、一年前までパテルの店で働いていた若い男、パテルはもちろん、パテルの取引先や見習いらといまもつきあいのある若い男の名前を知らせてきた。ファーストネームはキルタン。ナシムは自宅の住所までは知らなかったが、現在の勤め先は知っていた。いまロストフがじっと視線を注いでいる宝飾店だ。ペルシア野郎が期待に応えたことに、ロストフは一抹の無念を感じた。ナシムの肉感的な娘たち、シェヘラザードとキトゥンを訪問する口実がなくなった。

家族、家族、家族……

ロストフの両親が別々の道を歩むことに決め、モスクワ郊外の街から逃げるように去ったあと、十二歳のウラジーミルは、シベリアのど真ん中にある当時人口二万人ほどだったミールヌイに送られた。もし地獄が炎ではなく氷からできているとしたら、ミールヌイは地獄の最下層にありそうな町だった。

七十年ほど前、ダイヤモンドを含む大規模パイプ鉱床が発見されて、ミールヌイは草の一本も生えない凍土に突如、芽を出した。〝ミール〟はロシア語で平和を意味する。

パイプ鉱床を発見した地質学者はモスクワに向けて「平和のパイプで一服しようとしているところだ」との暗号信を送り、目の覚めるような発見があったことを伝えた。町はミールヌイ――〝ミール鉱床〟を意味する――と命名され、最盛期には一年に二千キログラムのダイヤモンドを産出した。その二十パーセントが高品質の石だった。ミール鉱床の発見を受け、長くダイヤモンド界を支配してきたデビアス社に激震が走った。ダイヤモンド価格の急落のきっかけとなりかねないからだ（しかし、市場をコントロールすることに昔から熱心なロシアは、あえて産出量を抑えるとともにデビアスのものも含めた世界の在庫を買い占めて、高価格を維持した）。露天鉱床として採掘が始まったミール鉱床は、やがて採掘坑が五百メートルを超える深さにまでなったものの、そこで限界に達したため、国有採掘会社は横坑を掘り始めた。

グレゴール・ロストフは、甥っ子のウラジーミルが通う高校が長期の休みに入るたびに、その採掘現場で重労働に就かせた。ウラジーミルが工科大学に進んでからもその慣例は続いた。仕事が見つかったのは自分のコネのおかげだとグレゴールは得意げだったが、実際のところ、ダイヤモンド鉱山は慢性的な人手不足に悩んでおり、地の底までもぐる気概のある〝イカレた〟働き手をつねに歓迎した。

シベリアでの露天掘りは技術的な難問だった――ジェットエンジンで凍土を温め、柔らかくなったところを掘るしかない――が、横坑を掘るのはそれに輪をかけた悪夢だ。労働者が溺死したり圧死したりする事故が頻発し、石の塵は日に三箱ずつたばこを吸うより短期間で肺を壊し、有害な化学物質を含むガスは目や舌や鼻を痛めつけ、不安定な爆薬は人体の残ったパーツを跡形もなく吹き飛ばした。

皮膚が凍ってひび割れそうな灰色の地上よりも、地底のほうがはるかに暖かかった。しかしウラジーミルにとって何よりうれしかったのは、そこには岩と土とダイヤモンドしかないことだった。モスクワからやってきたよそ者に意地の悪い目を向けていやがらせをする、髪をクルーカットにした少年たち、彼に見向きもしない少女たち、ただでさえ窮屈なアパートで甥っ子を預かるはめになったことを根に持つ陰気なおばやおじ。地底ではその誰とも接しなくてすんだ。

まだ未熟だったウラジーミルがおとなの働き手と同じだけの荷を運べと要求されることはなく、まるでマスコットのように扱われた。そこにいれば、彼の石と一緒にいれば、安全だった。昼も夜もそこで働いた。ときには何日も地上に戻らないまま坑道をあてもなくさまよった。

一度、地の底の人のいない一角で下半身裸でいるところを見られたことがある。パンツはそばの石の山の上に脱ぎ捨てられていた。彼を見つけたのは、ふだんは見回らない場所を偶然にものぞきにきた監督者だった。あわてて服を着るロストフを一瞥すれば、そこで何をしていたかは明らかだった。監督者はロストフを叱ることはせず、そういうことは家の自分の部屋でやるんだな、また見つけたら次は許さないぞと厳しい口調で言い渡しただけだった。

ウラジーミルはその警告を無視し続けた。絶対に誰にも見つからない場所――長いこと誰一人足を踏み入れていない奥の奥や岩棚を探すように心がけただけだった。

だが、ダイヤモンド鉱坑に永遠にもぐっているわけにはいかない。いつかは地上に戻り、エレベーターのない建物の四階にあるおじとおばの家に帰らなくてはならなかった。

グレゴールおじさん……

石になれ……

おじはいかにも気弱そうな外見をしていた。強烈な臭いのするベロモルカナルたばこ――一九三〇年代に強制労働収容所《グラーグ》の囚人によって建設され、工事期間中に十万人が命を落としたといわれる有名な白海運河《ベロモルカナル》にちなんで命名されたブランド――のように痩せていた。グレゴールの顔はウラジーミルのそれと同じように細く尖り、眉骨が張り出し、横に広い唇は紫色がかっていて、肩は骨張っていた。やはりダイヤモンド採掘場で働いていたが、機器やクリップボードを相手にする種類の職務内容だった。おそらく生まれてこのかたシャベル一つ持ち上げたことがなかっただろう。ウラジーミルは、おじは人間離れした爪の持ち主だと思っていた。長く、青白くて、ひょっとしたら先端を研いで鋭くしていたのかもしれない。少なくとも、そんな風に思えた。ごみごみした薄暗いアパートの部屋で毎晩のように行われたゲームのさなか、おじの爪はウラジーミルの背骨沿いに赤いみみず腫れを残した。

ローおばさんは夫と対照的だった。三人が住んでいたコンクリートブロック造りの建物のように頑丈な体つきをしていた。はじめておばと会ったウラジーミルは、即座に球体を連想した。身長は百五十五センチほどと小柄なのに威圧感があり、おばが何かをほしくなったとき、宇宙に存在するのは、おばのその欲求だけになった。

かっとなりやすい性格でもあった。気に入らないことがあると、おばもやはりウラジーミルの肌に怒りの痕を残した――ただし、爪を使ってではなかった。婚約指輪のダイヤモンドを掌側に回して彼を叩いたのだ。ミール鉱床で採掘されたそのダイヤモンドがつけた傷から、血が流れることもあった。

何年かが過ぎ、二十歳のとき、ウラジーミルは昇進して監督者になった（採掘場に彼より年長の労働者は数えるほどしかいなかった）。おじが死に、おばも死ぬと、同じアパートで一人暮らしをしながら、たまにしぶしぶながら学校の授業に出た。やがてぎりぎりの成績で地質学の学位を取得した。

ダイヤモンド採掘場に対する彼の深い愛――感覚を快く刺激する坑道、暖かさ、水――はそれまでと変わらなかったが、ロストフ青年は、ミールヌイでは満たしきれそうにない飢えを抱えるようになっていた。

しかしこちらが決断する前に、終わりは向こうからやってきた。ダイヤモンドは採り尽くされ、採掘場は閉鎖された。

ロシアは世界最大のダイヤモンド産出国の一つだ。国内のほかの採掘場で仕事に就くこともできただろうが、ロストフはそうしなかった。それではもう物足りなかった。

飢え……

ウラジーミル・ロストフが、自分には他人と大きく違う点があるという事実を受け入れたのは、このころだった。採掘場で過ごした時間、リビングルームの床で過ごした時間——おじやおばは、床に石をばらまいて甥をそこに横たわらせた……そういった時間は累積して、彼をダイヤモンドのように硬い何かに変えていた。異常な何かに変貌させていた。

さて、どこへ行く？

そのころ、チェチェン共和国が不穏な動きを見せ始めていた。よし、ちょうどいい、軍隊にでも入るか。

石になるのは理想的な訓練だった。

軍に入るためにも。その後のキャリア形成にも。

その経験を生かして、彼はいま、このすてきな国、アメリカに来ている。

アイリッシュバーでバーボンをまた一口……

くそ、いいかげんに出てこいよ。

次の瞬間、彼はぱっと顔を輝かせた。宝飾店の奥でキルタンが客と別れの握手を交わし、ジャケットを着るのが見えた。

ロストフはバーボンの残りを一息であおった。無名ブランドのバーボンだが、なかなかうまいし、値段も手ごろだった。グラスについた指紋をナプキンで拭った。そこまでする必要はないのだろうが、その心がけがなかったら、ウラジーミル・ロストフがいまここにいることはなかったはずだ。とうに監獄に放りこまれるか殺されるかしていたに違いない。

ウェイトレスの男心をそそる尻を名残惜しげに一瞥したあと、ロストフは寒く湿った通りに出た。ディーゼルトラックが通り過ぎた。その排気ガスのにおいが故郷を連想させた。世界中を探しても、モスクワ以上に排気ガスにまみれた街はないだろう。もしかしたら北京のほうが上かもしれないが、ロストフはまだ一度も行ったことがなかった。

通りを渡らず、こちら側の歩道を歩き出した。一階にキルタンが勤務するミッドタウン・ギフトが入居している古ぼけた十階建てのビルのショーウィンドウは防犯カメラだらけだ。ミッドタウン・ギフトは宝石を連想させる語を商号に入れていない。多くの宝飾店やダイヤモンド工房も同じだ。セキュリティ意識を反映してのことだろうが、おかげさまでミスターVLを探し出すのに手こずらされている。

あのビルにはきっと地下室があるだろう。静かで好都合な地下室が。しかし、そこで獲物《クーリッア》とおしゃべりをするわけにはいかなかった。防犯カメラもその理由だが、もう一つ、警備員という存在もある。同じビルの一階には宝飾店がもう二軒と、ミンクとチンチラとフォックスだけを扱う毛皮店が入っていた。アフリカ系アメリカ人のでっぷりと太った警備員は見るからに退屈そうで、古風なリボルバーを装備してはいるが、銃を携帯するのを嫌がるタイプ、使うのはもっと嫌がるタイプと見えた。

ロストフは、キルタンという小僧を尾行して、人気のない一角にさしかかったら一気に接近するつもりでいた。薄暗い路地に連れこめれば申し分ないが、マンハッタンには薄暗い路地というものが存在しないらしい。少なくとも、ロストフが見るかぎりでは一つもない。クイーンズにはある。ブルックリンにもある。しかしマンハッタンにはなかった。セクシーな女、安い酒、目のくらむようなダイヤモンド、そして超高級ショッピング街ならいくらでもあるのに……なぜか薄暗い路地だけは一つもない。

二人きりで話すチャンスが訪れるまで、いったいどこまで尾行するはめになるだろう。すぐ近くですむといい。まもなくチャンスが訪れるといい。もしだめなら、勤務時間が終わるのを待って自宅まで尾《つ》けていくしかないだろう。ロストフは焦れていた。〈VL〉を始末しなくてはならない。いますぐにでも。この小僧が唯一の望みだった。ほかの情報源からは有益なネタは一つも上がってきていない。ナシムにしても、キルタンの名前までしか突き止められなかった。

黒っぽい髪にぽっちゃりした体つきの小僧の尾行は、意外に短時間ですんだ。南アジア系だろうに、キルタンは昼食にカレーやタンドリーチキンを選ばなかった。代わりに、ニューヨークのダイナーの代名詞のような店に入った。ウェイトレスが空いたブース席を指し、キルタンはそこに座った。

ここでやれるだろうか。あまり期待はできない。人が多すぎる。だが、とりあえず様子を見てみるか。願ってもないチャンスとはいいがたいが、チャンスであることには変わりない。

スキーマスクは巻き上げてふつうのニット帽のようにしてかぶっていた。ロストフはダイナーに入り、カウンター席に座ってコーヒーを注文した。コーヒーが運ばれてくる前に席を立ち、店の奥の廊下に向かった。廊下に面してトイレのドアがあった。そこに入り、三十秒ほどひどい咳をしたあと、ペーパータオルを使い、それを捨て、廊下に出た。

そこでもう一つ別のものを見つけた。鍵のかかっていないドア。地下に続いている。店の備品を保管している倉庫だろう。つまり従業員がいつ何時《なんどき》下りてくるかわからないということだ。しかし、店の者はみな厨房で忙しく立ち働いている。

とすると、問題は一つだけ──あの小僧は昼めしのあと、尿意を催すだろうか。

なりゆきを見守るしかない。

ロストフはカウンター席に戻ってコーヒーをすすった。小僧は携帯電話を見つめたままサンドイッチを口に押しこんでいる。メールのやりとりか。それともフェイスブックだの何だのに無駄な時間を費やしているのか。やがてキルタンは合図してウェイトレスを呼んだ。頼む、デザートまで食うとか言い出さないでくれよな。

よかった。デザートではなく精算だった。小僧はまもなく支払いをすませた。

ロストフはコーヒーの残りを一気に流しこみ、このときもまたナプキンでさりげなくカップを拭い、カップを脇に寄せた。ウェイトレスがさっそく下げた。ロストフは五ドルのチップを置いて席を立った。

さてと、キルタン。膀胱《ぼうこう》が何かを訴えてはいないか？

いいぞいいぞ、訴えが届いたらしい！　クーリツァはジャケットを着ると、トイレのある奥の廊下に向かった。

これは危険な賭けだ。だが、頭脳のスイッチがふいに切り替わって、たとえ殺人者であろうとまともな神経の持ち主なら絶対にやらないことをする気になる場面が訪れることがある。

石になれ……

彼のなかにひそむ狂気は、たいがいの場合、彼の有利に働く。それは誰もが知っておくべき教訓ではないかと思うことがある。

小僧がトイレに消え、ロストフは地下室のドアの脇に立った。

背中を紳士トイレに向けて待つ。三分か四分過ぎたころドアが開く気配がした。背後をさっとうかがうと、キルタンが出てくるところだった。「すみません、通してください」小僧が言い、ロストフはにこやかな笑みを作って振り返り、さりげなく周囲を見て誰もいないことを確かめてから、すばやいが強烈なパンチを小僧の喉に食らわせた。倒れかけた小僧を抱きとめ、地下室のドアを開けて押しこむ。小僧はゴム引きの階段を頭から先に転がり落ちていった。

やかましい音が鳴った。ロストフは振り返った。いまの音を聞いた奴がいるだろうか。

いなかった。誰もが食事を続けている。おしゃべりをしている。携帯電話を凝視している。

ロストフは地下室の入口をすり抜け、階段のてっぺんに立った。ドアを閉めてカッターナイフを取り出すと、ひんやりと涼しく薄暗い地下室に下りていった。

サックスが実家を出ようとしたところで――前の晩は子供時代の寝室に泊まった――携帯電話が鳴った。

トリノの運転席に乗りこんでから〈応答〉ボタンを押した。

「ロドニー?」

ニューヨーク市警サイバー犯罪対策課の上級刑事ロドニー・サーネックは、風変わりな人物だ。年齢不詳だがおそらく三十代、プログラム、ハッキング、アルゴリズム、〝ボックス〟(オタク《ナード》はコンピューターをそう呼ぶ)、そして世のあらゆるデジタルものをこよなく愛している。加えて、法律で取り締まったほうがよさそうな大音量でロック音楽をかけていなくては、何一つできないらしい。サーネックのオフィスにレッド・ツェッペリンが轟き渡っているのが電話越しに伝わってきた。

「アメリア。こっちで一つ手がかりらしきものが見つかって、いまリンカーンに電話したんだ。そうしたら、きみに直接連絡してくれと言われた。いまちょうど行き先に近い場所にいるはずだからって」

「行き先って？」

「クイーンズ」

「どうしてクイーンズ？」

「ほら、令状を取って、パテルの携帯電話の通話記録を電話会社に出してもらっただろう」

「そうだったわね」

「通話先のパターンがようやくわかった。妹、ほかのダイヤモンド商、国際電話――これは南アフリカとボツワナだから、ダイヤモンドの注文だろうな。〈ＶＬ〉ってイニシャルの相手には一度もかけていないんだが、ここ一カ月のあいだに、ディープロ・ラホーリって人物とは十回以上電話で話してた」

「で？」

「ちょっと調べてみた。いや、ちょっとじゃすまなかったけど。ラストネームのイニシャルがＬだってことが気になったからね。〈ＶＬ〉のＬもラホーリのＬかなと。どうやらそうみたいだぞ。ディープロの息子もやっぱりダイヤモンドカッターらしくて、しかもファーストネームはヴィマルなんだ。あ、ちょっと待ってくれ、アメリア。ここのリフがね、最高なんだよ」

エレキギターの悲鳴のようなものが電話越しに聞こえた。サックスはあくびを嚙み殺した。

「聞こえた？　もう一回聞く？」

「ロドニー」

「悪い。ちょっと訊いてみただけだよ。運転免許証の写真を入手した。いまから送る。メールを確認して」

サックスの携帯電話が着信音を鳴らした。画面にヴィマル・ラホーリの運転免許証の顔写真が表示された。土曜日の殺人事件の現場となったビルの搬出入口から出ていく姿が防犯カメラに映っていた若い男性と、似ているといえば似ていた。

運転免許証の住所は、ジャクソンハイツのモンロー・ストリート四三八八番地。ここから三十分で行かれる。

「ありがとう、ロドニー」

「但し書きつきだけどね。このヴィマルが当たりとは断言できないから。保証はできないよ」

当たりはずれを確認する方法は一つしかない……

32

クイーンズ区ジャクソンハイツのモンロー・ストリートは、高級化を望んでいるのか、いまのまま放っておかれたいのか、自分でも決めかねている界隈の一つだった。

住みやすい住宅街、静かな住宅街のままであり続けたいのか。五十年、百年前と変わらない姿でこの先も存在し続けたいのか。神のみぞ知る。ここの住人は主に、小さな工場や倉庫や建設現場で働いているような労働者層だ。広告や住宅販売、出版、ファッションの世界でキャリアを歩み出したばかりのホワイトカラーの若者もいる。そして芸術家も。

いま、ヴィマル・ラホーリが住んでいる家に近いこの通りの歩道を行き来している住人は、数えるほどしかいなかった。黒い綿入れのコートとベレー帽という出で立ちの女性は、伸縮自在のリードにつないだ小型犬を連れていた。犬にとっては充分以上のエクササイズになっているようだ。というのも、命知らずのリスが入れ代わり立ち代わり行く手に現れては、まるで肝試しのように、エネルギーの塊のような犬に嚙みつかれるぎりぎりまで待ってさっと逃げていくからだ。

自転車に乗った少年が通り過ぎた。平日の昼下がり。学校はずる休みしたのか。

レインコートを着たビジネスウーマンは、滑稽なレインハットをかぶっている。紐を顎の下で結ぶ昔のボンネットのような形をしていて、透明ビニールに黄色いデイジーがプリントされていた。

誰もが急ぎ足だった。じめじめした肌寒い天気のせいだろう。

だが、この程度の寒さ、何でもないだろうと言ってやりたかった。

この季節のモスクワは、この百倍くらい寒いのだから。

ふるさとに思いをめぐらせたウラジーミル・ロストフは、ニューヨークのこの界隈は、モスクワでいえば北西部のバリカードナヤ地区だなと考えた。唯一の違いは、ここでは一つの建物に一家族が暮らしている点だろう。モスクワでは――ロシアのどこの都市でも――人々はアパートで暮らしている。塔のように高く、厳《いか》つい造りをして、いつ見ても陰気な、スターリンの軍服と同じ色をしたアパートだ。

ロストフは乗ってきたトヨタ車を通りの少し先に駐め、木陰に立って――黒っぽい幹と黒っぽいジャケットの区別がつきにくいだろうと期待した――ヴィマル・ラホーリが家族と一緒に住んでいる慎ましい一軒家をうかがっている。

自分の調査能力が誇らしい。キルタンはりっぱに期待に応えてくれた。喉がつぶれたうえに、階段から転落したとき手首を折ったらしい。かわいそうなクーリツァ。階段の一番下まで転がり落ちて息を詰まらせている小僧を、ロストフは地下室の隅のオイルタンクの陰に引きずっていった。床にこぼれたボイラー燃料が揮発して目がちくちく痛んだ。旧式な暖房機のなかで炎が燃えさかり、ぶつぶつと独り言のような音を立てている横で、二人の男はその熱気を全身で感じた――一人は床に倒れこみ、もう一人はその上にかがんだ姿勢で。

小僧はもちろん話すことができなかった。おかげで情報を引き出すのにいくらか手間がかかった。しかし、悪いことばかりではなかった。苦痛に叫び声を上げることもできなかったからだ。それはそのとき何より重要なことだった。

ロストフはカッターナイフの刃を押し出した。それを見たキルタンの目から涙がぼろぼろあふれた。首を振った――やめてくれ、やめてくれ、やめてくれ。唇が動いて何か言っているようだった。おそらく、金目のものは何も持っていないと伝えていたのだろう。いや、伝えようとしていたのだろう。ロストフは、小僧の小指にピンキーリングがはまっていることに目をとめた。ゴールドの台にダイヤモンドが一粒。ちゃらちゃらした無意味な装飾品。ダイヤモンドは、あらゆる角度から浴びた光がファセットやガードル、パビリオンやクラウンから内部に入りこんでこそ、生き生きと輝く。目の肥えていないビジネスマンのために作られるピンキーリングに使うダイヤモンドは、浅くカットされ、周囲を金属で埋められてしまって、息をすることさえできない。ピンキーリングに使われる石は、品質の劣ったものと決まっている。

貴重なダイヤモンドの無駄使いだ。

ロストフは唇を歪め、小僧の指に目を向けると、その指をそっとなぞった。キルタンが手を引っこめようとした。そうはさせるか。カッターナイフの刃でまた指をなぞった。

「よせ、ベイビー・クーリツァ。抵抗しようなんて考えるな」

左手の指の腹を二度、軽く切っただけで、小僧はヴィマル・ラホーリの名前と住所を右手で書いた。さらに二つ三つ情報を引き出したあと、キルタンの昼休みは――命も

――突然の終わりを告げた。

というわけで、ロストフはいよいよ仕事にかかろうとしている。

木の幹にぴたりと張りついたまま、歩行者と犬、自転車に乗った少年が通り過ぎるのを待ち、ほかに通行人がいないことを確認した。それからラホーリ一家の家に向かって歩き出した。

この通りがバリカードナヤ地区と違う点がもう一つあった。ここは緑が豊かだ。ロストフは生け垣や木立の陰から陰へと移動しながら目当ての家に近づいた。近所の住人に気づかれずにすんだ。

屋内に明かりがともっている。窓のほとんどにレースのカーテンが引かれていたが、住人が在宅なのは明らかだ。ヴィマルは両親と弟と一緒に実家で暮らしているとキルタンは話していた。父親は障害者年金を受給しており、母親は看護師で勤務時間が不規則、弟はカレッジの一年生だという。家族のいずれか、あるいは全員が家にいたとしてもおかしくない。

在宅の家族は皆殺しにするまでだ。とはいえ、そのためには慎重にことを運ばなくてはならない。家族がばらばらの部屋にいた場合、不審な物音に気づいた誰かが九一一に電話をかけ、通話状態のまま電話機をソファの後ろに隠したりするかもしれない。ニューヨークのような都市では、数分以内に警察が駆けつけてくるだろう。状況を慎重に見きわめ、家族全員が同じ部屋に集まったところを狙ってすばやくなかに入り、銃で威嚇するのがいい。粘着テープで手足を縛る。それからナイフだ。ナイフでやるしかない。この界隈の住宅は密集している。銃を使えば周辺の数十人に銃声を聞かれることになる。

常緑樹の陰で身をかがめ、家のまわりを一周した。外壁の淡い緑色の塗料は剝げかけていた。裏庭に近い窓のガラスに室内の人の動きが映っていた。ロストフは背を伸ばした。窓越しに室内が見えた。キッチンのようだ。四十五歳くらいの女が調理台の前に立っている。間違いなくインド系だった。美人だが、ロストフの好みのタイプではなかった。灰色を帯びた褐色の肌。ウェーブのついた黒いショートヘアは、まるで人形のビニール糸の髪のようにつやつやしていた。何か心配事でもあるような表情をして、なかば上の空で鍋をかき回しながら首をかたむけていた。聞こえてくる何か——話し声——に苛立っているようだ。ロストフは耳を澄ました。人の声が聞こえる。男の声で、言い争っているようだが、内容までは聞き取れない。かなりくぐもっている。ハンマーで何かを叩くような音が遠くから聞こえた。

まもなく女が向きを変えた。地下室に下りる階段口らしきところから五十代の男が現れた。土気色の肌をして、太鼓腹を抱えている。興奮した様子だった。ロストフは身をかがめたが、耳は窓のほうに向けていた。

女は男の視線を避けて言った。「こんなの、よくないわ」

「あいつのためだ。つまらん夢ばかり見て。甘ったれている！　おまえが甘やかして育てるからだ」

まあ、否定できないだろうな、とロストフは思った。

女ってやつは。

使い道は一つしかない。いや二つか。あれと、料理だ。

家のどこかから、今度は電動工具のくぐもった音が聞こえた。グラインダー――電動研磨機のようだ。誰かが内装工事でもしているのだろう。

別の声が加わった。何かを尋ねている。若い男の声。何を言っているのかはやはり聞き取れない。

地下室から上ってきた男、ヴィマルの父親と考えて間違いなさそうな男が吠えるように言った。「サニー、自分の部屋に戻れ。おまえは心配せんでいい。おまえには関係のないことだ」

若い男が何か言った。

「あいつならアトリエで彫刻を作っている。心配いらん。部屋に戻れ。早く！」

サニー。ヴィマルの弟か。つまり、父親が地下で言い争っていた相手はヴィマルということになる。

こんなの、よくないわ……

いったいどういう意味だ？

まあいい。この家にはいま四人いるということだ。母親、父親、兄と弟。

なかなかの難題だ。だが、シンプルに考えるのがベストだろう。ヴィマルが地下室にいるのなら、家に忍びこみ、最初に見つけた住人の不意を襲って喉をかき切り、何の騒ぎかと誰かが見に来たら、そいつも殺す。その繰り返しだ。グラインダーの音があれだけやかましいのだから、ヴィマルには聞こえないだろう。三人を片づけたら地下室に下り、ヴィマルとおしゃべりの時間といこう。

いくぞ、邪魔者《クールィ》ども。待ってろよ。

玄関の方角に向きを変え、身を低くしてポーチ脇の茂みまで戻った。ポケットに手を入れてカッターナイフを握る。あと少しで玄関というところで、猛スピードで接近してくる車の音が聞こえた。ロストフはすばやく茂みの陰に隠れた。真っ赤な物体が視界をかすめた。旧型のアメリカ車が横滑りしながら獲物《クーリツァ》の家の前に停まった。

くそ。ロストフは犬の小便の臭いがする茂みの陰で身をひそめた。

車から女が降りてきた。痩せ型で背が高い。濃い赤毛をポニーテールに結っていた。

おいおい、うそだろ！

この売女《クーリツァ》は刑事だ。濃い色のスポーツジャケットの裾から、腰に下げたバッジがのぞいている。片方の手で何気なく腰のあたりを叩き、銃身の細長いグロックの握りのありかを確かめた。そのしぐさを見れば、このクーリツァが躊躇なく銃を抜いて発砲するタイプだとわかる。

ロストフの腹の底で怒りが沸き立った。

あと三十分早く来ていれば、いまごろはもう仕事が片づいていただろうに。

女刑事が応援を呼んでいないらしいことだけが救いだった。ヴィマルは容疑者ではなく、目撃者にすぎない。事情を聴きたいだけだろう。それと、命の危険が迫っていることを警告しにきたのだ。もしかしたらそれに加えて、保護拘置下に置くかもしれないが。

ロストフはよく見ようと目を細めた。女刑事との距離は五メートルほどしか離れていない。あるものが彼の注意を引いた。かすかなきらめき。女刑事の左手の薬指に青い光を放つ指輪があった。ダイヤモンドか？　婚約指輪だとすれば、おそらくダイヤモンドだろう。

ブルーダイヤモンド……

ウィンストン・ブルーを連想した。こっちの石ははるかに小さい。品質も明らかに劣るだろう。

あのウィンストン・ブルーが彼のものになることは決してない。

だが、これなら――？

女刑事が玄関のボタンを押す。家のなかでチャイムが鳴る音がロストフの耳にも届いた。

計画を微妙に変更した。この女刑事が現れたのはまたとない幸運かもしれない。女刑事はきっと家族全員を一つの部屋に集めて話をし、ヴィマルから事情を聴こうとするだろう。

ニワトリは一つの囲いに駆り集められる。まさか、銃とカッターナイフの鉤爪《かぎづめ》を持ったキツネがそこに飛びこんでこようとは、誰も予想しないに違いない。

33

「ヴィマルはここにはいないということですか」アメリア・サックスは確かめた。

「そうです、すみませんが」

サックスが話している相手はディープロ・ラホーリ。彼のボディランゲージは、サックスの解釈が当たっているなら、愛想のよい笑顔とは裏腹に、内心はひどく動揺していることを示していた。

「ヴィマルは電話でどんな風に言っていましたか」

それとなく水を向けた。

「えーと。いや。電話があったのは昨日です。何も心配はいらないと言ってましたね。しばらく遠くに行くと」

「そうですか。息子さんと被害者のジャティン・パテルとはどのような関係でしたか」

「いやいや、全然。まったく」

質問の答えになっていない。

「どのような関係でしたか」サックスは繰り返した。

「いや、関係も何もありませんでしたから、本当に。ちょっとした仕事をもらうことがあっただけで」ラホーリは背が低いが太っていて、落ちくぼんだ目の下に濃いくまができていた。灰色がかった濃い褐色の肌をしている。豊かな黒髪に灰色のものが交じっていた。妻のディヴィヤは凜《りん》とした美しい顔立ちと鋭いまなざしの持ち主だ。玄関ホールに、クリーニング店のビニール袋に守られた女物のスクラブ白衣がハンガーにかけて吊してあった。母親はおそらく医師か看護師なのだろう。

夫の返答を腹立たしく思っていることは、ディヴィヤの態度を見れば明らかだった。腕組みをし、険しい視線を何度も夫に向けている。

「ちょっとした仕事とは」サックスは尋ねた。

「ダイヤモンドのカッティングですよ」ディープロは答えた。妻のボディランゲージが自分の嘘を密告しているも同然であることにいらだち、妻をじろりとねめつけた。

ディヴィヤは夫を無視して口をはさんだ。「ヴィマルはミスター・パテルのところで見習いをしていました」

ディープロがみがみと言った。「見習いなどではない。見習いというと、まるで毎日ミスター・パテルのところで働いていたように聞こえるだろう。そんなことはない。息子はパテルのところで勉強していたわけじゃない」

ディープロはどうやら、ヴィマルがパテルの店でどのような仕事をしていたかということと、ヴィマルが強盗殺人事件に関して何を知っているか、または知らないかということが関係していると考えているようだが、なぜだろう。

電動工具の音がいっそう大きくなった。家のどこかで、誰かが内装工事でもしているようだ。電動の研磨機の音に聞こえる。

「ほかにも誰かいらっしゃるんでしょうか。家族のほかのメンバーが息子さんの居場所をご存じかもしれません」

ディープロが早口で答えた。「内装工事の者がいるだけですよ」

「息子さんは殺人事件についてどうおっしゃっていましたか。現場に居合わせたのは確かなようですが」

「いや、息子は店にはいなかった。行く予定ではあったが、事件は息子が行く前に起きた。だから息子は帰った」

「ミスター・ラホーリ、あなたの息子さんの特徴に一致する人物が現場にいて、容疑者が発砲した際、負傷したことを示す物的証拠があるんです」

「え、怪我をしたって？　そいつはたいへんだ」

ディープロは、あきれるほどの大根役者だった。

そのとき、リビングルームの扉のないアーチ型の入口に若い男性が姿を見せた。サックスはとっさにヴィマルだと思ったが、よく見るとヴィマルより何歳か年下のようだ。おそらくティーンエイジャーだろう。

父親に対していままさに公務執行妨害という切り札を使おうとしていたところだったが、サックスは方針を変え、ティーンエイジャーに微笑んで尋ねた。「ヴィマルの弟さん?」

「そうですけど」目を伏せ、天井を見上げ、横を見る。

「サックス刑事です」

「サニーです」

「部屋に戻っていなさい」ディープロがぴしゃりと言った。「おまえには関係ない」

しかしサニーは訊いた。「犯人は捕まったんですか。ヴィマルを撃った犯人は」

ディープロは目を閉じて苦い表情をした。息子に嘘を暴かれた。

「いま捜査中です」

ディープロが有無を言わさぬ口調で言った。「部屋に戻れ」

サニーは一瞬ためらったが、すぐに向きを変えて立ち去った。ディープロの協力を引き出せないようなら、そのときはサニーから話を聴くとしよう。妻のディヴィヤには面と向かって夫に楯突く勇気はないだろうが、息子に関して何か知っているのは確かだ。

地下から聞こえていた電動工具の音がぴたりとやんだ。ありがたい。そろそろ耳が痛くなりかけていた。

「息子さんの居場所を教えてください。一刻を争う話です」

「事件のことで動揺して、どこか遠くに行った」ディープロが言った。「友達と。スキーにでも行ったんじゃないか。このところ寒いから。スキー場はまだ営業している。知りませんでしたかね」

ディヴィヤが夫を凝視していた――うちの家族はスキー場になど一度も行ったことがないでしょうと言いたげな視線だった。

「深刻な事態なんです、ミスター・ラホーリ。ニュースをごらんになったでしょう。プロミサーと名乗る犯人の事件です。そのプロミサーが息子さんを探しているんです」

「うちの息子を探す理由がない。あの子は何も見ていないんだから！」

「もう一人の目撃者はすでに殺害されました」

「そうかもしれないが、ヴィマルが犯人の顔を見たはずがないんだよ。スキーマスクをかぶっていたんだから。いや、スキーマスクをかぶっていたと聞いた。ニュースで。だから息子は――」

「もういいでしょう！」そう言ったのは、ディヴィヤ・ラホーリだった。

「よくない」ディープロが唸るように言い返す。

「もうやめて、ディープロ。いくらなんでもやりすぎだわ」ディヴィヤは穏やかに言った。それから訴えるような視線をサックスに向けた。「あの子を守ってやってください」

「もちろんです。そのために来たんですから」

ディヴィヤを誤解していたようだ。この女性は、夫に敢然と立ち向かうことができる。ディープロに冷たい視線をねじこんだところで、何が得られるわけでもない。それでもアメリア・サックスは彼をにらみつけた。それから尋ねた。「息子さんはいまどこに？」

「この下の階です。地下室に。彫刻のアトリエがあるんです」ディヴィヤが答えた。

そうだった。捜査チームのあいだでも、〈VL〉は彫刻家ではないかという話が出ていた。あの電動工具の音は、ヴィマルが作品を製作している音だったのだ。なぜ気づかなかったのだろう。

しかし、いまとなっては関係ない。まもなくヴィマルを保護できるのだから。匿《かくま》うための施設はすでに手配してある。この家にも——家族にも警護をつけよう。

「私の質問に嘘を答えたわけですね」

ディープロは開き直ったように言った。「私は息子を守ろうとしただけだ」

息子を守りたかったことだけが理由ではないだろう。ふつうの親なら、何よりもまず警察を味方につけて子供を保護してもらおうとするはずだ。

だが、サックスはこう言うにとどめた。「息子さんを連れてきてください」

ディヴィヤが掌を上にして片手を差し出した。ディープロが表情をこわばらせた。怒りが爆発しかけているらしい。それでもポケットから鍵の束を引っ張り出し、震える手で乱暴に妻に渡した。

息子を地下室に閉じこめていた——？

反抗的な態度を示したディヴィヤには、夫からの氷のような冷たい視線という罰が下された。ディヴィヤはもう一度だけ夫の顔をちらりと見てから目をそらし、家の奥に向かった。

34

ウラジーミル・ロストフは手袋をはめた手を伸ばし、ラホーリ一家が住む家の玄関のノブを試した。

いいねいいね、協力的な邪魔者《クールイ》だ。玄関に鍵をかけていないぞ。おかげで、窓を蹴破って入るという、やかましい――そしてリスクがひそんでいるかもしれない――侵入方法を採らずにすんだ。もし強引に侵入していたら、なかにいる連中を制圧するのに、おそろしく大きな音のする彼の拳銃を使わざるをえなくなっていただろう。

出そうになった咳をこらえ――咳の発作を起こすには最悪のタイミングだ――玄関の小窓に引かれたレースのカーテン越しに屋内をのぞいた。屋内からこちらに目を凝らせば、ガラスに彼の輪郭が映っているのが見て取れるだろうが、何気なく視線をやった程度ではおそらく気づかない。空を覆う雲は分厚く、ロストフの影がくっきり見えるほど外は明るくなかった。

売女《クーリッツァ》の刑事とこの家の父親は、左手のリビングルームにいる。母親は、この家のどこかにいるヴィマルを呼びにいっているようだ。もう一人の息子、弟の姿はない。ふつうに考えて、刑事はヴィマルもリビングルームに来させるだろう。家族全員に事情聴取をしたいに決まっている。

俺のニワトリども《クールイ》が、一つの鶏小屋に集まろうとしている。

ロストフのいる玄関からは、赤毛の刑事の背中だけが見えた。五歩であそこまで行けるだろう。一つアイデアが浮かんだ。周囲を見回し、庭に落ちていた大きな煉瓦を拾った。玄関に戻ってまた室内をのぞきこむ。いいぞいいぞ、うまくいきそうだ。すばやくなかに入ったらまず、煉瓦で赤毛の刑事の頭を殴り、父親に銃を向けて動きを封じる。刑事の銃を奪い、手錠をかける。それからヴィマルと残りの家族を始末する。女は、あの刑事はどうする？　青白い指の上でブルーダイヤモンドがまたきらりと光を放った。おお、なんと美しい。

石になれ……

ロストフはスキーマスクを引き下ろし、左手で銃を握り、煉瓦を腕の下にはさんだ。ドアノブをつかむ。

いくぞ、邪魔者ども《クールイ》。待ってろよ。

そのとき、家の奥のほうから悲鳴が響きわたった。「どうして！」女の声、ヴィマルの母親の声だった。奥のドア、キッチンにあるドアから飛び出してくる。少し前にロストフも見たドアだ。地下室への下り口らしいドア。母親は廊下で立ち止まった。まだ玄関ポーチにいたロストフはさっと身をかがめた。見えなくても、なかで展開中のドラマの筋は追えた。さっきとは違って声がはっきりと聞こえたからだ。

「いなくなってる！　ヴィマルがいない！」

「いないだと？　どういうことだ」父親が言った。母親を責めるような言いかただった。

「電動のこぎり。彫刻を作るのに使う道具。あれを使って窓の格子を切ったみたい」

へえ、父親は自分の子供を地下の牢獄に閉じこめたってわけか。

で、くそったれのクーリッァはそこから逃げた？

ロストフは思いきって首を伸ばし、なかの三人の様子をうかがった。玄関に来ようとしているだろうか。いや、三人とも急ぎ足で家の奥に向かい、地下室に下りていこうとしていた。

ロストフは玄関を離れ、ポーチの階段を下りた。隣家の敷地に入り、小走りに裏庭に向かった。

生け垣の陰からラホーリ一家の裏庭をのぞく。若造の姿はない。地面すれすれにある窓の前の草むらに頑丈そうな鉄格子が落ちているのだけが見えた。

溜め息をついて向きを変え、急ぎ足で歩道に戻った。車に乗りこむ。それから十分ほど、静かな住宅街を流しながらヴィマルを探したが、見つからなかった。捜索は短時間で切り上げた。あの赤毛のクーリツァは応援を要請して周辺を探させるだろう。

ふと助手席を見ると、ロール・ン・ロースターで買ったフレンチフライの冷めた残りがまだあった。口に押しこみ、ぼんやりと顎を動かしてのみこんだ。たばこに火をつけて煙を深々と吸いこむ。たしかに、これでまた一からやり直しだ。しかしウラジーミル・ロストフは、さほどがっかりしていなかった。

プロミサーは有能だ。プロミサーはしたたかだ。

それに、彼は完全に石になったとはいえ、万が一に備えた第二の計画はどんなときも用意してある。

（下巻に続く）

本書は、二〇一九年十月に文藝春秋より刊行された単行本を
文庫化にあたり二分冊としたものです。

文春文庫

カッティング・エッジ　上

定価はカバーに
表示してあります

2022年11月10日　第1刷

著　者　ジェフリー・ディーヴァー
訳　者　池《いけ》田《だ》真《ま》紀《き》子《こ》
発行者　大沼貴之
発行所　株式会社 文藝春秋

東京都千代田区紀尾井町 3-23　〒102-8008
TEL　03・3265・1211(代)
文藝春秋ホームページ　http://www.bunshun.co.jp
落丁、乱丁本は、お手数ですが小社製作部宛お送り下さい。送料小社負担でお取替致します。

印刷製本・凸版印刷

Printed in Japan
ISBN978-4-16-791965-8

文春文庫　ジェフリー・ディーヴァーの本

（　）内は解説者。品切の節はご容赦下さい。

ジェフリー・ディーヴァー（土屋　晃　訳）
青い虚空
護身術のホームページで有名な女性が惨殺された。やがて捜査線上に〝フェイト〟というハッカーの名が浮上。電脳犯罪担当刑事と元ハッカーのコンビがサイバースペースに容疑者を追う。

テ-11-2

ジェフリー・ディーヴァー（池田真紀子　訳）
ボーン・コレクター（上下）
首から下が麻痺した元NY市警科学捜査部長リンカーン・ライム。彼の目、鼻、耳、手足となる女性警察官サックス。二人が追うのは稀代の連続殺人鬼ボーン・コレクター。シリーズ第一弾。

テ-11-3

ジェフリー・ディーヴァー（池田真紀子　訳）
コフィン・ダンサー（上下）
武器密売裁判の重要証人が航空機事故で死亡、NY市警は殺し屋〝ダンサー〟の仕業と断定。追跡に協力を依頼されたライムは、かつて部下を殺された怨みを胸に、智力を振り絞って対決する。

テ-11-5

ジェフリー・ディーヴァー（池田真紀子　訳）
エンプティー・チェア（上下）
連続女性誘拐犯は精神を病んだ〝昆虫少年〟なのか。自ら逮捕した少年の無実を証明するため少年と逃走するサックスをライムが追跡する。師弟の頭脳対決に息をのむ、シリーズ第三弾。

テ-11-9

ジェフリー・ディーヴァー（池田真紀子　訳）
石の猿（上下）
沈没した密航船からNYに逃げ込んだ十人の難民。彼らを狙う殺人者を追え！　正体も所在もまったく不明の殺人者を捕らえるべくライムが動き出す。好評シリーズ第四弾。（香山二三郎）
テ-11-11

ジェフリー・ディーヴァー（池田真紀子　訳）
魔術師《イリュージョニスト》（上下）
封鎖された殺人事件の現場から、犯人が消えた!?　ライムとサックスは、イリュージョニスト見習いの女性に協力を依頼する。シリーズ最高のどんでん返し度を誇る傑作。（法月綸太郎）
テ-11-13

ジェフリー・ディーヴァー（池田真紀子　訳）
12番目のカード（上下）
単純な強姦未遂事件は、米国憲法成立の根底を揺るがす百四十年前の陰謀に結びついていた——現場に残された一枚のタロットカードの意味とは？　好評シリーズ第六弾。（村上貴史）
テ-11-15

文春文庫　ジェフリー・ディーヴァーの本

（　）内は解説者。品切の節はご容赦下さい。

ウォッチメイカー
ジェフリー・ディーヴァー（池田真紀子 訳）
（上下）
残忍な殺人現場に残されたアンティーク時計。被害者候補はあと八人…尋問の天才ダンスとともに、ライムは犯人阻止に奔走する。二〇〇七年のミステリ各賞に輝いた傑作！　（児玉　清）
テ-11-17

ソウル・コレクター
ジェフリー・ディーヴァー（池田真紀子 訳）
（上下）
そいつは電子データを操り、証拠を捏造し、無実の人物を殺人犯に陥れる。史上最も卑劣な犯人にライムとサックスが挑む！　データ社会がもたらす闇と戦慄を描く傑作。　（対談・児玉　清）
テ-11-22

バーニング・ワイヤー
ジェフリー・ディーヴァー（池田真紀子 訳）
（上下）
人質はニューヨーク！　電力網を操作して殺人を繰り返す凶悪犯を追うリンカーン・ライム。だが天才犯罪者ウォッチメイカーの影が…シリーズ最大スケールで贈る第九弾。　（杉江松恋）
テ-11-29

ゴースト・スナイパー
ジェフリー・ディーヴァー（池田真紀子 訳）
（上下）
政府に雇われた狙撃手が無実の男を暗殺した。その策謀を暴くべく、秘密裏に捜査を始めたライムたち。だが暗殺者による隠蔽工作が進み、証人は次々と消されていく……。　（青井邦夫）
テ-11-33

スキン・コレクター
ジェフリー・ディーヴァー（池田真紀子 訳）
（上下）
毒の刺青で被害者を殺す殺人者は、ボーン・コレクターの模倣犯か。NYの地下で凶行を繰り返す犯人。名探偵ライムは壮大な完全犯罪計画を暴けるか？　「このミス」1位。　（千街晶之）
テ-11-37

スティール・キス
ジェフリー・ディーヴァー（池田真紀子 訳）
（上下）
NYでエスカレーターが誤作動を起こし、通行人が巻き込まれて死亡する事件が発生。四肢麻痺の名探偵ライムは真相究明に乗り出すが…。現代の便利さに潜む危険な罠とは？　（中山七里）
テ-11-41

ブラック・スクリーム
ジェフリー・ディーヴァー（池田真紀子 訳）
（上下）
拉致された男性の監禁姿が、動画サイトにアップされた。被害者の苦痛のうめきをサンプリングした音楽とともに――。犯人の自称「作曲家《コンポーザー》」を追って、ライムたちは大西洋を渡る。
テ-11-44

文春文庫　ジェフリー・ディーヴァーの本

（　）内は解説者。品切の節はご容赦下さい。

スリーピング・ドール（上下）
ジェフリー・ディーヴァー（池田真紀子 訳）
怜悧なカルト指導者が脱獄に成功。美貌の捜査官、キャサリン・ダンスの必死の追跡は続く。鍵を握るのは一家惨殺事件でただ一人、難を逃れた少女。彼女はその夜、何を見たのか。（池上冬樹）
テ-11-19

ロードサイド・クロス（上下）
ジェフリー・ディーヴァー（池田真紀子 訳）
ネットいじめの加害者たちが次々に命を狙われる。犯人はいじめに苦しめられた少年なのか？　ダンス捜査官は巧緻な完全犯罪計画に挑む。キャサリン・ダンス・シリーズ第二弾。
テ-11-25

シャドウ・ストーカー（上下）
ジェフリー・ディーヴァー（池田真紀子 訳）
女性歌手の周囲で連続する殺人。休暇中のキャサリン・ダンスは友人のために捜査を開始する。果たして犯人はストーカーなのか。リンカーン・ライムも登場する第三作。（佐竹 裕）
テ-11-31

煽動者（上下）
ジェフリー・ディーヴァー（池田真紀子 訳）
尋問の末に殺人犯を取り逃したダンス捜査官。責任を負って左遷された先で、パニックを煽動して無差別殺人を犯す犯人と対決する。シリーズ最大の驚きを仕掛けた傑作。（川出正樹）
テ-11-39

クリスマス・プレゼント
ジェフリー・ディーヴァー（池田真紀子 他訳）
ストーカーに悩むモデル、危ない大金を手にした警察、未亡人と詐欺師の騙しあいなど、ディーヴァー度が凝縮された十六篇。あの〈ライム・シリーズ〉も短篇で読める！（三橋 曉）
テ-11-8

限界点（上下）
ジェフリー・ディーヴァー（土屋 晃 訳）
凄腕の殺し屋から標的を守るのが私のミッションだ。巧妙な計画で襲い来る敵の裏をかき、反撃せよ。警護のプロVS殺しのプロ。ドンデン返しの魔術師が送り出す究極のサスペンス。
テ-11-35

オクトーバー・リスト
ジェフリー・ディーヴァー（土屋 晃 訳）
最終章から第一章へ時間をさかのぼる前代未聞の構成。娘を誘拐された女の必死の戦いを描く物語に何重もの騙しを仕掛けた逆行サスペンス。すべては見かけ通りではない。（阿津川辰海）
テ-11-43

（　）内は解説者。品切の節はご容赦下さい。

わたしたちに手を出すな
ウィリアム・ボイル（鈴木美朋 訳）
ハンマーを持った冷血の殺し屋が追ってくる。逃避行をともにすることになった老婦人と孫娘と勇猛な元ポルノ女優。米ミステリー界の新鋭が女たちの絆を力強く謳った傑作。（王谷　晶）
ホ-11-1

その女アレックス
ピエール・ルメートル（橘　明美 訳）
監禁され、死を目前にした女アレックス――彼女が秘める壮絶な計画とは？「このミス」1位ほか全ミステリランキングを制覇した究極のサスペンス。あなたの予測はすべて裏切られる。
ル-6-1

死のドレスを花婿に
ピエール・ルメートル（吉田恒雄 訳）
狂気に駆られて逃亡するソフィー。かつて幸福だった聡明な女は、なぜ全てを失ったのか。悪夢の果てに明らかになる戦慄の悪意！『その女アレックス』の原点たる傑作。（千街晶之）
ル-6-2

悲しみのイレーヌ
ピエール・ルメートル（橘　明美 訳）
凄惨な連続殺人の捜査を開始したヴェルーヴェン警部は、やがて恐るべき共通点に気づく――『その女アレックス』の刑事たちを巻き込む最悪の犯罪計画とは。鬼才のデビュー作。（杉江松恋）
ル-6-3

傷だらけのカミーユ
ピエール・ルメートル（橘　明美 訳）
カミーユ警部の恋人が強盗に襲われ、重傷を負った。執拗に彼女の命を狙う強盗をカミーユは単身追う。『悲しみのイレーヌ』『その女アレックス』に続く三部作完結編。（池上冬樹）
ル-6-4

わが母なるロージー
ピエール・ルメートル（橘　明美 訳）
『その女アレックス』のカミーユ警部、ただ一度の復活。パリで爆発事件が発生。名乗り出た犯人はまだ爆弾が仕掛けてあるという。真の動機が明らかになるラスト1ページ！（吉野　仁）
ル-6-5

監禁面接
ピエール・ルメートル（橘　明美 訳）
失業中の57歳・アランがついに再就職の最終試験に残る。だがその内容は異様なものだった――。どんづまり人生の一発逆転はなるか？　ノンストップ再就職サスペンス！（諸田玲子）
ル-6-6